Michael Wallner

Zwischen den Gezeiten

Michael Wallner

Zwischen den Gezeiten

Roman

Luchterhand

Für meine Großmutter Marianne

Die Weltgeschichte ist auch die Summe dessen,
was vermeidbar gewesen wäre.

Konrad Adenauer

1

Der Engländer hatte die Augen geöffnet. Seine Haut war nicht winterweiß, eher durchsichtig, das schwarze Haar ließ das Gesicht auf dem Kissen noch fahler erscheinen. Als Inga an seinem Bett vorbeiging, folgte er der Bewegung.

Sie hatte in **H** nichts verloren, die Lazarettbaracke war bloß der kürzere Weg zu ihrer Abteilung – die Krankenschwestern kannten sie; gerade wechselten sie seinen Verband. Inga sah das geschwollene Knie, rote Schnitte, die frischen Fäden, Blutschorf bis zur Wade. In der Sekunde, als sie stehenblieb, ging der Klebestreifen ihres Farbbandes auf, die Spule sprang aus der Hand und rollte unter das Nachbarbett. Kniend suchte Inga zwischen ausgezogenen Schuhen und den eisernen Beinen des Nachttisches. Als sie hochkam, waren ihre Finger schwarz. Das Farbband hier aufzurollen, kam nicht in Frage, Inga hängte es in Schleifen über die linke Hand; inzwischen war der Engländer frisch verbunden und zugedeckt worden. Sie bildete sich ein, daß er ihr nachsah, drehte sich aber nicht um.

Vor der Baracke standen die Männer rauchend in der Kälte und wandten die Gesichter der Märzsonne zu; zwei trugen die Uniformjacken über dem Schlafanzug. Ob Inga die neue Schwester sei, fragte einer, und mit Blick auf das Farbband, ob *schwarze Mullbinden* jetzt in Mode kämen. Sie machte den Spaß mit, die Tommies lachten hinter ihr her. Laufend drehte sie dem Wind den Rücken zu, trotzdem flatterten die Schlingen auf ihrer Hand; im Krebsgang verließ sie das Lazarett. Es lag nur einen Steinwurf von der

Lagereinfahrt entfernt, der Wachposten schob den Helm in den Nacken und winkte Inga zu.

Sie nahm den Sandweg entlang der Hagebutten, umging das Casino über den Pfad hinter der Tankstelle, die nur besetzt war, wenn Flugzeuge erwartet wurden. Vor dem Speisesaal nützte der Unteroffizier die Zeit bis zum Lunch, um die Terrasse fegen zu lassen. Ein Captain saß lesend in der Sonne, ohne aufzublicken hob er die Beine, als sich die Besen näherten. Der Wagen des Kommandanten parkte vor seiner Baracke, Lagebesprechung, fiel Inga ein, es mußte also Mittwoch sein. Der Weg gabelte sich, links die Mannschaftsunterkünfte, dahinter das Flugfeld, die schmale Rollbahn verlor sich zwischen den Föhren. Sie hatten die Baracken mitten in den schütteren Wald gebaut – *Baracken*, dachte Inga, keine Zelte, sie blieben noch eine Weile. Rechts tauchte die Nachschubabteilung auf. Die offizielle Abkürzung für Ingas Arbeitsplatz lautete anders, doch weil von hier die Bestellungen ausgingen, für alles, was im Lager benötigt wurde, trug die Baracke den Spitznamen *Goodies* – das G stand in Rot an die Rückwand gemalt.

Ingas Sergeant hatte den Stuhl ins Freie gestellt, den Mantel bis oben geschlossen, trank er Tee. »Von wegen deutsche Pünktlichkeit«, begrüßte er die junge *Civilian Employee.*

Sie entschuldigte sich mit der verspäteten Abfahrt des Lasters aus der Stadt. Eine Bö fuhr ins Farbband, sie bat den Sergeant, ihr die Tür zu öffnen. Lachend blieb er sitzen und beobachtete, wie sie umständlich den Türknauf bediente und in der Baracke verschwand.

Die Listen sollten bis Mittag fertig sein, doch Inga brauchte beinahe so lange, um das Band auf die Spule zu rollen. Immer wieder rutschte es aus der Führung, verdrehte sich, schließlich quoll das kleine Rad über und ließ sich nicht in die Maschine einlegen. Zuletzt waren Hände, Arme und ihr Tisch beschmiert. Mit dem Ellbogen öffnete sie das Fenster, um die helle Luft einzulassen. Wie friedlich die Blocks dalagen, man hätte das Ganze für ein Ferienheim halten können, nur die Kinder fehlten. Sie drehte sich um, dort stand ihr Tisch, die Stempel, aufgehängt in der kreisförmigen Halterung, das Papier und die Kuverts mit dem Aufdruck der Armee Seiner Majestät. Selbst die alte *Remington* sah an diesem Frühlingsmorgen nicht ganz so schwarz aus. Inga fiel ein, sie mußte Kohlepapier bestellen. Die Tür zum Büro des Officers stand angelehnt, der Luftzug schloß sie mit einem Knall.

Sie versuchte es erst gar nicht mit Seife. Die Finger von sich gestreckt, lief sie hinüber zur Küchenbaracke und borgte sich den rauhen Stein aus, mit dem dort Zwiebelsaft und Fett abgeschrubbt wurden. Während sie rieb, drang der Essensgeruch zu ihr, im Hinausgehen warf sie einen Blick in den Kessel – was der Koch da umrührte, war braun, verkocht und roch versalzen. Sie würden es *Stew* nennen, wie immer.

Die Auflistung des schweren Gerätes war überfällig; Pionierausrüstung, Ersatzteile für Bergepanzer, Schienenmontagefahrzeuge, Spezialwerkzeug, hundert hellbraune Zettel, nummeriert und mit Kürzeln versehen, Inga sortierte sie nach Seriennummern und begann hinter dem getürmten Papier die Listen zusammenzustellen.

Sie blieb bis lange nach Dienstschluß, der letzte Laster in die Stadt war längst abgefahren; wenn sie nicht bei irgendwem hinten aufspringen konnte, mußte sie anderthalb Stunden zu Fuß laufen. Sie zog das letzte Blatt aus der Maschine, entfernte den Durchschlag, das Original kam in die grüne Mappe, zusammen mit der grauen brachte sie die Papiere ins Büro des Officers. Ohne Licht zu machen, fand sie den richtigen Korb, legte darin alles ab, nahm ihren Mantel und sperrte beim Hinausgehen zu.

Das Lager war samtweich und ruhig. Bei den Kiefern wurde gelacht, verhaltener als während des Tages, zwei Laternen beschienen die ersten Meter des Flugfelds, dahinter verschwand die Rollbahn im Dunkel. Inga ging an der unbeleuchteten Kommandobaracke vorbei, schlaff hing der Union Jack am Mast; im Casino spielte einer Klavier. Sie schlug sich in den Wald, um den Weg zum Schlagbaum abzukürzen. Zwischen den astlosen Föhren, den knospenden Sträuchern schimmerten die Lichter der Unterkünfte. Sie richtete die Augen zu Boden, ihre Schuhe waren für Pfützen nicht gemacht. An der Rückseite des Lazaretts erreichte Inga wieder den Sandweg. Abends wurde es in H als erstes ruhig, wegen der Medikamente, nahm sie an.

Sie hatte geglaubt, daß er sich kaum aufrichten konnte, doch da saß der Engländer auf der Terrasse, das Bein auf die gemauerte Brüstung gestreckt – kein Patient sonst vor der Tür, auch die Nachtschwester nicht –, wie war er ins Freie gelangt? Sein Bademantel leuchtete in der Dämmerung, er hob den Arm. Halb auf dem Weg, halb noch hinter den Hagebutten verborgen, hoffte Inga, er meinte nicht sie. Konnte sie ihn einfach übersehen? Sie machte den nächsten Schritt, da senkte er die Hand auf ihre Höhe, der gestreckte Finger zeigte auf Inga.

Nie, seit sie bei den Engländern arbeitete, hatte sie ihn in einer Schreibstube oder beim Essen gesehen. Das erste Mal war er ihr bei der täglichen Abkürzung durch das Lazarett aufgefallen, er lag im Vormittagslicht, das Bettzeug schimmerte; *aufgebahrt*, war ihr durch den Kopf gegangen, leichenblaß, geschlossene Augen, die Hände auf der Brust gefaltet. An Beschuß und Detonation hatte Inga gedacht. Am nächsten Tag fand sie ihn unverändert, bewußtlos oder schlafend, und doch war er bewegt worden, sein Haar frisiert, die Bettpfanne halb voll, eine Tafel Schokolade lag angebrochen auf dem Nachttisch. Im Vorbeigehen hatte sie das Namensschild gelesen – *A. Hayden, Ltn.* Wofür stand das *A.*?

Unverwandt zeigte der Finger auf Inga. Als sei sie in Eile, lief sie beiläufig näher, hielt auf dem Wiesenstück unter der Terrasse.

»Ja, Sir?«

Er hob den Kopf. »Die andern sind längst in der Stadt.«

Seine Stimme klang überraschend tief. Sie bemerkte das Leblose im Gesicht dieses Mannes, den weißen Hals, keine Borsten, der Bartschatten fehlte; er erinnerte sie an Statuen in der Kirche.

»Wie kommen Sie nach Hause?«

»Zu Fuß.« Sie stützte die Hand auf die äußerste Bohle.

»Dafür tragen Sie nicht die richtigen Schuhe.«

Der Vorbau, auf dem er saß, war beleuchtet, die Wiese darunter lag im Dunkeln – wie konnte er ihre Sandalen sehen?

»Die sind zu dünn für die Jahreszeit«, sagte er.

Zu dünn und zu klein, dachte Inga. Alles an ihrer Mutter war zierlich. Bei Kriegsbeginn hatte sie die roten Sandalen in den Schrank gestellt. *Die sind für den Krieg zu lustig*, sagte die Mutter und trug bis zum Ende schwarze Schuhe. *Jetzt bin ich zu alt dafür*, sagte sie, als der letzte Sommer vergangen war, und hatte Inga die Sandalen geschenkt.

»Sie heißen Inga, nicht wahr?«

Vom ersten Tag an hatten die Briten Mühe mit ihrem Familiennamen gehabt; manche versuchten es zungenbrechend, andere nahmen ihn komisch. »Das kann man nicht aussprechen«, hatte der Nachschuboffizier den Kopf geschüttelt. Weil ihr Anschlag fehlerfrei war und der Stift über den Stenoblock flog, versuchte er es dennoch mit ihr. Alle im Lager sagten Inga, und doch hätte sie gerne gewußt, bei wem der Lieutenant sich erkundigt hatte.

»Sie stammen aus der Gegend?«

Sie nickte.

»Wie ist es hier?«

»Wenn Sie den Himmel mögen, ist es schön.«

»Den Himmel?«

»Wo Sie hingehen, ist Horizont.«

»Sie meinen, so *flach*?« Die dunkle Stimme klang, als ob sie sich kräuselte.

»Nein, hoch. Für mich ist unser Land hoch. Von wo kommen Sie?«

Die Frage überraschte ihn. »Ziehen Sie auf der Karte einen Strich von Ihrer Stadt nach Nordwesten«, sagte er. »Dann treffen Sie meine Stadt.«

»England?«

»Schottland.« Er nahm das Wort wie eine Kostbarkeit. »Grüne Berge und Klippen, die bis ans Wasser bewachsen sind.«

Er bemerkte, daß sie sich Richtung Schlagbaum wandte. »Würden Sie mir einen Gefallen tun?«

Mit einem Mal kam sie sich schutzlos vor – der dünne Mantel aus schwarzweißem Zwirn, Kniestrümpfe, die Strickjacke der Mutter. Der fahle Mann mit der alten Stimme, sein verbundenes Knie auf der Brüstung, wie war er ins Freie gelangt, wie krank war er wirklich?

»Soll ich die Schwester rufen?« Inga hatte sich an die Terrasse gelehnt, nun trat sie zurück.

»Es dauert nicht lange.« Unterm Stoff des Bademantels kamen schmale Arme hervor, kraftlose Arme, die Bewegung hatte ihm Schmerz verursacht. Inga nahm die drei Stufen hoch und sagte, er müsse ins Bett.

»Ich brauche etwas aus meiner Unterkunft.«

»Wem soll ich Bescheid sagen?«

Er legte die Hände auf den Bauch, wie zum Zeichen, von ihm sei keine Gefahr zu erwarten. »Könnten *Sie* es für mich holen?« Seine Augen wirkten nicht krank, nur weit weg. Eine Haarsträhne fiel über die Braue.

»Es ist das vierte Zimmer im rechten Block, in meinem Spind, ein schwarzes Futteral.« Im Lazarett wurde gehustet, sein Kopf ging zur Seite. »Tun Sie mir den Gefallen?«

Sie wollte nein sagen, er war nicht im Dienst, hatte ihr nichts zu befehlen. Sie dachte, wie dumm, zu ihm gekommen zu sein, längst hätte sie die Schranke passiert, wäre auf einen Laster gesprungen oder bei jemand auf der Fahrradstange mitgefahren.

»Wenn man mich in den Offiziersunterkünften erwischt, verliere ich meine Stellung.«

»Unsinn.« Kaum spürbar legte sich seine Hand auf ihren Ärmel. »Um diese Zeit sind alle im Casino. Können Sie Lebensmittelmarken gebrauchen? Ich gebe Ihnen drei Tagesrationen – für einen kleinen Gefallen.«

»Ich will keine Marken von Ihnen.« Sie schüttelte die Hand ab, schämte sich dafür, stehenzubleiben.

»Nach rechts drehen.« Sie spürte, wie er ihr den Schlüssel gab, seine Fingerspitzen waren warm. Sie lief die Treppe hinunter, krampfte die Hand um das Schlüsselchen, hob die Füße im Gras übertrieben hoch, dachte, das Vernünftigste wäre, sich zum Tor zu wenden, dem Wachsoldaten eine gute Nacht zu wünschen und hinauszuschlüpfen. Das *abenteuerliche* Gefühl, das Inga stets befiel, wenn Unbekanntes lockte, ließ sie die entgegengesetzte Richtung einschlagen. Sie umging das Casino über den Pfad an der Tankstelle, die Quartiere der Offiziere tauchten auf. Eine Glühbirne für beide Häuser, das Kabel um die Äste gewunden; obwohl es windstill war, bewegte sich das Licht auf und ab. Inga drängte in den Schatten der Eiche, kein Fenster erleuchtet, schwach klang Klaviermusik durchs Lager; unwirklich, im Wald Klavier zu hören. Sie huschte über den Vorplatz zur Treppe der rechten Baracke, die Stufen, vollgesogen von der Feuchtigkeit eines Winters, klangen hohl. Sie drehte den Knauf, schaute in die Finsternis, *Vier*, dachte sie und wußte nicht mehr, war es rechts oder links. Kühle Korridorwand, seit drei Tagen blieben die Öfen kalt, sie probierte es bei der vierten Tür, öffnete sie einen Spaltbreit, erkannte nur Umrisse. *Stromausfall*, ging ihr durch den Kopf, mehrmals die Woche gab der Generator den Geist auf, in Ingas Büro hatten sie Streichhölzer auf das Waschbord gelegt. Ihre Hand tastete nach rechts, Steingutablage, Armatur, sie fand die Schachtel, schüttelte sie; nur zwei Hölzchen, sie entzündete das vorletzte. Eine Liege statt der Stockbetten bei den Soldaten, Tisch und Stuhl, einzig die Lampe war auffallend, ein verzierter Bronzefuß, mehrfarbig gläserner Schirm. Zwischen Fenster und Bett stand der Schrank. Das Holz erlosch, während Inga es fallenließ. Der Schlüssel fühlte sich feucht an, sie wischte ihn ab und schob ihn ins Vorhängeschloß. Das Aufschnappen machte mehr Lärm, als ihr lieb war; langsam, knirschend gab die Blechtür nach. Sie entzündete die letzte Flamme. Die Fächer waren fast leer, das Wenige ordentlich sortiert, mit der freien Hand suchte sie. Weiches Leder, ein Klappverschluß, zwischen Büchern und Briefpapier zog Inga das Futteral hervor; es war federleicht.

Woran sie gedacht hatte – Tabletten, Spritzen, Phiolen vielleicht, die im Inneren klirrten –, nichts davon konnte es sein. Plötzliche Hitze, sie sprang zurück, die Flamme ging aus, sie kühlte die Fingerspitzen am Ohr. Stellte die Ordnung im Dunkeln wieder her, klemmte das Etui unter den Arm und legte die leere Streichholzschachtel aufs Bord. An der ersten, gleich darauf an der äußeren Tür lauschte sie auf Stimmen; der Leutnant behielt recht – um diese Stunde war das Casino das Zentrum der Welt.

Zweimal auf dem Rückweg spielten ihre Finger mit dem Verschluß, sie hätte nur die Lasche herausziehen und den Druckknopf aufklappen müssen. Rechnete er damit, daß sie es tat? Inga beschloß, die Essensmarken zu nehmen. Hinter dem Munitionsdepot kam der Streifenposten hervor. *Hallo Inga*, sagte er, unter einer Laterne winkte sie zurück.

2

Nicht das grüne.« Ingas Mutter saß im sonnengelben Lehnstuhl. Je schwieriger Zigaretten zu kriegen waren, desto langsamer rauchte sie.

»Ich muß dem Bauern etwas geben, das er weiterverkaufen kann.« Mit Riesenschritten marschierte der Vater auf und ab. In Gassen, auf Ämtern machte sein Gang Eindruck, man ließ ihm den Vortritt, mutmaßte eine Persönlichkeit. Die Mutter schaute nicht einmal von ihrem Buch auf.

»Das grüne Geschirr stammt von den Großeltern aus Husum«, sagte sie. »Ich habe sonst nichts mehr von ihnen.«

»Altes, bestoßenes Zeug.« Seine gestreckten Arme berührten beinahe die Zimmerwände. »Der Bauer bemerkt es gar nicht.«

»Nicht das grüne.« Die Mutter stellte die Beine so, daß das linke, dünnere vom rechten verdeckt wurde. Sie war nicht hübscher heute, in dem hellen Kleid sah man nur deutlicher, wie hübsch sie wirklich war. »Wenn du tauschen mußt, nimm das Geschirr von *deiner* Familie.«

Das Horngestell bebte, hinter den Brillengläsern wirkte sein Augenaufschlag wie das Blinken eines Leuchtturms. »Soll ich mit leeren Händen –!« Zwei Meter hoch wuchs er vor ihr auf. Obwohl kein Lufthauch durchs Zimmer strich, sah das aschblonde Haar verweht aus.

Die Mutter nahm den letzten leidenschaftlichen Zug und drückte die Zigarette in der Silberschale aus, die auf die Armstütze geklemmt war. Trotz ihrer Vorsicht war der Stoff um den Aschenbecher grau gesprenkelt. »Erik«, sagte sie mit diesem Ton, als sei sie bitter von ihm enttäuscht.

»Also habe ich das Auto umsonst bestellt?« Seine Hände sanken an die Hosennaht. Der hellgraue Anzug stand ihm so gut, er trug ihn, wenn er seriös wirken wollte; jetzt schwand seine Hoffnung, daß es noch etwas aus der Fahrt über die Dörfer würde. Er sah sich den Anzug wieder ausziehen und die Gabardinehose aus dem Schrank nehmen – so abgetragen sie war, selbst die älteste Hose wurde gebügelt; ohne Bügelfalte ging Erik nicht unter Menschen.

»Früher wäre das unmöglich gewesen«, murmelte er. »Früher brauchte man nicht sein Porzellan zu verhökern, wenn man –«

»Noch ein Wort von *früher* –«, ihre sanften Augen stachen zu ihm empor, »und ich hole deine Bilder vom Speicher und hänge sie zum Fenster hinaus.«

»Laß die Bilder, wo sie sind!« bellte er und trat gleichzeitig zurück.

Sie erwiderte nichts; beide warteten ab.

»*Du* wolltest ausfahren, Marianne«, sagte er listig. »Was soll ich jetzt noch beim Bauern?«

»Wir finden schon etwas.« Sie legte das Buch weg, streckte die Hand aus, er half ihr hoch, so nebenbei, als habe es nichts mit ihrem Bein zu tun. Langsam, Arm in Arm, gingen sie durch das Haus wie durch einen Möbelladen. In der Küche fanden sie nichts, das Thema Porzellan war erledigt, von Eriks Gerätschaften kam kein Stück in Betracht.

Sie betraten das Südzimmer, die Märzsonne war über den First geklettert, Marianne zeigte auf das Gemälde mit den stürmenden Pferden; er schlug den gläsernen Mandarin vor, aus dessen Kopf der Lampenschirm wuchs. Sie erreichten den fensterlosen Flur, standen vor der Tür von Eriks totem Bruder; dessen Witwe lebte dahinter so geräuschlos, als sei sie ihm schon gefolgt. Leise wollten die beiden ins Wohnzimmer weiter, als das schwere *Tak* in ihr Bewußtsein drang. Gemeinsam drehten sie sich um; brauchten nur ein paar Sekunden zu warten, bis das Räderwerk sich in Bewegung setzte, die zapfendicken Gewichte nach unten sanken und das Schlagwerk blechern die Viertelstunde läutete. Erik sah Marianne an, ihre Augen sagten Ja.

»Ob man sie in den Kofferraum kriegt?« Der Vater stellte sich neben das Nußholzgehäuse.

»Bestimmt.«

»Zwei Speckseiten und zwei Flaschen Selbstgebrannten«, errechnete er den Gegenwert.

»Nimm nur eine Flasche.« Sie kam zu ihm. »Wir brauchen Kartoffeln.«

»Du hast recht.« Er legte den Arm um sie. »Und Wintersalat. Bis unser Garten was abwirft, dauert es noch Wochen.«

Während er sprach, glitt ihre Hand über die Kleidertasche, sie sehnte sich nach der nächsten Zigarette.

*

Ab Mittag verfiel das Lager in Schläfrigkeit. Der Officer kam aus dem Speisesaal nicht zurück und überließ es dem Sergeant, wieviel unerledigt blieb; der Sergeant überließ es Inga. Sie schrieb die Bestellung für acht fehlende Persennings, mahnte die Vergaserkappen an und gab die Wochenliste der Wäscherei durch. Der batteriebetriebene Plattenspieler, Sonderwunsch des Commanders, wurde als dienstlich deklariert.

Der Transport in die Stadt ging eine halbe Stunde zu spät ab, sie hatte das eingerechnet und kam gerade zurecht, als die hintere Wagenklappe geöffnet wurde. Auf den Bänken der Ladefläche drängten sich sechzehn Engländer und Inga. Der Wagen rollte durch jene Landschaft, in der sie als Mädchen zum ersten Mal allein Rad gefahren war, über schlammige Wege, die rechteckig eingefriedeten Weiden entlang, unter Pappeln, die sich hoch in den Himmel reckten. Wie hätte sie damals wissen sollen, daß sie eines Tages hier arbeiten würde, in einem Büro mitten im Wald?

Es war das Land zwischen den Meeren. Für die Menschen an beiden Küsten war die See ihr Arbeitsplatz, sie fuhren übers baltische Meer, in die dänischen Buchten und weiter nach Schweden. Sie bewirtschafteten die Inseln im Westen, Pellworm, Amrum und Sylt, ihre Siedlungen waren auf hingeschütteten Hügeln errichtet und durch Deiche geschützt. Grüngelbe Zungen schoben sich ins Wasser, Weiden, durchbrochen von leuchtendem Raps. Fuhr man tiefer ins Land, begrenzten Buschhecken die Felder, die Herrenhäuser waren umstanden von Buchen, manche Kirche aus Backstein wurden von verspielten Zwiebeltürmen gekrönt. Ingas Stadt lag in der Mitte des schmalen Landes, doch auch hier war die Nähe zum Meer zu spüren. Kein Bürgerhaus hatte mehr als drei Stockwerke, der gotische Bau von *Sankt Johannis* überragte sie alle. Föhrden wurde von mittelalterlichen Türmen begrenzt, die Friedhöfe lagen außerhalb, denn das Grundwasser stand hoch; die Toten mußten in flacher Erde bestattet werden. Ein König von Dänemark und Herzog von Schleswig und Holstein hatte den Ort 1615 zur Stadt erhoben, deren einzige Besonderheit die warmen Moorquellen waren, mit deren Schlamm damals wie heute das Rheuma behandelt wurde.

Die Engländer waren über die Helgoländer Bucht gekommen und hatten die Häfen besetzt. Gekämpft hatten sie weiter drüben, wo jetzt die Straße gebaut wurde; kein Schuß war hier in der Gegend gefallen. In Föhrden rückten sie ein, als alles vorbei war. Das lag noch nicht lange zurück.

Die schweren Räder spritzten Morast über die Straßenränder. Keiner außer Inga sah, daß dort schon Feldblumen wuchsen, Narzissen und Himmelsschlüssel, dazwischen eine gerissene Panzerkette, rostrot, wie die Haut einer Schlange, abgeworfen in der Sonne. Der Soldat neben ihr starrte auf Ingas Knie, der Rock bedeckte sie nur zur Hälfte, auch der Mantel war kurz. Sie preßte die Waden aneinander, zog das Kopftuch enger, dachte an den weißhäutigen Leutnant. Aus der Dunkelheit war sie auf die Terrasse getreten und hatte ihm das Futteral übergeben. Statt eines Dankes nickte er nur, schien mit einem Mal sehr erschöpft. Sie hatte die Essensmarken genommen, gesprochen wurde nur das Nötigste.

Nach der Stadtgrenze sprang Inga ab, lief das letzte Stück, betrachtete die Muster der Pflastersteine und stellte sich die Schuhe vor, die diese Steine blank getreten hatten; bis tief in die Vergangenheit reichten ihre Tritte. Ein Käfer schaffte die Erhebung zwischen zwei Steinen nicht, unwirklich langsam bewegte er sich, als sei es kompliziert, sechs Beine gleichzeitig zu benützen. Vorne überwand er das Hindernis, zog sich hoch, die Hinterbeine strauchelten, er rutschte zurück. War er vom Frühling so taumelig, oder hatte er im Winter zu sterben versäumt und lebte außerhalb seiner Zeit? Mit dem Finger half Inga ihm, das Plateau zu erreichen, nun saß er ratlos dort oben, verschlafen gingen die Fühler hin und her. Hinter Inga hupte es, ein Laster verbreitete Gestank. Sie begriff, daß sie auf allen vieren in der Gasse kniete, sprang auf, trat zur Seite und beobachtete besorgt, wie der Käfer zwischen den Rädern verschwand und dahinter wieder auftauchte.

Als Inga heimkam, stand Hennings Auto vor der Gartentür. Er und ihr Vater schleppten die Standuhr die Treppe herunter; obwohl sie Pendel und Gewichte abmontiert hatten, schlugen die Eisenteile bei jedem Schritt aneinander. Inga strich über die Kühlerschrift des Wagens und beobachtete die Männer bei der Arbeit. Henning war vierzig und der beste Freund der Familie. Er hatte zwei Söhne, zwölf und acht; als er vom Balkan zurückkehrte, hatten die Jungs ihn nicht wiedererkannt. Daß er unversehrt geblieben war, hatte er seinem Pferd zu verdanken, zwei Tage vor der Gegenoffensive warf es ihn ab, Rückgratprellung, im Lazarett erfuhr er, daß all seine Kameraden gefallen waren. Henning war schwer, nicht plump, sein Haar wie Wolle aus Stahl. Neben Erik wirkte er dennoch verloren.

»Paßt auf das Glas auf.« Die Mutter hatte ihr Kissen ins Fenster gelegt, rauchend beaufsichtigte sie den Transport.

Auf der Schwelle stellten die beiden den sperrigen Kasten ab, der Vater fluchte, weil sein Anzug einen winzigen Fleck abgekriegt hatte.

Henning bemerkte Inga, lief auf sie zu, umschloß ihre Hände und küßte sie auf die Wange. »Kommst du mit?« Er lächelte, daß der Goldzahn blitzte.

»Wir brauchen auch Eier«, sagte die Mutter von oben.

»Brauchen wir nicht.« Inga zog die beklebte Karte hervor, zwischen den braunen Marken befanden sich zwei mit dem begehrten roten Stempel.

»Wir sollten uns gelegentlich bei deinem Offizier bedanken.« Mit spitzen Fingern hielt Marianne die Zigarette aufrecht, damit keine Asche in den Garten fiel. Inga erschrak, begriff aber gleich, die Mutter meinte nicht den Lieutenant, sondern den Nachschuboffizier.

»Fährst du mit?« wiederholte Henning. Sein Hemd stand offen, der getrocknete Schweiß klebte die Haare an seine Brust.

Sie wollte antworten, daß sie müde sei, gleichzeitig hatte sie Lust, mit Henning im Wagen zu sitzen. *Er kommt deinetwegen,* hatte Marianne einmal gesagt. *Was er sich wünscht, darfst du ihm nicht erfüllen, aber Freundlichkeit kostet nichts.*

Inga redete sich ein, sie tue es der Mutter zuliebe; Marianne genoß es, durch die Gegend gefahren zu werden. Im Auto konnte sie überallhin, war beweglich wie früher. Während die andern in die Natur liefen, stieg sie nicht aus, streckte lediglich ihre Beine in die Sonne.

»Haben wir denn alle Platz?« Inga erwiderte Hennings Händedruck.

Der Kofferraum stand offen, die Wolldecke war ausgebreitet, der Vater und er hievten die Uhr hinein; man würde sie festbinden müssen.

»Platz, soviel du willst«, sagte Henning. »Einsteigen!« rief er zum Fenster hoch.

Marianne schloß die beiden Flügel, es dauerte eine Weile, bis sie an der Treppe erschien, jetzt kam das Schwerste. Sie betrat die oberste Stufe, stellte das schmale Bein neben das gesunde, stützte sich ab und nahm den nächsten Absatz. Dabei benützte sie den

Handlauf so nebenbei, als käme sie eigentlich ohne ihn aus. Auch wenn die andern ihr hätten helfen wollen, verharrten sie beim Auto – im Freien, wo Fremde Marianne sehen konnten, verbat sie sich jede Unterstützung. So lange sie für den steilen Weg auch brauchte, überstrahlte sie ihn mit ihrem Lächeln, und das besagte, es war endlich Frühling geworden.

Sie brachen nach Jemshoe auf. Wenn es für Hennings Wagen zwischen den regengefüllten Löchern kaum noch ein Durchkommen gab, verfinsterte sich sein Gesicht; bemerkte er jedoch Ingas Blick im Rückspiegel, trat er aufs Gas, daß es spritzte, dabei lachte er über Mariannes ängstliche Rufe.

Der Bauer gab Rote Beete heraus und Sellerieknollen, aber weder Kartoffeln noch Schnaps. Der Vater glaubte dessen Ausflüchte nicht, hatte jedoch keine Lust, mit der sperrigen Uhr wieder heimzufahren. Er bestand auf einem ordentlichen Stück Fleisch. Der Bauer sagte, er schlachte erst kurz vor Ostern. Da müßte man die weite Fahrt ein zweites Mal machen, schüttelte Erik den Kopf. Ein Lamm könne er gleich abgeben, lenkte der Bauer ein, es werde die Nacht nicht überleben. Obwohl die Schafe draußen weideten, ging er in den Stall und brachte ein junges Tier, es war blutig im Gesicht, ein Stück der Schnauze fehlte, die kleinen Zähne lagen bloß, es zitterte am ganzen Körper. Der Hund habe zugebissen, erklärte der Bauer und bot an, sofort zu schlachten.

»Bis Ostern ist noch viel Zeit«, sagte Inga. »Bleibt das Fleisch denn so lange frisch?«

Ihren Vater konnte sie täuschen, nicht aber Marianne. »Es leidet«, sagte die Mutter. »Siehst du das nicht?«

Bis auf die Wunde sei es gesund, widersprach Inga. Der Bauer sah Erik an, die Entscheidung lag nun bei ihm.

»Die Uhr ist wertvoll.« Durch die dicken Gläser wirkte sein Blick hilflos.

»Das häßliche Ding hat nie einer gemocht!«

Der Bauer hatte das Lamm abgelegt, es hörte die andern blöken, wollte aufspringen, aber die Hinterbeine gaben nach. Inga lief hin und nahm es auf den Arm. Rund um den Biß dickte das Blut ein.

»Du bist doch kein Kind mehr«, sagte die Mutter und spielte damit auf den Tag an, als Inga die Häsin freigelassen hatte. Wochenlang kein Stück Fleisch, im Radio nichts als Durchhalteparolen, und trotzdem war Inga in der Nacht, bevor Erik dem Karnickel das Genick brechen sollte, zum Stall geschlichen und hatte es aufs Feld getragen. Mehrmals mußte sie in die Hände klatschen, um das Tier zu verscheuchen, endlich verschwand es in der Finsternis. Marianne hatte Inga eine derart heftige Tracht Prügel versetzt, daß sie der Arm schmerzte, Erik war währenddessen stöhnend in der Küche auf und ab gelaufen.

»Bis Ostern«, bettelte Inga.

»Wer soll es schlachten? Wo soll es bleiben?«

Diese Nacht, vielleicht die nächste, wiederholte der Bauer, dann sei es ohnehin vorbei. Inga versprach, Kondensmilch aus dem Lager zu besorgen, wartete den Widerspruch nicht ab und ging mit dem Tier zum Auto, vorbei am entschlußlosen Vater.

»Warte.« Henning breitete eine Decke auf den Rücksitz. Sie sollte den Blick nicht bemerken, den er den Eltern zuwarf, liebevoll und verschmitzt zugleich. Inga drückte das Lamm an die Brust, es atmete in kurzen Stößen, ihre Bluse verfärbte sich.

Mißgelaunt kam Marianne zum Auto. »Du und deine verdammte Tierliebe.« Beim Einsteigen hielt sie sich am Türrahmen fest.

Der Bauer und Erik besiegelten das Geschäft per Handschlag, er trug die Speckseite zum Kofferraum, Henning folgte mit den Gemüsesäcken. Als Inga zurückschaute, mußte sie lachen – auf der morastigen Wiese, umringt von Schafen, stand die Pendeluhr.

— 3 —

Es war das Standardkuvert, ohne Stempel, was bewies, daß es nicht über einen Schreibtisch gegangen war, sondern von Baracke zu Baracke. Ingas vollständiger Name stand da, und der Zusatz *C.E.* – für nichtmilitärische Angestellte. Inga schrieb die Beschwerde über verdorbenes Büchsenfleisch zu Ende, zugleich mit der grünen Mappe nahm sie den Brief und verließ das Büro. Auf halbem Weg zur Kommandantur bildeten fünf Föhren einen Kreis, Inga setzte sich in die Mitte und öffnete das Kuvert. Nur ein gefaltetes Blatt, aus einem Heft gerissen.

Könnten Sie mir am Wochenende noch einen Gefallen tun?

Sonst nichts, außer der Unterschrift – *Alec Hayden.*

Sie ließ das Papier sinken, schaute auf ihre rote Sandale, der kleine Zeh war aus der Schlaufe geschlüpft und quetschte sich seitlich hervor. Wieso war sie sicher gewesen, der Brief stammte von ihm? Sie wippte mit der überzähligen Zehe – *eine* Zeile, nicht der Mühe wert, sie zu beantworten –, schob das Blatt in den Umschlag zurück und lief weiter zur Kommandantur.

Zu Mittag aß Inga nichts vom Stew, statt dessen nahm sie sich Äpfel und Weißbrot, kehrte früher als die andern an die Arbeit zurück und überraschte den Sergeant mit fertiggestellten Listen, die erst in drei Tagen erwartet wurden. Sie beobachtete die Sonne, die nachmittags phantastische Muster auf den Waldboden zeichnete. Auf dem Weg aus der Baracke begegnete sie ihrem Officer, der die Idee ansteckend fand, früher Schluß zu machen, und sie ein Stück begleitete. Auf dem Sandweg verabschiedeten sie sich,

Inga mied die Krankenstation und erreichte entlang der Hagebuttensträucher das Tor. Der Soldat überhörte ihren Wunsch, die Schranke unten zu lassen, er nahm es als Sport; der eiserne Balken schwebte hoch. Inga ging durch, nach ein paar Schritten blieb sie stehen.

»Zu dumm«, sagte sie auf Deutsch, schüttelte den Kopf und kehrte so unvorhersehbar um, daß der sinkende Schlagbaum sie beinahe am Kopf erwischte. Sie murmelte eine Erklärung, lief den gleichen Weg ins Lager zurück – bis nach **H** waren es achtundfünfzig Schritte. Inga mißachtete ihr dunkles Gefühl, ließ keine Überlegung zu, nahm die drei Stufen zum Hintereingang, öffnete die Tür und betrat den dämmerigen Raum. Betten zu beiden Seiten, fünf von zwölf waren belegt.

Er schlief. Sah aus wie Männer auf alten Postkarten, das Haar zu lang, durch die bleiche Haut wirkten die Augen noch stärker umschattet. Im Bett daneben preßte einer mit Kopfverband die Hände gegen die Schläfen und hustete vorsichtig; draußen zwitscherten Vögel. Sie stand da, betrachtete ihn und das Krankenblatt, wußte nicht, was sie länger hier sollte, und kehrte um – da wechselte er ohne ersichtlichen Grund vom Schlaf zum Wachen. Die Lider hoben sich, er sah Inga mit einer Klarheit an, daß sie glaubte, er habe sich nur verstellt.

»Am Wochenende habe ich keine Zeit«, sagte sie überdeutlich.

»Wie ist das Wetter draußen?« Er rutschte an die Bettkante.

Erst jetzt bemerkte sie den Rollstuhl daneben, er hievte sich hinüber, hob das operierte Bein mit den Händen nach und ließ es gestreckt auf das Trittbrett sinken. Während sie überlegte, ihm behilflich zu sein, rollte er schon zur Tür.

Die Terrasse lag im letzten Tageslicht, rote Dunstschwaden hingen über den Bäumen. »Abends mag ich euer flaches Land«, sagte er. »Von überall sieht man die Sonne sinken.« Er habe, fuhr er fort, seit längerem ein Treffen arrangiert, dafür brauche er ein paar Sachen, die es im Lager nicht gebe. »Und da dachte ich an die tüchtige Inga.« Lächelnd rieb er sein Kinn.

Sie schwieg überrumpelt, begriff, daß sie ihm bloß *nützlich* erschien, weil sie beim Nachschub arbeitete.

»Ich verspreche, es ist das letzte Mal.« Er rollte herum. »Nächste Woche lassen die mich schon aufstehen.«

»Dann veranstalten Sie Ihr *Treffen* doch nächste Woche«, sagte sie schroff.

»Bloß ein paar Kleinigkeiten.« Das kalte Metall des Schwungrades berührte ihr Bein. »Eine Hängelampe mit dunklem Schirm, ein glattes Tischtuch und Klemmen, es zu befestigen.«

»Sonnabend bin ich verabredet«, sagte Inga.

»Ist das so wichtig?« Der Leutnant lehnte sich zurück. Der hingeräkelte Mensch, Abendrot um seine Schultern, für dieses Lächeln haßte sie ihn.

»Suchen Sie sich jemand anders, der Ihnen die Lampe besorgt.« Beim letzten Wort lief sie die Stufen hinunter. Er rief ihr nach, aus seinem Mund klang ihr Name häßlich.

Vor dem Abendbrot schaute Inga nach dem Lamm, es ging ihm besser, die Wunde verheilte, ohne zu eitern. Sie wollte ihm frisches Stroh aufschütten, aber es hatte sein Lager gar nicht beschmutzt. Die Mutter hatte ihr verboten, ihm einen Namen zu geben – *Dadurch wird es nur schwerer.* Das Lamm fraß nicht, nahm auch keine Dosenmilch an; Inga ging erst, als es vollkommen dunkel war.

Die Eltern hatten das Fenster geöffnet, um den Duft der Kastanienblüten einzulassen. Der alte Baum reichte bis zum zweiten Stock, als Mädchen war Inga hinaufgeklettert und hatte ihnen von draußen zugewinkt. Der Vater hatte sich furchtbar aufgeregt, Marianne lobte Ingas Tapferkeit.

Die Eltern spielten Canasta. Sie ging auf den Flur und starrte im Halbdunkel die Kommode an; die Sachen darin gehörten dem toten Onkel. Sie zog die mittlere Schublade auf, fühlte das glatte Tuch, an seinem letzten Geburtstag hatten sie es benutzt. Inga nahm es heraus und ging damit auf den Balkon im hofseitigen Zimmer. Seitdem der Wind vor Jahren das gute Geschirr zu Boden gerissen hatte, befestigte der Vater das Wachstuch mit Klemmen. Zwei waren im Winter verrostet, Inga putzte sie mit einem Lappen; niemand würde ihr Fehlen bemerken.

Während die Eltern noch spielten, legte Inga sich schlafen. Der fahle Leutnant fiel ihr ein, sein Befehlston, die Herablassung, zugleich diese Müdigkeit. Als ob das Weiß seiner Haut von einem Gesicht *dahinter* kam, ein verbrauchter Mann, versteckt in einem anderen. Überheblichkeit war bei den Engländern häufig, der leise Ton des Beherrschens, wenn sie ganz nebenbei ihre Orders gaben – angenehmer als die alten Kommandostimmen, zugleich kälter. Inga stand wieder auf, lief barfuß auf den Speicher und fand die Lampe nach kurzem Suchen. Sie hatte einen altmodischen Bastschirm und war zu groß, doch in die Strandtasche müßte sie passen. Was würde der Wachposten sagen, wenn Inga mit einer Strandtasche zum Dienst erschien? Sie nahm die Lampe mit nach unten, versteckte sie im Schrank, sprang ins Bett und schlief so fest ein, daß der Vater sie morgens wecken mußte.

Auf der Fahrt ins Camp war Inga mit den Krankenschwestern allein, keine von ihnen sprach, zwei pafften lustlos in den grauen Tag. Es war, als ob sich der Frühling beleidigt zurückzog, verhangen und kalt, Inga spürte Gänsehaut an den Schenkeln. Der Laster hielt am Tor, die Wache fand es nicht der Mühe wert, aus dem Verschlag zu kommen, Papiere wurden nicht überprüft. Sie sprang ab, schlüpfte unter der Schranke hindurch und trennte sich von den Schwestern.

Der Sergeant war noch beim Frühstück, Inga schob die Tasche in die Ofennische und warf ihren Mantel darüber. Während sie das Register für den nächsten Monat anlegte, blaue und grüne Kartons beschriftete, fragte sie sich, warum sie dem Leutnant diesen Gefallen tat. Am meisten fürchtete sie sein Lächeln.

Kurz vor zwölf rief der Officer und diktierte Briefe. Durch sein Fenster sah Inga die Krankenschwestern Richtung Speisesaal laufen. Der Chef sprach rasch und nachlässig, ohne sich zu vergewissern, ob sie mitkam. Sie hätte den Bleistift anspitzen müssen, unterbrach aber nicht.

»Das tippen Sie nach dem Lunch«, sagte er, rückte die Krawatte zurecht und setzte die Mütze auf. Inga beobachtete, wie die braungekleidete Gestalt zwischen den Bäumen verschwand.

Wie um sich selbst zu beweisen, daß es keine Dringlichkeit hatte, ließ sie sich Zeit, spitzte den Stift, wusch ihr Gesicht, betrachtete sich im Spiegel. Sie war keine von denen, die man im Lager *Fraulein* rief, die Fräuleins waren blond. Inga hatte die Farbe ihrer Mutter, kastanienbraun, mit ebensolchen Kringeln hinter den Ohren. Sie raffte das Haar, steckte es mit der Perlmuttspange am Hinterkopf fest, zog ihre Jacke an, nahm die Strandtasche und ging über den Sandweg zur Krankenstation.

Sie war nicht darauf gefaßt, ihn in Gesellschaft zu treffen. Er saß einem Fremden gegenüber, dessen leichter Mantel sich gegen das Geländer bauschte. Im Rollstuhl vorgebeugt, sprach der Leutnant auf jenen Mann ein, die Stimme drang als Raunen zu Inga. Unentschlossen stand sie bei den Hagebutten, lief zögernd auf die Baracke zu; der Unbekannte verdeckte ihr Näherkommen. Nur ein paar Worte, nahm sie sich vor, seine Überraschung, die Dankbarkeit wollte sie erleben, und wäre gleich wieder fort. Sie lief die drei Stufen hoch, der Leutnant hörte das Geräusch, sein Kopf fuhr herum.

»Ja?« Härte im Blick, Widerwillen.

»Ich habe Ihnen –«

Er bemerkte die Tasche, der Lampenschirm wölbte sich über den Rand.

»Danke. Stellen Sie es einfach hin.« Keine Freundlichkeit, Abwehr statt dessen, als habe ein Tier sich unerlaubt in seine Nähe geschlichen und hoffte, zum unrechten Zeitpunkt gestreichelt zu werden.

»Dann sehen wir uns also Samstag?«

Die fahle Haut, die Herablassung; zwischen Ingas Schulterblättern zuckte es.

»Am Wochenende bin ich verabredet!« rief sie.

Der Fremde musterte sie neugierig, seine buschigen Brauen waren heller als das Haar, er hatte eine ungleichmäßige Nase, als wäre daraufgeschlagen worden. Kein Soldat, dachte Inga, kein Engländer. Mit einem Ruck preßte sie die Tasche auf den Schoß des Leutnants, der fuhr zusammen, sie hatte das verwundete Knie berührt. Ohne die Stufen zu nehmen, sprang sie ins Gras, rannte zurück, schlug den Weg zum Casino ein, ertrug es nicht, irgendwem zu begegnen, lief in den Wald und beugte sich hinter dem Munitionsdepot erschöpft über den Hydranten.

— 4 —

Das Lamm bewegte sich nicht, als sie den Schuppen betrat. Es lag auf dem Stroh, die Beine angezogen, der Kopf kraftlos hintüber geknickt. Schaufeln und Harken waren beiseite geräumt, die Stangen, an denen Vater die Bohnen hochband, lagen gebündelt in einer Ecke. Inga hatte die Schubkarre gegen die Wand gekippt, das Stroh zum Nest aufgehäuft. Ein guter Stall für ihr Lamm – aber es war heute noch weniger imstande zu fressen als gestern. In Tropfen ließ Inga Kondensmilch an sein Maul, die rann die Wunde entlang und versickerte im Stroh. Sie setzte sich, hob den kleinen Kopf in den Schoß und erzählte von ihrem endlosen Nachmittag, der Strandtasche, dem bauschigen Mantel des Fremden. Sie streichelte das Tier, sein Atem ging so schwach, daß sich der Bauch kaum hob. Sie wußte nicht, weinte sie aus Enttäuschung, oder weil ihr Lamm starb. Ingas Tierliebe war allumfassend. Sprang ein Fuchs aus dem Unterholz, flitzte irgendwo eine Maus oder kreuzte eine Katze ihren Weg, verharrte Inga und flüsterte den Tiernamen wie eine Beschwörung. Frösche, Spinnen, Vögel – kein Pferd am Weidenrand, mit dem sie nicht plauderte. »Komm, Pferd«, sagte Inga so lange, bis der Klepper näher trabte und sich streicheln ließ.

Sie erkannte das Motorgeräusch von weitem. Während der Wagen näher kam, hielt, die Tür geöffnet und sachte geschlossen wurde, gestand sie sich ein, wie sehr Hennings Besuch sie freute. Er setzte seine Schritte behutsam, wollte nicht, daß die Eltern ihn hörten. Inga wischte die Hand ab, die feucht von Milch und Speichel war, strich den Rock glatt, zog den Kniestrumpf gerade. Hennings Gang zum Haus – jetzt spähte er um die Ecke, sah, daß ihr Fenster dunkel war, er wußte, wo er sie fand. Je länger er brauchte, desto unruhiger wurde sie.

Seine Hand schob sich um die Bretter, er stand über ihr und erkundigte sich nach dem Schaf. Inga sagte, sie wisse nicht, wie sie dem Lamm beim Sterben helfen sollte.

Henning kam auf die Knie. »Ich kann so etwas nicht.«

»Die Eltern sind böse, wenn es nicht ordentlich geschlachtet wird.«

»Ostern«, nickte er. »Viel Fleisch ist nicht dran.«

Er setzte sich, gemeinsam streichelten sie das Tier. Den anderen Arm legte er um Ingas Schulter, erzählte von seinem Tag in der Möbelfabrik. Die Auslieferung war ins Stocken geraten, weil es für den Laster keine Ersatzteile gab; mit dem Pritschenwagen brauchten sie zweimal so lang. Inga sah das viele Holz vor sich, zum Trocknen gestapelt, die Maschinen mit den langen Sägeblättern, Henning hatte ihr die Küchen gezeigt, die sie dort bauten, neue Küchen mit schönen glatten Oberflächen – *Du kannst dir jede Farbe aussuchen* –, er hatte ihr den Katalog mit den quadratischen Holzplättchen vorgelegt, Dutzende, von Schwarz bis Weiß. Sie waren abends hinausgefahren, als die Fabrik geschlossen war; Henning zeigte ihr auch das Büro seiner Frau. Trude machte die Einteilung, führte die Bücher, überwachte die Auslieferung – er sprach stets voll Hochachtung von ihr. Die Photos der Jungs hatten auf Trudes Schreibtisch gestanden.

Henning tastete nach Ingas Schulterblatt, spielte mit den Wirbeln, seine Hand wanderte den Rücken hinunter. Ohne Hast zog er die Bluse aus ihrem Rock und berührte die nackte Hüfte. Sie wollte in sein Haar fassen, das Lamm war dazwischen; es machte einen unruhigen Atemzug. Lächelnd zeigte er zu den Gartengeräten, hier werde Erik nun bald wieder *mit grüner Hand regieren*.

Henning und der Vater waren nur wenige Jahre auseinander, sie verstanden sich blendend. Marianne genoß Hennings Aufmerksamkeit, er brachte Zucker vorbei, Senfpulver und Rosinen, klapperiges Mobiliar nahm er mit und reparierte es in der Firma umsonst. Beinahe täglich machte er den Umweg zwischen der Möbelfabrik und seiner Wohnung. Die beiden Familien hielt Henning streng voneinander getrennt. Inga wußte, warum, die Eltern vermuteten es. Niemand brachte das *besondere* Verhältnis zur Sprache. Erik und Mariannne begrüßten Henning als Hausfreund, fuhren in seinem Wagen aus, freuten sich über die Geschenke; Ingas Rolle in dem Quartett wurde nicht näher benannt und lächelnd übersehen. Aus diesem Grund hatten die Eltern auch nichts dagegen, daß Henning die Tochter sonnabends ausführen sollte.

Eine neue Bar habe aufgemacht, sagte er, sehr verschwiegen, am Stadtrand, dort könne man tanzen. Inga ging im Geist ihre Kleider durch, keines, das ihr einfiel, paßte in eine Bar. Henning streichelte ihre Hüfte, sein Satz kam rasch und leise.

»Du bist so jung.« Dabei zog er die Hand unter der Bluse hervor, gleich wurde die Haut dort kalt. Sie sprachen nicht mehr, Inga kannte das, wenn Henning trübe zumute wurde, wegen ihrer *Situation*. Er verabschiedete sich und ging, ohne Marianne und Erik begrüßt zu haben. Mit dem Lamm in der Dunkelheit fühlte Inga sich nicht mehr wohl, wünschte plötzlich, den Abend mit den Eltern zu verbringen. Sie legte das Tier aufs Lager und schob Stroh darüber; ging hinein und bot an, beim Kartenspiel den dritten Mann zu machen.

Am nächsten Samstag, kurz vor sieben, sagte Henning ab. Gemeinsam mit Marianne stand Inga im Schrankzimmer, sie wollten ein rosa Getupftes finden. Erik richtete die Nachricht aus.

»Einer der Jungs ist krank. Es tut ihm leid.«

Sie suchten nicht weiter nach dem Kleid. Den Winter über hatten die Jungs ständig Krankheiten gehabt, es war Hennings häufigste Ausrede, er brach Versprechen zu leicht. Inga war wütend, sie wünschte sich ihren Samstag – auch ohne ihn – und ging nach unten, um die Schuhe zu wechseln.

Auf der Straße nahm sie die Richtung zum Schloßpark, hatte

Lust, über die Krokuswiese zu laufen, bis ihr einfiel, daß sich an solch einem Abend alle zum Schloß aufmachten. Sie wandte der Stadt den Rücken und ging in die Weiden hinaus. Das erste Grün hatte das Wintergras besiegt, nur um die Teiche hing noch schlaffbraunes Schilf. Wie ein unbehauener Block stand der Turm der Kirchenruine gegen den Himmel. Sechs Bäume zählte Inga in der Weite; wären sie nicht gewesen, hätte man gemeint, auf einem grünen Meer zu gehen. Am Horizont tauchten Schafe auf, viele Lämmer waren darunter. Sie wechselte die Richtung. Obwohl das Licht schwand, lief sie nach Norden, folgte dem Straßenband zwischen den Wiesen, die mit jeder Minute blauer wurden.

Dort zeigte das Erlengehölz die Kreuzung an, von wo man zur Linken nach einer halben Stunde das Gefängnis erreichte. Ingas Vater hatte sich seine besten Sachen dorthin bringen lassen; selbst in der Zelle verbat er sich jede Nachlässigkeit. In Anzug und Krawatte war er von Wand zu Wand gegangen, trug die grauen Schuhe, deren Leder er täglich aufrauhte, und erschien zu den Vorträgen der Engländer als vollkommener Gentleman. Er wirkte so elegant, als sei er nicht der Belehrte, dem die Ideologie ausgetrieben wurde, sondern lediglich ein Beobachter der Entnazifizierung. Als er bügeln wollte, lachten ihn die Wärter aus, ließen ihn aber schließlich doch in die Wäscherei. Bis zum Verfahren nannten sie ihn den *bügelnden Nazi*. Bevor er entlassen wurde, zeigte der Vater einem von ihnen, wie man den Hemdkragen vor dem Bügeln umschlug, um die perfekte Linie zu erhalten.

Papiere, die bei der Durchsuchung nicht gefunden worden waren, hatte Erik verbrannt, die Bilder aber hob er auf. Er hatte sie Inga gezeigt, ohne Stolz oder Scham, es waren eben *seine* Bilder. Sie lagen auf dem Speicher, und auch wenn die Frauen es sich wünschten, redeten sie Erik nicht zu, sie zu vernichten. Man hatte ihn damals gerne in der Partei aufgenommen, er war groß, die scharfe Nase, das kräftige Kinn; in der *Goldfasan*-Uniform sah er stark aus und offiziell. Auf keinem der Photos trug Vater die Brille, obwohl er ohne sie praktisch blind war. An ihm saßen Gurte und Tressen einwandfrei, faltenlos die braune Brust, der Krawattenknoten bildete das perfekte Dreieck. Es gab kein einziges Bild, auf dem Marianne zu sehen war. *Sie hatte es nicht mit der Zugehörigkeit*, erklärte er. Inga fiel ein, daß die Mutter immer in halben Sätzen von der Partei sprach, nicht wegwerfend, nur so, als sei ihr nie viel dazu eingefallen. *Es war eben seine Zeit,* sagte sie, um solch ein Gespräch zu beenden.

Inga blieb stehen – unwillkürlich hatte sie die Richtung zum Lager eingeschlagen und war nun schon so nahe, daß sie im Zwielicht die Baracken zwischen den Föhren ausmachen konnte. Als es noch Luftangriffe gab, hatten sich die Engländer in diesem Wald verschanzt, jetzt war es der friedlichste Ort. Sie sah den Wachsoldaten hundert Meter vom Schlagbaum entfernt im Feld, er bemerkte sie, zog die Hose hoch und rannte zu seinem Posten. Von weitem rief er sie an, die Waffe im Anschlag, er senkte sie nicht, auch als er begriff, es war eine Frau. Inga erkannte den kleinen Waliser, er schob häufig Wochenenddienst, weil ihm die Lokale in der Stadt zu laut waren. Sie begrüßte ihn beim Vornamen, log von Papierkram, der liegengeblieben sei, und wurde durchgelassen. Der Hangar, die Wege, die meisten Baracken menschenleer – Inga holte von der Bereitschaft den Schlüssel, ging zur Nachschubkanzlei, schloß auf und betrat ihr Büro. Sie machte Licht, wusch Gesicht und Hände, ordnete das Haar; das hellgrüne Kleid war für den Abend zu dünn, dennoch ließ sie den Mantel in der Baracke und lief nach H. All ihre Befürchtungen schob sie beiseite, sie wollte *ihren* Samstag Abend. Im Zimmer der Nachtschwester brannte Licht, Inga wich zu den Hagebutten aus und betrat die Krankenstation über die Terrasse.

Gleich beim Eingang erkannte sie, sein Bett war leer, auch der Rollstuhl fehlte. Langsam ging sie die Reihe entlang, vorbei an seinem Krankenblatt, bis sie fast den anderen Ausgang erreichte.

»Er hat sich angezogen«, sagte ein Soldat, dessen Buch aufgeschlagen auf seiner Brust lag. »Dann ist er rausgefahren.«

»Wohin?« Inga trat an sein Bett.

»Hat er nicht gesagt.«

Unwillkürlich wandte sie sich in Richtung der Nachtaufsicht.

»Mit der Schwester hat er sich wohl geeinigt.« Der Mann kam hoch, das Buch rutschte. »In *die* Richtung.« Er zeigte zum Fenster.

»Da ist das Flugfeld.«

»Dorthin hab ich ihn rollen sehen.«

Sie bedankte sich und ging, ohne daß die Schwester sie bemerkte.

Nie war Inga dem Verlauf der Startbahn weiter gefolgt als bis zur Sandbucht hinter dem Hangar. Ihre Schritte klangen verloren auf dem Betonband; außerhalb der Barackenbeleuchtung war es dunkel. Inga fror auf der weiten Fläche und umfaßte sich mit den Armen. Die Vorstellung, wie aus dem Nichts könnte ein Flugzeug auftauchen und sie niederwerfen, ging ihr durch den Kopf. Der Wind preßte das Kleid gegen ihren Schoß, sie drehte sich um. Das Lager war ihr vertraut – Casino und Speisesaal, Offiziersunterkünfte, Nachschubkanzlei –, hier draußen aber gab es nichts. Britisches Territorium, Dunkelheit und Wald: ein Samstag Abend sah anders aus.

Plötzlich *verschwand* weiter hinten ein Licht. Gerade war noch ein gelber Punkt dort gewesen, jetzt nichts mehr. Inga versuchte sich die Stelle zu merken, lief rascher, ahnte gleich darauf eine dunkle Kontur – es war eine Hütte am Ende der Rollbahn. Der gelbe Punkt entpuppte sich als Fenster, daneben die ebenerdige Tür, im Inneren Geräusche von Betriebsamkeit. Ingas Arme und Beine waren durchgefroren, sie näherte sich so leise sie konnte, legte das Ohr ans Holz – etwas wurde geräumt. Sie mußte sich angelehnt haben, ihr Gewicht ließ das Türblatt knacken, dahinter momentan Stille, sie fuhr zurück, die Tür schwang auf, der Leutnant im Rollstuhl starrte sie an. Er trug Uniformjacke, Hemd und Krawatte, über die Beine hatte er eine Decke gebreitet; seine Augen, erst mißtrauisch, wurden groß vor Erstaunen.

»Inga!« Ihr Name als erleichterter Seufzer. »Sie holen sich den Tod.« Er rollte rückwärts und ließ sie eintreten. Auf den ersten

Blick erkannte sie die Tischdecke des toten Onkels, glänzend lag sie über den Tisch gebreitet, der einen Großteil des Raumes einnahm. Obwohl fast leer, wirkte die Hütte eng, in den Regalen Gerätschaften, sonst nur Stühle; das Fenster war mit einem schwarzen Tuch verhüllt.

»Gerade wollte ich *Ihre* Lampe aufhängen.« Der Leutnant schien mit einem Mal ziemlich vergnügt.

»Das können Sie nicht.« Sie zeigte zur Decke. »Die Glühbirne hängt zu hoch.«

»Wahrscheinlich haben Sie recht.« Lächelnd folgte er ihrem Blick. »Was machen Sie hier draußen?«

»Sie haben mich eingeladen«, antwortete Inga beinahe trotzig, nahm die Bastlampe vom Tisch, rückte einen Stuhl zurecht und stieg darauf.

»Sagten Sie nicht, Sie seien *verabredet*?« Er verschränkte die Arme und sah zu, wie sie schweigend hantierte. »Verbrennen Sie sich nicht.«

Inga befeuchtete die Finger, streckte sich und lockerte die heiße Glühbirne in der Fassung, drehte sie heraus und ließ sie in ihre Tasche gleiten. Ihre Finger lösten tastend den Schraubverschluß, sie schob den Schirm durch die Öffnung, fixierte ihn, die Glühbirne flackerte erst, dann war wieder Licht. Sie sprang vom Stuhl, vermied seinen Blick, gemeinsam betrachteten sie den behaglichen Kegel, den die Lampe auf den Tisch warf. Der Bastschirm zeichnete Splitter aus Licht an die Decke.

»Was machen *Sie* hier draußen?« fragte Inga, als das Schweigen zu lange wurde.

»Dort müssen irgendwo Gläser sein.« Er schwenkte den Rollstuhl.

»Lieutenant Hayden –« Inga rührte sich nicht. »Ich bin *Civilian Employee*, meine Familie ist auf mein Gehalt angewiesen. Sagen Sie mir, was hier veranstaltet wird.«

»Ein Spiel«, antwortete er mit dunkler Stimme. »Wir tun nichts Verbotenes.«

»Warum hier draußen? Wo sind wir?« Das Trittbrett des Rollstuhls berührte ihre Wade.

»In der Wetterstation.« Unbeschwert zeigte er in die Runde. »Einer *ehemaligen* Wetterstation. Auf dem Flugfeld finden nicht mehr genügend Landungen statt, darum kommt die Vorhersage jetzt von der Küste.« Sachte, als wollte er sie wiegen, nahm er Ingas Hand. »Ich habe Sie eingeladen – Sie sind gekommen. Tut es Ihnen jetzt leid?«

Sie entzog ihm die Hand und trat ans Regal, dort fand sie fünf hohe Gläser. »Die sind staubig.«

»Hier draußen gibt es leider kein Wasser.«

Inga bückte sich, nahm eine Ecke der Decke und wischte die Gläser sauber; schmunzelnd beobachtete er, wie sie eins nach dem andern auf den Tisch stellte. Er schob sein Haar hinters Ohr, es hätte geschnitten gehört. Im Moment, als Inga das letzte Glas ins Licht hielt, hörten beide das Geräusch. Der Leutnant rollte zum Ausgang und löschte die Lampe. Ängstlich und neugierig trat Inga hinter ihn – es war ein Wagen, er kam rasch näher, sie fuhren ohne Licht.

»Die Flaschen stehen draußen im Fenster«, sagte er.

Sie schlüpfte ins Freie, ihre Hand glitt die Holzwand entlang, ertastete zwei Flaschen auf dem Fensterbord. Das Auto schwenkte auf sandigem Boden, der Motor ging aus, sachte wurden Türen geöffnet. Die Ankommenden redeten gedämpft. Inga zählte drei Silhouetten, sie kamen näher, bemerkten die junge Frau in der Finsternis nicht und traten ohne Begrüßung ein. In jeder Hand eine Flasche, schaute Inga übers Rollfeld zurück – wie ein vertrautes Dorf lag das Lager da. In diesem Moment hätte sie gehen können, über die Startbahn zurück ins Büro, sie würde abschließen, sich beim Diensthabenden ins Buch eintragen und der Wache eine gute Nacht wünschen. In anderthalb Stunden wäre sie daheim.

»Inga«, hörte sie die Stimme des Leutnants, klemmte eine Flasche unter den Arm, ging hinein und schloß die Tür. Er machte Licht.

Drei Männer in Zivil, ein Älterer, korpulent, trug eine Brille, die anderen beiden mochten so alt wie der Leutnant sein. Knappe Begrüßung, kein Händeschütteln, jeder stand abwartend auf seinem Fleck.

»Da haben Sie ja eine schlimme Bruchbude ausgesucht, Hayden«, sagte der Brillenträger in schleppendem Englisch.

»Mußte improvisieren, Sir.« Der Leutnant zeigte auf sein bedecktes Bein.

Der andere straffte sich, unterm Stoff spannte sein Bauch. »Hoffentlich sind Sie bald wieder auf dem Damm.« Für einen Engländer war sein Haarschnitt zu kantig, er mußte an einen deutschen Friseur geraten sein.

»Und wenn heute ein Flieger runterkommt?« fragte einer der anderen; das gestutzte Bärtchen und sein Haar hatten unterschiedliche Farben.

»Nachts ausgeschlossen«, schüttelte der Leutnant den Kopf. »Wir haben kein Landungsfeuer.« Er lächelte. »Aber was zu *trinken* haben wir da.«

»Was soll sie hier?« Der dritte Besucher musterte Inga. Hohe Stirn, zurückgekämmte Frisur, er sprach mit flüsternder Stimme. Kein Engländer, doch sie konnte seinen Akzent nicht einordnen.

»Inga kümmert sich um unser Wohlergehen.« Der Leutnant breitete die Arme aus. »Warum nehmen wir nicht Platz? Die Nacht vergeht.«

»Deutsch?« fragte der Brillenträger mit gesenkter Stimme.

»Deutsch und vertrauenswürdig«, nickte Hayden.

»Versteht sie mich?« Der Dicke drehte Inga den Rücken zu, dahinter tauchte das blasse Gesicht des Leutnants auf, seine Augen waren vergnügt. »Sie versteht kein einziges Wort«, zwinkerte er, als wollte er sagen: *Es ist nur ein Spiel.*

Inga stellte die Flaschen auf den Tisch, fragte sich, wer diese Männer waren. Militärs, vermutete sie, bis auf den mit der flüsternden Stimme. Keinen von ihnen hatte sie je im Lager gesehen. Wie waren sie an der Wache vorbeigekommen, wer fuhr den Wagen?

Stühle wurden zum Tisch gerückt, die Männer setzten sich. Inga verteilte die Gläser, schraubte beide Flaschen auf, es waren Whisky und Gin; eben wollte sie fragen, ob sie eingießen solle – schwieg im letzten Moment –, ihr gefiel der Gedanke, zu hören, zu verstehen, und keiner wußte es. Der Leutnant zog Spielkarten hervor – ein französisches Blatt, wie man es auch in der Stadt bekam.

Inga lachte so unwillkürlich heraus, daß alle sie ansahen.

»Ist Ihre Kleine bei Trost?« fragte der Flüsterer. Der Leutnant nahm die Karten aus dem Karton, entfernte Deckblatt und Joker.

Inga fielen die hunderte Abende ein, an denen sie zu Hause gespielt hatte. Beim Canasta lag sie zehntausend Punkte vorne, als Skatgegner fürchteten sie selbst die gewieften Kartenfreunde ihres Vaters, Tarock und Doppelkopf, Bauernopfer und *Straight* – erleichtert schaute Inga in die Runde. Was immer die geheime Ankunft bedeutete, hier wurden keine Schwarzmarktgeschäfte gemacht, keine Militärgeheimnisse ausgetauscht – die Männer trafen sich an dem entlegenen Ort zum Kartenspiel!

»Ich schlage *Sussex-Havellock* vor«, sagte Hayden, ließ die abgewandten Karten auseinandergleiten, daß sie auf einer Linie lagen, mit dem Mittelfinger stippte er gegen die erste, wie von Geisterhand stellte das Blatt sich auf, kippte in die Gegenrichtung und wieder zurück, er schloß das Paket und mischte, indem er nur zwei Finger jeder Hand benützte. »Getauschtes Blatt liegt offen«, redete er weiter, ohne die Bewegung zu unterbrechen. »Poker schlägt Farbe, farbige Straße schlägt Poker. As kann unten angelegt werden.«

»Limit?« fragte der mit dem Bärtchen.

Wie auf Stichwort zogen die vier ihre Brieftaschen; bevor der Brillenträger sein Geld hervorholte, warf er Inga einen mißtrauischen Blick zu.

»Mit Ihrem Einverständnis spielen wir ohne Limit.« Der Leutnant griff in die Tasche der Rollstuhllehne und holte das schwarze Futteral hervor, das Inga ihm vor Tagen aus dem Spind gebracht hatte. Neugierig beobachtete sie, wie er die Lasche öffnete und britische Pfund auf den Tisch legte.

»Hayden, Sie machen die Bank?« Der Brillenträger zählte die Scheine.

Aus dem *Depot* seines Rollstuhls brachte der Leutnant eine Schatulle zum Vorschein, sie enthielt Spielgeld in farbigen Scheiben, er schob dem Korpulenten den Gegenwert dessen Geldes hin und verwahrte die Noten. Auch die anderen tauschten ihr Geld. Der mit dem Bärtchen stapelte seine Jetons zu drei gleich hohen Türmen, zuletzt bediente Hayden sich selbst und verstaute das Futteral im Rollstuhl.

»Ihre Kellnerin taugt nicht viel«, sagte der mit dem glatten Haar – sein Akzent konnte süddeutsch sein, vielleicht östlicher. Inga tat, als habe sie nicht verstanden, und wartete auf das Zeichen des Leutnants. Auf sein Nicken goß sie jedem ein, stellte die Flaschen ins Regal, rückte den letzten Stuhl an die Wand und setzte sich.

Der Leutnant teilte aus, der Flüsternde nahm seine Karten bedächtig und spitzte die Lippen dabei. Der Brillenträger riß das Blatt gierig an sich, betrachtete es einen Moment und schob es zusammen.

»Ein Pfund«, sagte er und warf eine grüne Scheibe in die Mitte, die übrigen schlossen sich an. Der Brillenträger schob eine Karte verdeckt zu Hayden, der Flüsterer tauschte zwei Karten aus.

»Drei«, sagte der mit dem Bärtchen.

Der Leutnant sammelte ein, warf selbst zwei Karten ab und nahm das Paket. »Herz für Sie.« Er deckte dem Brillenträger eine Neun auf. »Gekreuzigter Bube, Straße möglich«, sagte er zum Flüsterer und zum nächsten: »Kreuz Sieben, Pik Acht, *Gemischtwarenladen*.«

Inga betrachtete die aufgestützten Ellbogen auf dem Tischtuch, die scharfe Lichtgrenze um die Männer, die glänzenden Karten in den Händen des Leutnants. *Ihr* Samstag Abend! Wieviel besser, aufregender war das, als mit Henning in einer Bar zu sitzen und sich von den Jungs erzählen zu lassen. Sie bemühte sich, alles mitzukriegen, prägte sich jede Einzelheit ein. Henning und Marianne hatten sich einmal über Poker unterhalten – *Bei Einsätzen mit echtem Geld kommt es immer zu Streit*, hatte die Mutter gesagt und weigerte sich, es zu probieren, selbst wenn es um Streichhölzer ging.

Der Leutnant setzte fünf Pfund.

»Ihre fünf und fünf«, sagte der Brillenträger.

»Bin draußen.« Der mit dem Bärtchen lehnte sich zurück.

»Erhöhe um zwanzig.« Der Flüsterer holte Zigaretten hervor, eine amerikanische Marke. Außerhalb des Lagers kannte Inga bloß das deutsche Geld, umgerechnet war die Summe, die hier gesetzt wurde, unglaublich hoch. Der Brillenträger schob Jetons in die Mitte. »Will sehen.«

Der Flüsterer deckte eine Neun auf und einen Buben. Der Korpulente präsentierte ein Zehnerpaar. Die Ellbogen auf die Knie gestützt, beugte Inga sich vor, ihr Stuhl knackte. In diesem Augenblick legte der Brillenträger die dritte Zehn zu den anderen, zupfte lächelnd am Doppelkinn. Der Flüsterer betrachtete seine Karten, als lohne es kaum noch, sie aufzudecken.

»Ein Glück, daß Sie mir die Karo Zehn übrig gelassen haben«, sagte er und schob sie als vorletzte Karte zwischen die Neun und den Buben. »Straße bis zum König.«

»Ich sehe keinen König.« Bullig beugte der Dicke sich vor.

Mit unveränderter Miene legte der andere den Kreuz-König dazu, entzündete das Streichholz und nahm den ersten Zug.

Ingas Wangen waren heiß, sie kühlte sie mit den Handrücken; kaum hielt es sie auf dem Stuhl am Rande der Lichtinsel, sie wollte näher, dazugehören, in die Spieler hineinsehen. Aus Gesten und Blicken versuchte sie deren Karten zu erraten. Der mit dem Bärtchen hoffte auf Karo, sein Finger tippte in einem fort auf den Karo-Buben. Der Brillenträger wollte sein gutes Blatt verheimlichen, schob hastig die Karten zusammen, um sie im nächsten Moment wieder zu öffnen. Das Glück blieb beim Flüsterer, er spielte gelassen, zugleich unvorhersehbar. Der Leutnant verlor – zweimal hatte er das Futteral schon hervorgeholt und Scheine gegen Spielgeld gewechselt. Dabei war er bester Laune, sein Gesicht freudig gespannt, fast schien es, er habe Farbe bekommen. Gekonnt teilte er aus und unterhielt die anderen mit seinen Kommentaren.

Die ersten Male schenkte Inga nur nach, wenn es gewünscht wurde, später tat sie es von selbst. Der Whisky ging schnell zur Neige. Der Brillenträger zog die Jacke aus, dunkle Ringe zeichneten sich unter den Achseln ab, die Luft in dem winzigen Raum war verbraucht. Sie vereinbarten eine Pause, löschten das Licht und gingen hinaus; der Flüsterer bot den anderen Zigaretten an. Hinter Inga kam der Leutnant zur Tür gerollt.

»Müde?« Sie verneinte. »Gefällt es Ihnen?« Sie sah ihn begeistert an. Ihr Blick fiel auf das Ziffernblatt seiner Uhr, es war kurz vor eins. Sie hatte keinem gesagt, wo sie hinging – Erik und Marianne sorgten sich selten, doch so spät war Inga noch nie draußen gewesen.

Gegen halb zwei begann der Leutnant zu gewinnen. Der Flüsterer zeigte zwei Paare mit Assen, Hayden hielt ihm drei Achten entgegen. Gleich darauf setzte der Brillenträger dreißig Pfund auf eine Straße, der Leutnant schlug ihn mit einem Paar und drei Damen. Die anderen begriffen die Serie nicht gleich; der Leutnant spielte jetzt schneller, hochkonzentriert, die Finger beherrschten Karten und Jetons, er ließ sich von Inga nicht mehr nachgießen, spielte gegen die Müdigkeit der anderen an. Es war, als ob er das Blatt seiner Gegner vorhersah.

Der Brillenträger wirkte aufgelöst, kahle Stellen schimmerten durch sein Haar. »Straße bis zur Zehn.« Er sah den Leutnant herausfordernd an.

Der drehte sein Blatt aus dem Handgelenk um. »Straße zum Buben.«

»Woher wußten Sie, daß ich keine Dame habe?«

»Wie sagte der alte Colonel?« Ohne in der Bewegung innezuhalten, strich Hayden die Spielsteine ein. »*DAS war Ihr Preis fürs Mitspielen. Unterricht kostet extra.*« Die übrigen lachten. »Auch wenn ich gerade im Vorteil bin –« er nahm die Karten, »schlage ich vor, ein Zeitlimit festzusetzen.« Er teilte sie, bog die Hälften hoch, sie prasselten ineinander. Man einigte sich abzubrechen, bevor es hell wurde.

Inga bemerkte die eigene Müdigkeit, heiße Füße in den Schuhen, die klebrige Haut. Trotz der Wärme in der Baracke fröstelte sie, hatte Durst, doch es gab kein Wasser. Als die Schnapsflaschen leer waren, schickte der Brillenträger den mit dem Bärtchen zum Auto; er kam mit zwei vollen zurück. Inga zog die Beine an, nahm die Spange aus dem Haar und schüttelte den Kopf; bei aller Erschöpfung wollte sie nicht, daß es aufhörte. Trotz seiner Ruhe war dem Leutnant die Begeisterung anzumerken. Die Überheblichkeit, die er sonst an den Tag legte, seine unangenehme Herablassung, waren verschwunden. *Spielt wie der Teufel*, dachte Inga und beobachtete, wie die weißen Finger die nächste Partie austeilten.

Kein Licht drang durch das Tuch, doch sie spürte, es wurde hell. Der Brillenträger sah auf die Uhr. »Meine Herren –«

Die Runde wurde zu Ende gebracht, der Flüsterer gewann. Wortlos öffnete der Leutnant das Futteral, tauschte Spielgeld, stapelte die Jetons in die Schatulle, auch die eigenen – so wußte niemand, wieviel er gewonnen hatte. Gleichzeitig standen die Männer auf, zogen die Jacken an und löschten das Licht. Ohne Verabschiedung verließen sie die Baracke, mißmutig starrte der Brillenträger in den östlichen Schimmer, sein praller Bauch wirkte eingefallen.

»Können wir Sie irgendwo absetzen?« fragte der Flüsterer Inga auf deutsch. Der endlose Heimweg fiel ihr ein, sie wandte sich zum Leutnant, als ob sie ihm verantwortlich sei.

»Fahren Sie nur, Inga.« Er rückte die Decke über den Beinen zurecht.

Der Wagen war ein ausländisches Modell, nicht so geräumig wie Hennings Auto, der Flüsterer nahm auf dem Fahrersitz Platz. Als letzte drängte Inga sich neben den Brillenträger und machte sich schmal. Im eisigen Morgengrauen kam ihr das Motorengeräusch übertrieben laut vor, die Räder drehten im Sandboden durch. Sie erreichten die Betonpiste, fuhren über das verlassene Flugfeld, Inga drehte sich um – ein irrwitziges Bild, wie der Leutnant den Rollstuhl mit kräftigen Stößen über die Startbahn bewegte. Ihr Mantel fiel ihr ein, der Schlüssel zum Büro, den sie eingesteckt hatte; sie wagte nicht davon anzufangen. Langsam rollte das Auto zwischen den Baracken hindurch, alles lag schlafend. Vor der Ausfahrt wuchs Ingas Befürchtung – den anderen mochte es gleich sein, sie durfte man nicht entdecken –, sie drückte sich in den Sitz und senkte den Kopf. Mit laufendem Motor hielt der Wagen an der Schranke, die Wache kam heraus, ohne zu grüßen hob er den Schlagbaum, unbehelligt fuhren sie durch. Der Brillenträger war eingenickt, der mit dem Bärtchen starrte geradeaus. Es ging auf direktem Weg in die Stadt. Inga tastete unter sich und stellte fest, den Rücksitz bedeckte ein weiches Fell. Als die ersten Gassen auftauchten, nannte sie die Adresse, wenige Meter vor ihrem Haus wurde sie abgesetzt. Keiner sprach, sie warf die Tür zu, die anderen fuhren weiter.

Sie stand im erwachenden Tag, als sei es eine andere Welt.

5

Erik verbarg seine Sorge hinter Wut, Marianne rauchte schweigend; sie hatten die ganze Nacht gewartet. Er trug zum Hemd die Schlafanzughose, hatte sich nicht rasiert, im gefütterten Morgenmantel stand Marianne am Fenster, die braunen Locken lagen flach am Kopf an. Mit drei Schritten durchmaß der Vater das Zimmer.

»Dir hätte wer weiß was passieren können!« Tageslicht fiel von hinten durch seine Brille; unten hörte man die Leute zur Frühmesse gehen.

Inga begriff die Sorge und empfand doch keine Scham. Ein Abend mit Freunden, erklärte sie, man habe gespielt und die Zeit übersehen. Die beiden müden Gestalten waren erleichtert, daß das Ausbleiben der Tochter harmlose Gründe hatte. Während Inga weiterlog, sah sie das Licht auf den Stirnen der Spieler, die farbigen Steine; wie prachtvoll der Leutnant mit den Karten umgegangen war.

Marianne drückte die Zigarette aus, ihre Augen bekamen einen seltsamen Ausdruck. »Komm in den Garten.«

Während Inga hinterherlief, ahnte sie es längst.

»Es ist noch am Abend gestorben«, sagte Marianne. Sie trat beiseite, wortlos öffnete Inga die Tür, ließ Licht ins Gartenhaus und betrachtete ihr Lamm. Sein verwundetes Maul stand offen, das Fell hatte den Glanz verloren, die kleinen Hufe lagen gekrümmt. Sie spürte den Blick der Eltern, preßte die Hände ineinander. Nicht der Anblick, nicht die Traurigkeit, ihre eigene Verantwortungslosigkeit traf sie am meisten. Morgens hatte sie das Lamm noch zu füttern versucht, mit neuer Hoffnung, weil es den Kopf hob. Als es starb, war sie nicht da. Inga schlug vor, das Tier in die Schubkarre zu packen und zum Metzger zu fahren.

»Es ist *gestorben*«, antwortete Marianne. »Das ist etwas anderes als Schlachten.«

Inga erinnerte die Eltern an die Pendeluhr und das Fleisch, das davon gekauft werden sollte, sie erbot sich, alles selbst zu erledigen, der Metzger werde schon wissen, was zu tun sei.

»Das wäre nicht nötig gewesen«, schüttelte die Mutter den Kopf.

Erik ertrug die Stimmung nicht länger, nahm den Spaten aus der Ecke und fragte Marianne, an welcher Stelle es ihr recht sei. Sie zeigte zur nördlichen Seite des Gartens.

»Nicht das erste Ostern, an dem es kein Fleisch gibt«, murmelte er, ging hinaus und grub. Inga half ihm mit den großen Steinen, die Mutter setzte sich in den Gartenstuhl und rauchte; es war immer noch unwirklich früh. Erik hüllte das Lamm in einen Kartoffelsack, gemeinsam legten sie es in die Grube. Als der Hügel sich darüberwölbte, kam die Sonne hervor. Er ging hinein, Frühstück zu machen, Marianne folgte ihm nach der zweiten Zigarette, Inga brachte den Spaten zurück, schaffte das Stroh zum Kompost und ging auf ihr Zimmer. Die Arme unterm Kopf verschränkt, dachte sie an die Nacht bei den Spielern.

Abends gab es gefüllte Kartoffeln. Erik schnitt die Deckel ab, höhlte die Knollen aus und füllte sie mit Zwiebeln und getrockneten Pilzen, dazu Salz und Petersilie, er stellte die Kartoffeln in die Gemüsebrühe und kochte sie gar. Keiner hatte seither ein Wort über das Lamm gesprochen, Eriks Strafe war, Inga während des Kochens nicht anzusehen. Vom Dampf rutschte ihm die Brille auf die Nasenspitze. Aus Mehl und Fett rührte er eine Tunke an, tat Essig und Senfpulver dazu und garnierte mit Lorbeerblättern – Eriks *gekochte Mayonnaise*.

Im Balkonzimmer deckte die Mutter den Tisch. Der silberne Kerzenleuchter brannte, die Servietten mit Großvaters Monogramm lagen neben dem guten Besteck.

»Das Tischtuch vom Hans ist nicht da«, sagte sie. Kein Vorwurf, nur Verwunderung in ihrer Stimme.

Seit Wochen hatte niemand die Kommode geöffnet; wieso heute?

Inga zeigte auf den festlichen Tisch. »Ostern ist erst in einer Woche.«

Marianne behielt die Tochter so lange im Blick, bis sie von selbst begriff.

»Heute?« fragte sie leise. Es war der dritte April.

Marianne wandte sich zur Anrichte, Inga kam ihr zuvor, holte das Bild ihres großen Bruders und stellte es neben den Kerzenleuchter. Horst war Erik so ähnlich, nur die Augen schauten noch sanfter. Sein Zeugnis von der montanistischen Fachhochschule hing an der Wand. Inga erinnerte sich an sein Damenfahrrad, das er ihr nie geliehen hatte, an ihren Neid, weil der Bruder die Schule früher beendete, als sie damit begann.

»Als wir das Bild machen ließen, dachte keiner, daß es sein letztes ist.« Marianne strich über die Photographie.

Der dritte April vor neun Jahren, die Panzerfaust, der schwarz geränderte Brief, die Ohnmacht des Vaters, aus der er drei Tage lang nicht erwachte. Für Inga begann Horst zu verblassen, der Krieg verblaßte. Ihres Vaters Bilder auf dem Speicher, ein *vergessenes* Lied im Radio, alles Erinnerung; dort verwahrte sie Horst. Er hätte sich geschämt, daß sie für die Engländer arbeitete; den Luftangriff auf ihre Insel, die Jubelberichte hatte er noch erlebt.

Später an diesem Tag, es war schon dunkel, stieg Inga auf den Speicher. Seit langem hatte sie ihre Meeressammlung nicht mehr hervorgeholt. Jemand mußte den Holzkasten bewegt haben, die Muscheln lagen bunt durcheinander. Ihre Farben erschienen Inga matt, wie tot, sie öffnete das Glas, die Finger suchten zwischen den Schalen. Tage an der See hatte es ewig nicht mehr gegeben, Sand und Strände, das endlos flache Wasser, als ob das Meer die Erde nur fußtief bedeckte. Inga hatte die Muscheln selbst gesammelt, und doch meinte sie jetzt sie einer fremden Person wegzunehmen.

Sah sie sich draußen am Wasser, kam ihr eine viel Jüngere entgegen. An jenem Tag an der Nordsee hatte sie zwei Dutzend der seltenen roten gefunden, ihre Gehäuse waren versteckt in die Schale gedreht, man konnte sie leicht für Steine halten. Inga sortierte sie zwischen den grauen und grüngestreiften heraus und legte sie in die Fächer zurück. Die schönste nahm sie in den Mund, glänzend von Speichel hielt sie die Muschel ins Licht der Kerze. Nun war sie nicht mehr tot.

— 6 —

Sie fragte, ob man ihn angeschossen habe.

»Es wird nicht mehr geschossen«, sagte der Leutnant. Der Tag war so bedeckt, daß sie in der Krankenstation das Licht brennen ließen. Inga saß an der Terrassenbrüstung, er hob das Bein aus dem Rollstuhl, der Verband zeichnete sich unter der Hose ab.

»Was ist mit dem Knie passiert?«

»Man hat mich aus dem fahrenden Auto geworfen.« In seinen Augen las sie die Lust zu schockieren. »Eine Meinungsverschiedenheit.«

»Beim Spiel?«

»Du bemerkst viel.« Er schaute in die Baumkrone, wirkte krank, erschöpft, weißer denn je. Von drinnen näherte sich die Schwester.

»Kannst du für mich noch einmal die Kellnerin machen?«

»Wann?« fragte Inga zu hastig.

»Donnerstag.«

Sie erinnerte ihn, daß es Donnerstag vor Ostern sein würde.

»Gut. Da sind alle ausgeflogen«, nickte er. »Die Herren haben nach dir gefragt.« Wie eigenartig er sie ansah.

»Zeigen Sie mir, wie man spielt.«

Nachlässig legte er ihr die Hand auf die Schulter. »Das *Normale* genügt dir nicht, Inga.«

Da war die *Herablassung* wieder. Sie fragte sich, warum sie sich ihm unterlegen fühlte. Die Engländer, die sie sonst kannte, waren Männer, die sich im fremden Land, in der Rolle des *Besatzers,* nicht leicht zurechtfanden. Sie überspielten es mit Witz, lässiger Lebensart, wenige durch herrisches Auftreten. Die meisten wirkten, als ob sie nur zufällig in der hellbraunen Montur steckten. Inga sah in den Briten *Vorgesetzte*, manchmal Kollegen, selten den Feind. Alec Hayden war nicht älter als dreißig, in niedrigem Offiziersrang, in seinem Zivilberuf mochte er Büroangestellter oder Handelsvertreter sein, bestimmt kein großes Licht, dachte Inga. Und doch kam sie sich in seiner Gegenwart kindisch vor, benahm sich auch so, ihre Unsicherheit spiegelte sich in seinem Verhalten. Was sollte die Andeutung eben, war es an ihm, sie zu schulmeistern?

»Was meinen Sie damit?« Sein Ton, die schlaffe Hand auf ihrer Schulter, reizten Inga zum Widerspruch.

»Man ißt ein Sandwich«, antwortete er. »Man ärgert sich übers Wetter, macht ein Geschäft auf dem Schwarzmarkt. Inga aber genügt das *normale* Leben nicht.« Die weißen Finger glitten ihren Oberarm entlang. »Sie will das *Besondere*. Sie erwartet es.«

Die Schwester trat ins Freie. Ohne Hast zog der Leutnant die Hand zurück und legte sie in den Schoß.

»Ich helfe Ihnen, wenn Sie mir zeigen, wie man spielt«, sagte Inga, ungeachtet des Blickes der Schwester.

»Donnerstag also.« Der Leutnant rollte los, machte mit dem Stuhl noch einmal kehrt. »Die erste Regel lautet: Manchmal ist es von Vorteil, etwas zu geben, ohne sofort etwas dafür zu bekommen.« Er fuhr hinein.

Inga verließ die Terrasse, lief an den Hagebutten entlang, suchte die Verwirrung abzuschütteln. Zwischen den Bäumen tauchte die Nachschubbaracke auf. Sie würde sich für den fehlenden Schlüssel rechtfertigen und erklären müssen, warum sie sich nachts beim Diensthabenden nicht abgemeldet hatte. Als sie die Kanzlei betrat, hob unterm Schreibtisch der Cockerspaniel den Kopf; im Dunkel seiner Höhle sah man nur die glänzenden Augen. Der Officer wollte Briefe diktieren, Inga rutschte auf den Stuhl und preßte die Knie aneinander. Sie setzten ein kompliziertes Schreiben ans Nachschubkommando auf, er korrigierte den Entwurf mehrmals; kein Wort über Ingas Vergehen.

Sie stellte sich das *Besondere* als eine Blendlaterne vor, die von weitem geschwenkt wurde; jeder lief darauf zu, ohne zu wissen, was ihn erwartete. Ein weit zurückliegendes Ereignis fiel ihr ein, es war Friedenszeit gewesen, sie selbst sieben Jahre alt. Ein berühmter Mann kam in die Stadt, ihr Vater sagte, sie dürfe ihm den Willkommensgruß überbringen; ob sie das Gedicht *An die Freude* noch auswendig wüßte. Einen Tag später lag ein helles Kleid auf ihrem Bett, mit Schleifen an den Ärmeln. Der Vater half ihr beim Anziehen, ging liebevoll mit der Bürste durch Ingas Haar. Er war der Bahnhofsvorsteher, doch an diesem Tag trug er nicht den üblichen Rock, sondern die *Goldfasan*-Uniform. Umringt von Männern in schwarzen Anzügen warteten sie auf dem Bahnsteig. Vom gegenüberliegenden Gleis rief einer etwas von *braunen Bonzen,* Schutzmänner wurden hinübergeschickt und schafften den Randalierer fort. Der Zug fuhr ein, der berühmte Mann lachte und nahm die Blumen entgegen. Bevor Inga das Gedicht beendet hatte, hob er sie auf den Arm und drückte ihr Gesicht gegen seine Wange. Auf dem Bahnsteig wurde geklatscht, wohin sie sah, freundliche Gesichter, hinter den Brillengläsern die glücklichen Augen des Vaters. Heute wie damals hätte sie nicht sagen können, wer der Berühmte war, noch weshalb er zu ihnen kam – aber sie dachte an einen *besonderen* Tag.

Schreibend musterte Inga den Vorgesetzten, trübe starrte er auf seine Schuhspitzen, diktierte *zweitens* und *bezugnehmend*, der Hund gähnte jaulend. Die abgewetzte Tischkante, das fehlerhafte *F* der Maschine, der saure Atem des Officers – das war die Normalität. Inga wollte darin nicht verharren, statt dessen hatte sie vor, das Spiel zu erlernen. Sie schlug den Stenoblock so heftig um, daß das Papier einen Riß bekam.

Unvermittelt stellte sich der Officer vor sie. »Diese Sache Samstag nachts – was ist da passiert?«

Sie sah seinen Augen an, daß ihn ihre *Verfehlung* kaum interessierte. Inga erzählte die erstbeste Lüge, der Officer erteilte ihr einen Verweis, pfiff nach dem Hund und ging zum Tee ins Casino.

*

Sie war schlank und fest, trug die graue Kostümjacke offen, eigentlich war sie klein, doch jetzt, im Türrahmen, das Glas in der Hand, hätte sie nicht größer erscheinen können. Ihr Haar war kurz und die Farbe so unecht, wie Inga es noch nie gesehen hatte. Die Frau hatte ein kräftiges Kinn, die Haut spannte über dem Knochen; wäre man ihr auf der Straße begegnet, hätte man an eine ältere Frau gedacht, dabei war sie jünger als Marianne. Die Frau im Kostüm bemerkte Ingas Blick, machte eine Geste, als zeichne sie deren Kleid mit der Hand nach.

»Selbst genäht?« fragte sie auf Deutsch.

Bevor Inga ins Schrankzimmer geschlichen war, hatte sie Mutters Schlaf abgewartet; gleich darauf leuchtete sie deren Sachen Stück für Stück ab, fand Kleider aus einer anderen Zeit. Von einem Mantel verdeckt, war das rosa Getupfte an der Wand gehangen, noch in der Nacht hatte Inga einen Volant an den Saum geheftet, zumindest die Länge stimmte.

»Von meiner Mutter«, antwortete sie und verschränkte die Arme, um ihre Taille zu verdecken. Sie hatte im Rücken Stoff ausgelassen, doch es saß immer noch straff, an der Brust drohte der Knopf abzuspringen.

»Es macht dich jünger«, sagte die Frau. »Willst du *jünger* aussehen?« Sie trat über die Schwelle und stellte das Glas ab. Bevor Inga antworten konnte, klatschte die andere in die Hände. »Die Karten werden kalt!«

Wie auf Befehl kamen die Männer in die Baracke zurück – der Brillenträger, der Flüsterer, zuletzt der Leutnant. Er hatte Anfang der Woche Krücken bekommen und bemühte sich, sie wie selbstverständlich zu gebrauchen; es sah ungelenk aus.

Gründonnerstag. In einem kleinen Sack hatte Inga alles, was sie brauchten, in der Sandbucht hinter dem Hangar versteckt, auch das rosa Kleid. Obwohl die Feiertage bevorstanden, hatte sie nach der Mittagspause nicht gehen dürfen, der Officer entließ sie erst eine Minute vor Dienstschluß. Sie deckte die Hülle über die Maschine, wünschte frohe Ostern und gab den Schlüssel ab. Zuhause hatte sie von einer Verabredung mit Henning erzählt – er wollte mit den Jungs einen Ausflug machen, würde zu beschäftigt sein, die Eltern zu besuchen. Unweit des Munitionsdepots hatte Inga die Dunkelheit abgewartet. Es war falsch und verboten – doch wie sehr sie sich darauf freute! Als der Streifenposten am entgegengesetzten Ende des Lagers angekommen war, eilte sie zu der sandigen Stelle und ergriff den Sack. Ohne den Wald zu verlassen, hatte sie sich entlang der Rollbahn bewegt, die leere Baracke erreicht und war an die Arbeit gegangen. Sie hatte die Stühle verkehrt auf den Tisch gestellt und den Raum gefegt, Onkels Tischtuch ausgebreitet und über die Platte gelegt. Die Siphonflasche hatte sie aufs Regal gestellt, die Patrone auf die Halterung gesteckt und festgedreht, bis das Gas sich zischend ins Wasser ergoß. Fünf saubere Gläser standen bereit, dazu fünf gefaltete Servietten. Inga hatte hinausgespäht, ob niemand kam, sich mit einem feuchten Tuch gewaschen und umgezogen. Die Luft war frisch gewesen, sie hatte das Licht gelöscht und den Leutnant auf der Schwelle erwartet. Das Geräusch seiner Krücken war zu hören gewesen, bevor sie ihn ausmachen konnte; er brauchte lange über die Piste.

Wie aus einem Magazin, ging Inga durch den Kopf, tatsächlich hätte die elegante Frau einer Zeitschrift entstiegen sein können. Die Herren warteten, bis sie sich setzte. Ihre schwarze Zigarette lag erkaltet auf dem Tischrand, sie erlaubte dem Flüsterer, ihr eine neue anzuzünden.

»Morgen kommt die *Lieferung*«, sagte er, während er sich neben sie beugte. »Über welchen Sektor, erfahre ich in letzter Minute.«

»Nicht jetzt.« Die Frau griff nach den Karten.

»Die kleinen Kerle sind bei bester Gesundheit«, grinste er.

»Gabor –« Die Frau deutete mit den Augen zu Inga.

Der Flüsterer steckte das Feuerzeug ein, die Männer setzten sich gleichzeitig. Die Frau mit dem unechten Haar ließ die Karten durch ihre Hände gleiten, wie Schmetterlinge landeten sie vor den Herren. Die Vier kannten einander, die Frau und der Leutnant schienen gute Freunde zu sein. Sie platzierten hohe Einsätze und spielten erbittert gegeneinander; verlor sie, fluchte die Dame, er küßte ihr dann die Hand.

Gabor, der Flüsterer, behielt Inga häufig im Blick; er sprach fließend zwei Sprachen, war gut gekleidet, er spielte Karten mit den Engländern. Woher kam er?

»Wir sollten Inga mitspielen lassen«, sagte er plötzlich auf englisch. Und zu ihr gewandt: »Was hältst du davon?«

»Ich weiß nicht.« Es durchfuhr Inga, sie hatte Englisch geantwortet.

»Soviel versteht sie«, lachte Gabor in die Runde.

»Ich habe kein Geld.« Sie fühlte sich blamiert.

Der Flüsterer schob ihr ein paar Spielsteine zu.

»Und wenn ich verliere?«

»Dann bist du in meiner Schuld«, antwortete er gelassen.

Sie machte eine Bewegung nach vorne, spürte die Hand des Leutnants unterm Tisch, er hielt sie zurück.

»Laßt sie in Ruhe«, sagte die Frau und sah Hayden an. »Du hast sie bestimmt längst vergiftet.«

Der Flüsterer teilte aus.

Inga *war* vergiftet. An diesem Tisch hatte sie dem Leutnant gegenüber gesessen, Spielkarten in der Mitte, vor ihr ein Stapel Jetons. Sie hatte abheben wollen. »Die Karten sind unwichtig.« Damit hatte er die Hand auf das Päckchen gelegt. »Gibst du ihnen zu große Bedeutung, wachsen sie sich zu Feinden aus. Dann sind es fletschende Buben, verschlagene Damen, das As wird zum Grabstein. Die Karten sind nichts; nur ihre *Figuren* ergeben Musik. Spiel sie, dann machen sie, was du willst.« Sie hatte ausgeteilt, spürte Flecken auf ihren Wangen, das Kleid spannte, sie verlor. Bei der nächsten Partie war ihr Blatt zu niedrig, um mitzugehen, der Leutnant strich die Jetons ein, sie wollte seine Karten sehen, er würdigte sie keiner Antwort. Als beide den Wagen durch die Dunkelheit kommen hörten, hatte Inga fast alles verloren. Während die Autotüren zuschlugen, hatte Hayden die Krücken unter die Achseln geklemmt. »Leute mit Macht sind einfache Gegner«, sagte er bei der Tür. »Sie wollen den

Sieg *sofort.* Mit einem hohen Blatt zu verlieren, um später mit einem niedrigen zu gewinnen, begreifen sie nicht.« Er hatte geöffnet, die Frau im Kostüm war als erste eingetreten.

Mißmutig putzte der Dicke die Brille am Tischtuch, der Flüsterer strich den Gewinn ein.

Von draußen wurde geklopft. Alle verharrten, einer nach dem andern sah den Leutnant an, es klopfte wieder. Der Brillenträger machte ihm ein Zeichen, zu antworten. Hayden fragte, wer draußen sei. *Posten eins auf Streifengang,* kam es vorschriftsmäßig. Ein beruhigendes Nicken des Leutnants, er nahm die Krücken und zeigte auf den Tisch. Jeder raffte seine Jetons an sich, Inga schob die Karten zusammen und steckte sie ein.

»Was ist mit ihr?« Die Frau wies auf Inga.

Der Leutnant winkte, sie solle in die Ecke hinter der Tür verschwinden; schließlich öffnete er. Zwischen Tür und Angel sah Inga den Posten, einen jungen Kerl, er hielt das Gewehr im Anschlag, erkannte den Leutnant und trat überrascht zurück. Hayden forderte ihn auf, die Waffe zu senken. Die Streife ließ sich durch den Befehlston nicht einschüchtern, sagte, Baracke 27 sei laut Geländeplan unbenutzt. Er nahm Haltung an und wollte wissen, wer sich außer Hayden noch in der Hütte befand.

»Name?« fragte der Leutnant schärfer.

Unbeeindruckt nannte der Soldat Dienstgrad, Name und Einheit.

»Einen Augenblick.« Hayden trat zurück und schloß die Tür.

»Wieso weiß der Kerl nicht Bescheid?« Der Flüsterer wurde nervös.

»Ostern – vielleicht wurde ein Dienst getauscht«, antwortete der Leutnant.

»Schon gut«, beruhigte der Brillenträger und ging mit Hayden nach draußen.

Hinter der Tür sank Inga in die Hocke. Die Eltern fielen ihr ein, der Verweis des Nachschuboffiziers, Henning und die Jungs, die ganze läppische Lüge. Wie dumm und rücksichtslos war sie gewesen! Sie ernährte ihre Familie, als *Civilian Employee* genoß sie Vergünstigungen, um die sie beneidet wurde; mit einem Schlag konnte das Privileg, für die Engländer zu arbeiten, beendet sein. Durch den Ritz sah sie die Stiefel des Wachpostens, der Leutnant redete auf ihn ein, nach kurzem unterbrach der Brillenträger. Einige Sekunden war es still, Inga spähte hinaus, der Soldat nahm Haltung an und stammelte eine Erklärung. Sie sank auf die Knie. Ein Geruch kam ihr in die Nase – die Tischdecke des toten Onkels. Daneben die Beine der Frau im grauen Kostüm, sie stand an den Tisch gelehnt und sprach gedämpft mit dem Flüsterer. Die Tür schwang auf und schloß sich wieder, die Männer kamen zurück. Inga wurde geblendet, der Leutnant hatte Licht gemacht. Abwartend lauschten die Vier auf die Schritte der Wache, die sich entfernten. Inga stand auf und rieb ihre Knie.

»Selbst wenn der Posten dichthält –« Der Brillenträger goß Gin ein. »Die Sache hier draußen ist erledigt.«

»Ich kann nicht sagen, daß ich darüber enttäuscht bin.« Die Frau nahm ihre Tasche. »Ich möchte nach Hause.«

»Wir haben gerade erst begonnen«, entgegnete der Leutnant und sah die anderen mit einer Wärme an, die Inga an ihm nie bemerkt hatte. Die Dame beharrte darauf, in die Stadt gebracht zu werden. Der Brillenträger holte Spielsteine aus der Hose. Als auch die übrigen ihre Jetons auf den Tisch warfen, öffnete der Leutnant das Futteral; langsam, als wolle er sich des Wertes jeder einzelnen Note versichern, händigte er das Bargeld aus. Die Stimmung war ernüchtert, nur die Bastlampe warf ihr spielerisches Licht über alles. Erleichtert, so glimpflich davongekommen zu sein, die Eltern nicht wieder belügen zu müssen, ging Inga voraus. »Wie komme ich aus dem Lager?« fragte sie in die Runde.

Der Flüsterer bot an, sie auch diesmal in seinem Wagen mitzunehmen.

7

Auch wenn im Viertel viele Katholiken wohnten, nahm Ingas Familie das Karfreitagsfasten nicht wichtig. Der Vater hatte für den gläsernen Mandarin Speck bekommen, auch Zwiebeln und Koriandergewürz. Er vermengte Kartoffelbrei mit Semmelwürfeln, formte Klöße und ließ sie in Salzwasser kochen. Die Tunke aus Speck und Zwiebeln roch so herzhaft, daß Mutter und Tochter sich lange vor der Zeit zu Tisch setzten. Unter dem Balkon wurde gehupt – Henning hatte sich ein besonderes Horn eingebaut, grell und durchdringend. Mit einer verpackten Flasche kam er die Treppe hochgelaufen. »Gratuliere!« rief er.

Inga wollte den Grund dafür wissen.

»Papa soll endlich die Rente bekommen«, schmunzelte die Mutter.

Henning riß das Geschenkpapier auf. »Wein konnte ich keinen auftreiben, Holunderlikör ist das einzige, was der Schwarzmarkt vor den Feiertagen hergibt.« Er präsentierte das handgeschriebene Etikett. Mit beschlagener Brille trat Erik aus der Küche, die Klöße brauchten noch zwei Minuten. Er wischte die Hände an der Schürze ab. Henning holte die kleinen Gläser.

»Auf den frischgebackenen Frührentner!«

Sie stießen an. Es war dem Vater nicht recht. Er hatte sein Leben als Bahnhofsvorsteher geliebt, alle behandelten ihn, als gehörten ihm die Züge persönlich. Die Familie hatte umsonst fahren dürfen, damals waren sie mit Horst kreuz und quer unterwegs gewesen. Die schöne Dienstwohnung in Föhrden, bis zum letzten Kriegswinter hatte die Frau des Weichenstellers bei ihnen saubergemacht. Inga sah sich um – die eleganten Möbel paßten nicht ins Haus des toten Onkels; nach dem Zusammenbruch hatte er ihnen Unterschlupf gewährt. Die Kollegen waren Erik immer noch zugetan, aber als *Nichteinwandfreier* durfte er unmöglich Bahnhofsvorsteher bleiben. Drei Tage nach der Kapitulation waren sie in sein Büro gekommen und hatten es ihm beigebracht. Im niederen Dienst hätte er weitermachen können, lehnte es aber ab, sich zurückstufen zu lassen. Nachdem er aus dem Gefängnis freikam, blieb als einzige Möglichkeit *die Sache mit seinen Augen.* Bei der Stärke von Eriks Dioptrien glaubten sogar die Engländer, daß er arbeitsunfähig war. Mit achtundvierzig ging Ingas Vater in den Ruhestand.

Henning fragte, was Erik mit der vielen freien Zeit anfangen werde. Der Vater antwortete, er sei der Reichsbahnverwaltung dankbar, die Frührente erwirkt zu haben, aber es werde noch lange dauern, bis er in der Nähe von Bahngeleisen spazierengehen könne.

Kochen, überlegte Inga, machte dem Vater Freude und der Garten, vor allem aber, Marianne auf Händen zu tragen.

»Wir haben ja das Auto!« überging Henning die wehmütige Stimmung. »Was unternehmen wir heute?« Er trank den dritten Likör.

»Mußt du nicht zur *Familie*?« Marianne sprach das Wort aus, als sei Hennings Familie ein unterentwickelter Negerstamm.

Er wollte eben von dem Ausflug erzählen, den er am Vortag mit den Jungs gemacht hatte, als ein lautes Zischen den Vater in die Küche stürzen ließ – Wasser spritzte über den Herd. Inga nahm Hennings Hand. Mit diesem schnellen Blick, der sie an einen Kater erinnerte, folgte er ihr auf den Balkon.

»Ich möchte lieber mit dir allein sein«, sagte sie.

»Nur wir beide?« Er drückte ihre Finger, daß es schmerzte. »Gut, fahren wir zu zweit ins Grüne.«

Ihr war unwohl bei der Vorstellung – allein mit Henning im Freien; seine Freude war ihr zu wild. Im Kofferraum lag die *Decke;*

an einem Tag wie diesem schien es natürlich, sich darauf ins Gras zu betten. Sie hatten es schon einmal getan, ein Winter lag dazwischen, am Waldrand hatten sie Rast gemacht, gegessen und Bier getrunken. Henning hatte Ingas Knie gestreichelt, ihre Waden geschüttelt, ohne Hemd war er in der Herbstsonne gelegen. Bei der Berührung ihrer Füße wurde sie sehr aufgeregt, er hielt ihre Taille fest, sie schaute in seine geblendeten Augen und bewegte das Bekken. Plötzlich hatte er sie zur Seite geschoben, sich weggedreht und seine Hose gerichtet.

Sie tat, als betrachte sie die Narzissen im Garten, überlegte gleichzeitig, wo es am ungefährlichsten sei. Inga erzählte zögernd, vergangene Nacht bei einer Spielpartie zugeschaut zu haben, als Kellnerin hätte sie sich etwas dazuverdient.

»Die Eltern glauben allerdings –« Sie sah Henning an, er war für Heimlichkeiten geschaffen.

»Gut«, grinste er und schaute über ihre Schulter ins Zimmer. Gerade wurden die Klöße auf den Tisch gestellt.

*

Sie fuhren zwischen Wiesen, der Himmel schimmerte hell, außer dem Motorgeräusch war es so unwirklich ruhig, als hätten die schweigenden Glocken das Land in die Stille mitgerissen.

»Eine *Spielpartie*?« fragte Henning.

Inga dachte an die Heimfahrt mit dem unheimlichen Gabor, der Goldring an seinem Finger hatte beim Schalten ein schabendes Geräusch gemacht. Die elegante Frau war vor Inga ausgestiegen, an einem Tor mit hohen Bäumen, das Haus dahinter war nicht zu sehen gewesen.

»Du hast bestimmt eine Ahnung, *wer* diese Leute sind«, sagte Henning. Engländer in Zivil, antwortete sie, einer ein höherer Dienstgrad. Er hielt und stieg aus. So weit Inga schaute, nur Weiden, kein Waldstück, kein entfernter Kirchturm, einzig der Weg, der sich am Horizont verlor.

»Laufen wir ein bißchen?«

Erleichtert stellte sie fest, daß die Decke im Kofferraum blieb.

Er legte den Arm um ihre Schultern. »Nicht zu kalt?«

Sie liefen über Schotter, bis Henning auf einen Pfad bog, den man zwischen dem jungen Gras kaum sah, er schritt kräftiger aus.

»Dein Vater hat mir von neulich abend erzählt. Du sollst die ganze Nacht fort gewesen sein.«

Die Wiese war feucht, Inga spürte die Nässe durch ihre Sohlen dringen.

»Die Eltern übertreiben.« Sie haßte nasse Füße, hielt sich an seinem Arm fest und zog den Schuh aus. »Hast du Papier dabei?« Er schüttelte den Kopf. Inga riß Huflattich aus und breitete die samtigen Blätter in den Schuh.

»Dort oben ist es trocken.« Henning zeigte auf einen Jägersitz, den sie seit Minuten gesehen, aber nicht bemerkt hatte. Im hohen Gras hob er die Beine. »Bloß weil du bei den Engländern arbeitest, bedeutet das nicht, daß wir *normale* Zeiten haben.« Er kletterte als erster.

»Sind die Zeiten je normal?« Sie sah seine kräftigen Beine Sprosse um Sprosse nehmen, stieg hinterher, das letzte Stück zog er sie. Ein schmaler Sitz aus Kiefernholz, Harz perlte aus den Poren, der Jäger hatte Sitzfläche und Rückwand mit Moos gepolstert.

»Bei dieser *Spielpartie* –« Henning zog das Wort in die Länge. »Waren da viele Briten?« Sie saßen dicht aneinander, von hier oben gab es mehr Gras als Himmel zu sehen. Inga erwähnte die Deutsche im grauen Kostüm. Seufzend legte er beide Hände auf die Brüstung.

»Hast du dich mit einem Engländer eingelassen?« Henning starrte hinaus, als gebe es dort etwas zu entdecken.

»Engländer«, wiederholte Inga, die Arroganz des Leutnants fiel ihr ein, sein Geheimnis; wie unglaublich geschickt er mit den Karten umging.

»Ich mag dich.« Hennings Schultern wurden schwer. »Ich könnte sagen, ich liebe dich. Aber du lachst mich nur aus.«

Eine Brise fuhr durch den Turm. »Sagen kannst du es.«

Statt eines Wortes umfaßte er ihre Taille, küßte Hals und Ohr, seine große Hand fuhr in ihr Haar; was er murmelte, verstand sie nicht, sein Mund war zu nahe. Inga dachte an den Kreuz-König. Henning schob ihren Rock zurück, sie mußte die Beine verkeilen, um nicht den Halt zu verlieren. Vor ihr rutschte er zu Boden, der hölzerne Kasten in der Luft knarrte, sein Kopf war zwischen ihr, sie spürte die Nase, den Bart, der von morgens bis jetzt gesprossen war. Er küßte ihre Schenkel, zerrte dabei an der Unterhose, ohne viel zu erreichen. Ihre Wade zitterte, Henning glaubte, seine Küsse bewirkten das, und wurde eindringlicher; kräftig hob er ihr Hinterteil und zog den Schlüpfer, so weit es ging. Der Turm über der Wiese, der kalte Himmel, ihre Anstrengung, nicht abzurutschen, *Freundlichkeit kostet nichts*, erinnerte sie sich an Mutters Worte. Zielstrebig hob Henning Inga hoch und setzte sie ab, Haar sprießte aus seinem Hemd, die Nase war rot von den Küssen zwischen ihren Schenkeln. Wie hatte er ihr die Bluse ausgezogen, das Unterhemd, den Büstenhalter hochgestreift? Er war wild und wußte zugleich, was er tat. Sie stöhnte seinen Namen, Henning zog sich aus. Da sie glaubte, es gehöre dazu, sagte sie, daß sie ihn liebe. Er knurrte und senkte sich gleichzeitig in sie. Inga vergaß, was sie darüber erzählten, war erleichtert, wie einfach es ging. Ein Ast stach ihr durchs Moos in den Rücken; als sie die Augen öffnete, entdeckte sie ihr gerötetes Knie über Hennings Kopf, Hauch vor dem Mund, die Nachmittagsluft war kühl. In diesen Momenten, überrascht vom eigenen Gefühl, wünschte sie **sich** Henning ganz für sich – Trude behielt ja die Firma, mit den Jungs mußte man reden; warum war es unmöglich? Inga preßte sich Henning entgegen. Über ihr im Holzbaldachin hing ein altes Wespennest, eine einzelne Wespe kam geflogen, torkelig, als sei sie eben erwacht, setzte sie sich auf die graue Wabe, zuckte mit den Beinen, schob den Kopf vor und sonderte Flüssigkeit ab. Mit den Mundwerkzeugen begann sie zu bauen, erneuerte ihr Nest in abenteuerlicher Geschwindigkeit. Inga erwartete, daß andere Wespen kamen, aber sie blieb in ihrer

Anstrengung allein. Henning taumelte hoch, riß Inga aus der Betrachtung, dicht neben ihr ergoß er sich ins Moos.

Später schliefen sie auf der Decke hinter dem Wagen. Auch wenn sie Mühe gehabt hatte, nach unten zu klettern, war Inga als erste abgestiegen, wollte nicht, daß Henning ihr unter den Rock sah. Den Schlüpfer trug sie in der Tasche, nur wenig Blut, es war einfacher und erstaunlicher zugleich. Das Harz würde schwer aus den Kleidern zu kriegen sein. Sie rückte dicht an Henning heran, spürte, wie sein Atem langsamer wurde, leise begann er zu röcheln. Im Halbschlaf, seine Arme von hinten um sie geschlungen, sah Inga die Frau im grauen Kostüm – sie bekam ein hohes Blatt, genußvoll zog sie an der schwarzen Zigarette.

— 8 —

Es war eine alte Madonna, die Familie sagte *Barockmadonna* zu ihr, obwohl Erik erwähnt hatte, sie stamme von einem Schnitzer aus dem Spätmittelalter. Die Statue wurde weder aufgestellt noch verkauft, wahrscheinlich holten die Eltern sie nicht vom Speicher, weil der Bauer zu wenig dafür gegeben hätte. Ihr Mantel war blau bemalt, sie neigte den Kopf, das Jesuskind konnte man abnehmen.

Als Inga die Madonna aus dem Schrank hob, fiel das Zepter zu Boden, sie blies den Staub fort und steckte es wieder in die geöffnete Hand. *Das wird ohnehin einmal dir gehören* – der Satz des Vaters gab ihr das Recht, die Madonna in die kleine Reisetasche zu legen, mit Watte zu bedecken und aus dem Haus zu tragen. Sie nahm die Vordertür, ein Blick über den Zaun – das Bild erschien Inga geruhsamer als sonst, Erik und Marianne im Garten, ihr Vater war Rentner geworden.

In der Stadt hatte alles geschlossen, sie lief durch die leeren Straßen, wechselte die Tasche in immer kürzeren Abständen in die andere Hand. Beim Friedrichstor ging es wieder hinaus, gleich dahinter lag die Pfandleihe, sie gehörte dem Pferdedoktor, er hieß August und hatte ein Auge verloren. Wollte er etwas betrachten, drehte er den Kopf mit dem gesunden Auge dorthin; die Stelle, wo das andere fehlte, hatten sie zugenäht. Die Tür zur Pfandleihe lag von der Straße abgewandt, so konnten Leute ihre Wertgegenstände ungesehen zu August bringen. Inga lief die Mauer entlang, trat ein, der Hof war leer, drei Pferde standen in den Verschlägen und hielten den Kopf in die Sonne. Den Falben kannte sie, sein

Besitzer hatte das Pferd im Krieg zum Auffüttern gebracht und war inzwischen gestorben. Jetzt gehörte der Falbe niemand; August dachte nicht daran, ihn zum Abdecker zu bringen. Die braune Stute und der Wallach waren neu. *Gras gibt es immer,* lautete Augusts Lieblingssatz, *alles können sie niederwalzen, Gras wächst jedesmal nach.*

Inga brauchte nicht zu klopfen, August kam aus dem Haus, er aß eine Möhre. Obwohl er sie gleich erkannte, drehte er ihr das Auge neugierig zu. »Was hast du mir mitgebracht?« Er senkte den Kopf zu der Tasche. Machte er mit Marianne Geschäfte, unterhielten sie sich zuerst, saßen in der Sonne, streichelten die Pferde, bevor es ans Feilschen ging. Überrumpelt stellte Inga die Tasche auf den Brunnenrand, das Zepter verhakte sich beim Herausnehmen, schon hielt sie die Madonna im Arm.

»Kommst du von deiner Mutter?« Das Auge forschte. »Antiquitäten bringt sie mir sonst persönlich.«

Inga erklärte, in letzter Zeit seien sie mit den Sachen häufig zum Bauern gefahren.

»Wer braucht jetzt schon *Geld*?« nickte er.

»Ich«, antwortete Inga kurzentschlossen.

Er schwieg einen Moment, das Auge wanderte zur Madonna. »Wofür?«

Der Falbe schlug mit dem Huf gegen die Bretterwand, die Stute antwortete wiehernd. Inga fragte, was die Statue wert sei.

»Willst du wissen, was sie *wert* ist, oder was ich dir geben kann?«

Er nahm die Figur, ging damit zum graugewaschenen Tisch, vorsichtig stellte er sie ab, prüfte den Sockel, Gewinde und Schraube, mit denen der Körper befestigt war.

»Ich könnte sie für dich *aufheben*, wenn dir das recht ist.«

»Und das Geld?«

»Wieviel brauchst du?«

Inga wich dem Auge aus, überlegte – in jener Nacht auf dem Rollfeld war ihr aufgefallen, daß die Dame im grauen Kostüm keine Pfundnoten wechselte, sie spielte mit deutschem Geld. Im Bett hatte Inga sich eine Summe ausgedacht, die ihr unglaublich hoch erschien. Sie verschränkte die Arme und nannte den Preis. Bei Tageslicht ausgesprochen, bekam die Zahl etwas Unanständiges.

August stand gegen die Sonne, das Auge blinzelte. »Deine Mutter weiß, daß du hier bist?«

»Natürlich.« Sie spürte, das genügte ihm nicht. »Mama läßt grüßen. Sie freut sich, wenn du unsere Madonna nimmst.« Inga wandte sich ab, ging zum Falben, das Pferd setzte ins Halbdunkel zurück. »Abgemacht?« fragte sie über die Schulter.

August strich über die Mantelfalte aus Holz. »Ich gebe dir die Hälfte.«

Inga schluckte und lachte heraus, sie stellte sich den Papierberg vor, den man mit all den Banknoten aufschichten konnte. Als sie die Hand ausstreckte, berührten die schwarzen Lippen des Falben ihre Finger.

»Hast du noch eine Karotte?« fragte sie, um ihre Aufregung zu verbergen.

August nahm eine Möhre aus der Tasche. »Wie fein ihr Gesicht geschnitten ist.« Er zog die Bank heran, setzte sich und betrachtete das Kunstwerk mit verdrehtem Kopf.

Niemand braucht diese Madonna, dachte Inga; das dumme Gefühl stellte sich trotzdem ein.

*

Das leere Bett beunruhigte sie nicht, er durfte ja aufstehen – sie hatten es frisch bezogen. Kein Buch auf dem Nachttisch, die Krükken fehlten, vielleicht war er ins Casino gegangen – beschwerlich, auf dem unebenen Waldboden. Inga schaute den Korridor zwischen den Betten hinunter, Sonnenstreifen auf der Terrasse, jetzt erst fiel ihr das Krankenblatt auf – darauf stand nicht sein Name. Dieses Bett erwartete einen neuen Patienten. Unruhig nahm sie die Halterung ab, vergewisserte sich, daß sein Blatt nicht dazwischengerutscht war, steckte das Blechding zurück, es ließ sich nicht gleich befestigen, sie warf es aufs Bett und lief ans Ende des Flures ins Zimmer der Aufsicht.

»*Hayden?*« wiederholte die Schwester mit der Warze, täglich saßen sie nebeneinander auf dem Transporter. »Der ist dienstfähig geschrieben.«

»Aber er konnte noch nicht richtig laufen.« Inga lümmelte auf dem Fensterbrett, als hätte sie alle Zeit.

»Was willst du von dem?«

»Ich habe ihm ein Buch besorgt.«

»Willst du's hier lassen?« Die Neugier stand der Warzigen ins Gesicht geschrieben.

»Irgendwo muß er ja stecken. Oder haben sie ihn nach England zurückgeschickt?«

»Ich fand den unangenehm«, sagte die Schwester mit anzüglichem Grinsen. »Heute morgen wurden die Fäden gezogen, gleich darauf ist er fort.«

Auf dem Weg zu ihrer Abteilung verscheuchte Inga alle wirren Gedanken, setzte sich an die Maschine, tippte Bestellungen und ließ den Sergeant unterschreiben. Sie wartete, bis er in die Mittagspause aufbrach, und öffnete dessen Aktenschrank. In diesem Moment erschien der Officer in der Tür und stellte eine Frage. Es war Inga nicht verboten, die Gehaltslisten einzusehen, dennoch kam sie sich in diesem Augenblick wie eine Verbrecherin vor. Das Telephon klingelte, der Officer zog sich zurück. Lautes Vogelzwitschern, durchs Fenster vergewisserte sich Inga, daß niemand kam; vorsichtig ließ sie die Blechschublade aufgleiten, die Rollen liefen lauter als sonst. Ohne die Mappe herauszunehmen, fand sie das richtige Blatt, ihr Finger fuhr das Papier entlang, die monatliche Gehaltsliste der Offiziere, sie suchte *Hayden, Alec, Lieutenant* – der Name fehlte. Verwirrt schob Inga die Akte zurück und schloß den Schrank.

Beim Mittagessen ging ihr Blick mehrmals zum abgetrennten Offiziersbereich, sie hoffte, das Geräusch der Krücken auf der Schwelle zu hören, wartete, bis der letzte sein Tablett gefüllt, es wieder zurückgebracht hatte. Schließlich war nur noch Inga im Speisesaal.

Als sie sich den Unterkünften näherte, trat ihr ein drahtiger Corporal in den Weg und fragte, ob sie sich verlaufen habe. Eine Nachricht für Lieutenant Hayden, antwortete sie und konnte nicht verhindern, daß er an ihrer Seite blieb. Gemeinsam erreichten sie die Baracke, hielten vor Tür Nummer vier, der Klemmstreifen, wo sonst das Namensschild hing, war leer. Der Corporal bot an, sich für Inga zu erkundigen, sie lehnte ab, eilte in ihre Abteilung zurück – auf halbem Weg überlegte sie es sich anders und betrat die Kommandantur.

Mit erhobenem Lippenstift stand die Blondine vor dem Spiegel. Inga kannte die Sekretärin des Kommandanten nur flüchtig, sie benutzte selten den Mannschaftstransport. Inga preßte die Hände ineinander und erkundigte sich nach Lieutenant Hayden. Während die andere schweigend die Lippen nachzog, betrachtete sie Inga im Spiegel. Auch wenn sich manches gelockert hatte, ging das Gespenst der Fraternisierung immer noch um: Beziehungen deutscher *C. E.s* zur Truppe waren verboten.

»*Hayden*?« wiederholte die Sekretärin. »Wurde versetzt, leichter Dienst.« Ihr Hut saß nicht gleich, wie er sollte. »Stadtkommandantur.«

»Nach Föhrden?« fragte Inga erstaunt.

»Fragen Sie im Schloß.« Die Sekretärin des Kommandanten nahm die Tasche und hielt Inga mit unmißverständlicher Geste die Tür auf. Die bedankte sich, tat, als kehre sie ins Büro zurück, und verschwand zwischen den Föhren. Dort, wo die Sonne Flekken zwischen die Bäume warf, setzte sie sich ins Moos. Sie hatte ihre Antwort und begriff gleichzeitig nichts.

Am selben Abend näherte sie sich dem Schloß über den Kiesweg, sah das Emblem der britischen Dienststelle an der verschlossenen Tür. Das wirkliche Kommando lag draußen im Wald, hier unterhielten sie nur eine Repräsentanz, um Gäste zu empfangen.

Ein brauner Hund hob an der Laterne das Bein, Inga spielte mit ihm, bis sein Besitzer ihn rief. Die Krokusse waren längst verblüht.

Nachts im Bett starrte Inga den Kleiderschrank an, wo sie das Geld hinter der alten Matratze versteckt hatte. Im Einschlafen fiel ihr Henning ein und das Wespennest auf dem Hochsitz. Mit beiden Armen hatte er sie umfangen gehalten und im Schlaf gemurmelt; nun lag er wieder neben Trude. Ob jene einsame Wespe noch lebte?

9

Tags darauf erledigte sie das meiste bis Mittag, es gelang ihr, den Vier-Uhr-Transport nach Föhrden zu kriegen. Sie wusch Gesicht und Arme im Brunnen, zog das Kleid an der Taille glatt und lief quer über den Rasen. Das Tor der Stadtkommandantur war geöffnet. Ingas Ausweis als *C. E.* wurde akzeptiert, man schickte sie in den ersten Stock, sie betrat das Büro. Trotz des strahlenden Nachmittags brannten die Deckenlampen und spiegelten sich im gewellten Fensterglas. Vier Schreibtische bildeten eine Gasse, die zur nächsten Tür führte, hinter der jemand Wichtiges sitzen mußte. Der Leutnant war der zweite von rechts, zum ersten Mal sah sie ihn vollkommen in Uniform, die Krücken lehnten in der Ecke. Er blickte auf, zeigte keine Regung, nicht einmal, ob er sie erkannt hatte. Drei weitere Augenpaare waren auf Inga gerichtet, junge Männer im Offiziersrang. Sie machte zwei Schritte, zu laut auf den steinernen Fliesen, und sagte, sie müsse ihn sprechen. Der Leutnant schlug eine Akte auf, gelblich dünnes Papier, bloß ein Durchschlag – was er da *arbeitete*, war nicht wichtig. In dem halligen Raum sprach er gedämpft, sagte, er habe noch einiges zu erledigen. Die Art, wie er den Stift hielt, zeigte Inga, er las nicht, schaute bloß auf die Zeilen.

Die Mitteltür öffnete sich mit Schwung, aus dem Halbdunkel trat einer in frisch gebügelter Uniform, sie zählte die Streifen, ein Major – Inga lachte erstaunt, es war der Brillenträger. Er wandte sich zum Offizier nächst der Tür, bemerkte die junge Frau, verharrte, sein Bauch spannte unter der Drillichjacke. »Ach«, machte er mit Blick zu Hayden, legte ein Papier ab und verschwand wieder.

»Halb sieben im Charlottenhof«, schlug der Leutnant vor, ohne Inga anzusehen. Sie stimmte Zeit und Treffpunkt zu, nicht einmal drei Minuten nach ihrem Eintritt war sie wieder draußen.

Der *Charlottenhof* war ein Durchweg zwischen Fachwerkhäusern, früher hatten sich dort Fuhrwerke gedrängt, jetzt standen Tische auf dem Pflaster, abends wurden Petroleumlampen angezündet. Nachdenklich schlenderte Inga zu dem verabredeten Ort. Daß der Brillenträger Offizier war, überraschte sie nicht, vielmehr stellte sie sich die Frage, was die Zusammensetzung der Gruppe bedeutete – der Leutnant, sein vorgesetzter Major, die Frau im Kostüm, der flüsternde Gabor –, die Vier waren mehr als eine *Kartenrunde.* Inga blickte auf, sie wollte nicht gleich in die dämmerigen Gassen, lief am Charlottenhof vorbei und setzte sich am Mariengehölz ins Gras. Sie zog die Kniestrümpfe aus, ihre Waden waren noch weiß von einem langen Winter. Seit Karfreitag hatte Henning sich nicht gemeldet – sonst kam er mehrmals die Woche auf dem Heimweg von der Fabrik vorbei; keine Nachricht seit dem Nachmittag auf dem Jägersitz. Inga lehnte sich auf die Ellbogen, sah Hennings nackten Arm um den Holzstamm gepreßt, die hervortretende Sehne am Hals, seine fröhliche Wildheit. Er und Trude waren lange verheiratet; auch wenn sie wie Bruder und Schwester lebten, würde Henning sie niemals verlassen. Ihr verdankte er, daß die Firma nicht demontiert worden war – er hatte es Inga einmal erzählt –, überall in der Gegend waren Betriebe mit modernen Maschinen als *Reparationszahlung* konfisziert, abgebaut und verschifft worden. Trude war ins Hauptquartier der Engländer gegangen und hatte sie überzeugt, Henning die Fabrik zu lassen. Er und Trude waren ein *Lebensgespann* – für Inga blieb die Leidenschaft nebenbei. Sie öffnete das Haar, betrachtete ihre Spange, das Perlmutt war mit den Jahren dunkel wie Bernstein geworden.

Eine *normale Verabredung,* redete sie sich ein; ihr gefiel die Idee, den Leutnant an einem Ort zu treffen, wo jedermann hinging. Inga zog Strümpfe und Schuhe an, lief zurück und setzte sich unter die hölzernen Arkaden.

Er ließ sie warten. Nach einer halben Stunde wurde sie wütend, doch im Grunde nicht mehr, als sie ständig auf ihn war. Er legte keinen Wert darauf, daß man ihn mochte, schuf Vertrauen, um es bei nächster Gelegenheit zu zerstören. Ständig wurde er *unsichtbar*. Inga genoß die Vorstellung, daß der Leutnant nur deshalb so bleich war, um mit der nächstbesten Wand verschmelzen zu können.

»Du machst mir Schwierigkeiten.«

Gereizt stand er unter dem galgenförmigen Giebel, schob das Barett in die Achselklappe, setzte sich und lehnte die Krücken daneben. »Es war dumm von dir, im Schloß aufzutauchen.«

Sie fragte, ob mit seiner Entlassung aus dem Lazarett auch ihre Bekanntschaft vorbei sei.

»Was gibt es denn noch?« sagte er wie zu sich selbst.

Er winkte dem Kellner, Kaffee gab es nicht, seufzend bestellte er Bier. Inga wollte von der Madonna erzählen und dem Reichtum in ihrem Schrank. Sie hätte ihn gerne gefragt, wann das nächste Treffen stattfand, wer die Unbekannte im grauen Kostüm sei, statt dessen fiel ihr nichts Besseres ein, als daß sie die Bastlampe wiederhaben müsse. Von den Pflastersteinen stieg es kalt hoch, sie schob ihren Rock zurecht. Er trank in großen Schlucken, schließlich sagte er den erstaunlichsten Satz. »Es ist kein *Vergnügen*, zu spielen.«

Er winkte dem Ober, griff, während jener noch rechnete, nach der Krücke, zog Geld aus der Tasche, vertat sich mit den Münzen, der Kellner bedankte sich für das fürstliche Trinkgeld. Der Leutnant hielt die Hand weiter vorgestreckt, seine Augen erhoben, die Lippen zusammengepreßt – am Eingang zum Charlottenhof stand jemand und sah sich um. Dichte Brauen, fleischige Nase; Inga hätte den Mann nicht wiedererkannt, bloß dessen leichten, sich bauschenden Mantel. Es war derselbe, der den Leutnant im Lazarett aufgesucht hatte. Hayden fuhr so heftig herum, daß der Tisch schwankte, seine Augen suchten einen anderen Ausgang. Noch verbarg die Holzarkade ihn vor dem Blick des Mannes.

»Komm.« Instinktiv reichte ihm Inga die zweite Krücke.

Er begriff, hinter jener Tür, zu der sie ihn drängte, befand sich ein Korridor, Zugang zu den Gassen der Altstadt. So unauffällig er konnte, hievte er sich in die Richtung, setzte das verletzte Bein auf, zog schmerzhaft die Luft ein. Er sah sich nicht um, Inga tat es für ihn. Der im Mantel entdeckte sie in dem Augenblick, als sie durch die Tür schlüpfte, schaute ihr in die Augen – seine Erinnerung kam nicht sofort.

Inga holte den Leutnant nach wenigen Schritten ein, er wollte den grob gepflasterten Pfad entlang, sie faßte seine Schulter und zeigte zur Holztreppe, die den hochgelegten Mühlbach überwand; dahinter kam die Brücke über das Wehr. Er vertraute ihr, hohl pochten die Krücken auf die Stufen, Inga blieb hinter ihm, hörte ihn keuchen. Der schmale Körper verlor das Gleichgewicht, sie stemmte die Hand in seinen Rücken. Auf der Balustrade mußte Hayden zu Atem kommen – ein Geräusch von unten, die Tür schlug auf, rasche Schritte, der im Mantel verharrte an der Treppe, rauschendes Wasser, Sekunden vergingen. Schritt für Schritt, als sei er sich seiner Entscheidung nicht sicher, lief der Mann in die Gasse hinein.

»Er wird umkehren«, flüsterte Inga. »Dort hinten geht es nicht weiter.« Erschöpft sah Hayden sie an, für einen Moment spürte sie seinen Unwillen, ihr ein weiteres Mal folgen zu müssen. Sie zog ihn zum Gatter, das das Wehr begrenzte, schloß es hinter ihnen und schob den Riegel vor. Der Mühlbach hatte Höchststand, wie immer im Frühling.

10

Die Banknoten, auf die Tagesdecke geblättert, bedeckten das halbe Bett. Die meisten Scheine waren braun, manche mit blauem Grund, die hohen, verzierten Ziffern, Zahl und Wert stimmten längst nicht mehr überein. Bedeutungslose Köpfe, die Motive der Rückseiten waren auf der Landkarte inzwischen zerstört. In der Stadt sprachen sie davon, es werde anderes Geld kommen, die Engländer im Lager schwiegen dazu. Die Madonna war dauerhafter als die abgegriffenen Scheine, dachte Inga, andererseits konnte man das Papier nehmen und sein Glück damit wagen. Vielleicht gewann es am Spieltisch seinen alten *Wert* zurück. Ihr Finger malte die Nullen auf dem Schein nach.

Unbehelligt hatten sie das Mariengehölz erreicht, mißmutig war der Leutnant in dem heiteren Waldstück gesessen, das kranke Bein auf dem moosigen Boden ausgestreckt. Er sprach wenig, erklärte nichts, antwortete auf Ingas drängende Fragen nicht mehr als: »Ich schulde Geld. Sie warten nicht gerne darauf.«

Inga hatte auf den Resten einer vermodernden Pappel gehockt, den Blick ins Efeugeranke erhoben, das den Baum fast verschlang.

»Ich habe es einmal gesehen«, sagte der Leutnant unvermittelt. »Ein Badeort im Süden. Neununddreißig Stunden wurde ununterbrochen gespielt. Alles Bargeld wanderte zum Gewinner, auch die Jetons. Keiner wollte aufhören. Als die dritte Nacht anbrach, schrieben sie ihre Verbindlichkeiten auf Bierdeckel und Zeitungsecken, aus der Hotelbibel wurden Seiten gerissen und bekritzelt. Der große Coup *ist* schon vorgekommen«, nickte er, als halte er

Ingas Schweigen für Widerspruch. »Leute, die in einer Nacht das Geld eines Lebens mitnahmen.«

»*Der große Coup!*« Ihr gefiel das Wort. Sie erwog, ihm von der Reisetasche im Kleiderschrank zu erzählen, gleichzeitig wußte sie, deutsches Geld war für ihn ohne Wert.

»Nimm mich beim nächsten Mal mit.«

»Macht dir *das* keine Angst?« Er hatte auf sein Knie gezeigt.

»So viel könnte ich nie verspielen, daß man mich aus dem Auto wirft.«

Zum ersten Mal, seit sie ihn kannte, hatte er herzlich gelacht. Sie erinnerte sich, daß die Abendsonne Farbe in seinem Gesicht vorgetäuscht hatte.

»Ja. Ich *könnte* dich mitnehmen«, war seine Antwort gewesen. »Vielleicht tue ich es. Du bist jemand, der das Zeug hat, Glück zu bringen.«

Inga hatte Moos und Zweige vom Kleid gewischt, noch niemand hatte ihr so etwas Schönes gesagt. Als sie die Wiese verließen, wurde es dunkel.

Inga stand auf, ein Blick auf die gebündelten Scheine, sie ging aus dem Zimmer und strich leise durchs Haus. Ihre Augen wanderten über die wenigen Dinge, die ihre Eltern nicht das Herz hatten zu verkaufen – Bilder in schweren Rahmen, ineinandergeschobene Beistelltische, die klobige Nußholzanrichte. In der Küche bückte sie sich zur untersten Schublade, das Besteck von Mariannes Familie wurde noch aufgehoben, *falls es ganz schlimm kam*, sie betrachtete die Silberpunzen auf den Messerhälsen, das Blumenmotiv der Gabeln. Es kam nicht in Frage.

»Für den großen Coup braucht man Betriebskapital«, hatte der Leutnant beim Abschied gesagt. »Wer klein pointiert, schwingt sich auf keinen grünen Zweig.« Sie wünschte sich, etwas für ihn zu tun.

Hatte die Mutter gerufen? Erschrocken stieß Inga die Lade zurück. Marianne war im ersten Stock, unmittelbar vor dem Mädchenzimmer.

»Ich räume die Wintersachen aus«, rief sie von oben.

Inga rannte aus der Küche, war an der Treppe, sah, wie die Mutter den vollen Wäschekorb auf die Tür zuschleppte.

»Das ist zu schwer für dich!« Sie nahm drei Stufen auf einmal.

Gerade als Marianne mit dem Ellbogen die Klinke drückte, holte Inga sie ein und riß ihr den Korb aus den Händen.

Die Mutter witterte ein Geheimnis, doch bestimmt nicht das Bündel Reichsmark auf Ingas Bett. »Tun wir deine Sachen doch gleich dazu«, schmunzelte sie.

»Ich will erst einiges aussortieren«, antwortete Inga atemlos.

Die Mutter ließ die Sache als Hilfsbereitschaft gelten und kehrte mit ihrem kleinen Hinken zur Treppe zurück. »Henning hat sich nach dir erkundigt.«

»Wann?« Der Korb im Arm wurde schwer.

»Gestern vor dem Abendbrot.« Marianne setzte das gesunde Bein auf die oberste Stufe. »Ich wußte nicht, was ich sagen sollte – wo du warst.«

Inga wollte ihr nachrufen, sich erkundigen – und schwieg. Mit dem Rücken drückte sie die Tür auf, stellte den Korb zu Boden, kniete sich aufs Bett und raffte das Geld zusammen. Während sie es in die Tasche stopfte, dachte sie, das Beste wäre, sich Henning anzuvertrauen; gleichzeitig war sie froh, daß er sie daheim nicht angetroffen hatte.

*

Sie stand vor dem Spiegel, hinter ihr kniete Marianne.

»Wenn es so lang ist, schleift es nach.«

»Das macht den Reiz des Kleides aus«, antwortete die Mutter mit zusammengepreßten Lippen, wegen der Nadeln im Mund kaum fähig zu sprechen. Auf dem gesunden Knie rutschte sie um Inga herum und steckte den Saum Stück für Stück ab. »Das Kleid habe ich mir genäht, als ich schon schwanger war.« Mit einem Seufzer kam Marianne hoch. »Leider haben wir kein blaues Garn, du kannst schwarzes benützen.«

Es saß so knapp, daß Inga flach atmen mußte. An der rechten Schulter schob sie den Träger zurecht, er lief quer über den Busen und verschwand unter der Achsel. Sie rollte das Schultergelenk, die Kuhle unter dem Muskel gefiel ihr.

Als Marianne davon erfuhr, daß ihre Tochter auf eine *Gesellschaft* mitdurfte, war sie in die Kammer gestiegen und mit dem Kleid überm Arm zurückgekommen. »Warum ein Engländer?« hatte Erik gefragt. Die Eltern wünschten sich einen unauffälligen Verehrer, jemand, den sie vorzeigen konnten. Nicht genug, daß ein verheirateter Mann ihrer Tochter den Hof machte, jetzt auch noch einer von der Besatzungsmacht.

Inga sprang vom Schemel.

»In diesem Kleid hopst man nicht.« Mit zufriedenem Lächeln zündete sich Marianne eine Zigarette an.

»Ist es nicht aus der Mode?« Stolz drehte Inga sich vor dem Spiegel.

»Es gibt zur Zeit keine *Mode.*« Die Mutter stippte Asche in die Blumenschale. »Wann kommt er?«

»Nicht bevor es dunkel ist.«

Marianne trat hinter die Tochter und öffnete die Häkchen von oben nach unten. Inga stieß die Luft aus, im Unterkleid rannte sie in die Küche und bestreute ein Stück Brot mit Schnittlauch und Salz.

Aus dem Dampf der Zwiebelsuppe tauchte der Kopf des Vaters auf. »Wie läufst du herum?« Er betrachtete sie durch beschlagene Gläser. »Ißt der Leutnant mit uns?«

Inga lief aus der Küche, um den Saum des Kleides zu nähen.

Als sie den Engländer später am Fenster erwartete, war die Suppe längst gegessen. Er tauchte am Gartenzaun auf, fand die Hausnummer nicht und lief vorüber. Er trug die Montur ohne Auszeichnungen, nur den Leutnantsgrad auf den Spiegeln; die Krawatte hatte dieselbe Farbe wie das Hemd, seine Hose war zu kurz. Die englische Uniform ließ kleine Männer dick erscheinen, fand Inga, schlanke Männer formlos. In dem winterlichen Stoff, die Hosen bis über die Taille gezogen, machte keiner von ihnen viel her. Sie mußte an früher denken, der scharfe Schnitt der eigenen *Grauen*, die markante Kontur, jeder Schlaks von einem Offizier hatte darin nach was ausgesehen. Man sah die Jacken noch auf der Straße, mit abgerissenen Rangabzeichen trugen die Männer sie heute zur Arbeit. Inga öffnete das Fenster und winkte.

Er begrüßte die Mutter als erste; das Blumenkleid hatte Marianne seit Horsts Tod nicht mehr getragen. Trotz seines Widerwillens gegen den Besucher hatte der Vater den Flanell gebügelt, trug ein gestärktes Hemd mit blauer Krawatte. Marianne sprach einfaches Englisch; wenn sie nicht weiterwußte, lächelte sie reizend. Erik tat, als ob er kein Wort verstand, bemühte sich auch nicht, sondern erwartete, daß die Tochter übersetzte. Sie zeigten es nicht, doch die Eltern waren enttäuscht, daß der Leutnant nichts mitgebracht hatte – Marianne schwärmte für englische Zigaretten. Mit gespannten Schultern standen die Männer einander im Balkonzimmer gegenüber, zum Holunderlikör sagte Hayden nicht nein.

»Was machen Sie im Privatleben?« fragte Marianne.

»Ich bin Konditor.«

Für Inga hätte die Überraschung nicht größer sein können. In einem Büro hatte sie ihn sich vorgestellt, als technischer Zeichner oder Konstrukteur – unwillkürlich betrachtete sie seine Hände und malte sich aus, wie diese Finger Kuchen verzierten.

Erik sagte, er sei erstaunt, daß Engländer überhaupt etwas vom Backen verstünden. Inga signalisierte ihm, nicht so direkt zu sein.

»Was ißt man bei Ihnen denn *Süßes*?« beharrte der Vater.

»In den Hilfspaketen, die Sie nach der Kapitulation bekommen haben, waren *Scones* drin«, konterte der Leutnant. »Englisches Teegebäck, wissen Sie noch?«

Das Schweigen dauerte mehrere Sekunden, Erik strich das Revers entlang, als vermisse er das Parteiabzeichen.

»Ich habe mich auf Fruitcake spezialisiert.« Hayden setzte sich. »*Dundee Cake* zum Beispiel wird mit Orangenmarmelade und Cognac gemacht. Aber echter französischer muß es sein.«

Eriks Gesicht blieb verschlossen, doch seine Neugier als Koch war geweckt.

»*Florie Cake* enthält Marzipan und Zitrusfrucht, *Skeachan* vor allem Ingwer und Bier.«

Plötzlich kam das Gespräch in Gang. Inga staunte, daß ihr Vater englische Ausdrücke benützte, Marianne servierte Limonade. Hayden erzählte von der Kuchenbäckerei seiner Familie in North Berwick, nahe der Grenze liefen die Geschäfte besonders gut. Welche Grenze, wollte die Mutter wissen. »Zwischen Schottland und England«, antwortete er und erkundigte sich, in welchem Rang Erik gedient habe. Der Vater erzählte von seinen schwachen Augen, die *Goldfasan*-Vergangenheit kam nicht zur Sprache.

»Ich habe noch nicht begriffen, zu welcher Art *Veranstaltung* Sie unsere Tochter mitnehmen wollen?« fragte er.

»Wir sind im Haus von General Kosigk eingeladen«, antwortete der Leutnant und sah Inga an. Die Erwähnung des stadtbekannten Namens änderte alles. Aufgeräumt erzählte Erik, wieviel die Witwe des Generals für die Stadt tue. »Neuerdings übt sogar der Frauenchor in ihrem Haus.«

»Ihr Mann wurde hingerichtet«, sagte Marianne. Auf Haydens Schweigen setzte sie hinzu: »In den letzten Kriegstagen.«

Nach einer Stunde stand der Leutnant auf, klemmte die Krücke unter die Achsel, an der Tür schüttelten er und der Vater einander die Hand, Hayden verriet ihm das Rezept einer Tortenglasur.

»Viel Vergnügen im Kosigk-Palais«, sagte Marianne. »Leider ist es zur Hälfte zerbombt.«

»Föhrden wurde nie angegriffen«, erwiderte der Leutnant.

»Auf dem Rückflug haben britische Bomber überzählige *Last* abgeworfen.« Bedauernd hob sie die Schultern.

Im Augenblick war die alte Stimmung wieder da, die Männer schwiegen. Marianne bemerkte, daß Inga die Treppe hochgelaufen war. Unauffällig hatte sie Mutters große Handtasche geholt und die Hälfte des Geldes darin verstaut.

»Die paßt nicht zum Kleid!« rief Marianne.

Tochter und Leutnant waren schon auf dem Weg zum Gartentor. Die Seide glänzte im Schein des Halbmonds, das Kleid schleifte tatsächlich nach, Inga versuchte der *Schleppe* durch ihren Gang gerecht zu werden. Die Mutter hatte ihr die blauen Ohrringe geliehen, durch ein Kopfschütteln ließ sie die Steine glitzern.

11

Eine Gardenie rechts vom Platz der Herren, ein Veilchenstrauß bei den Damen. Das Porzellan stammte von der Berliner Manufaktur, vor den Tellern drängte sich eine Sammlung verschiedener Gläser, Silberwerkzeug rechts und links. Als Mädchen hatte Inga bei Tisch Eriks *Aufgaben* zu erfüllen gehabt, sein Sittenunterricht war die einzige Erziehung gewesen, die sie je von ihm erhalten hatte. Während sie Platz nahm, stellte sich das Gefühl von damals ein, Vaters Lineal im Rücken, die Bücher unter den Achseln, beim Essen durften sie weder rutschen noch fallen. Wann öffnete man die Serviette, welches war das erste benützte Glas, wie wurden Messer und Gabel gehalten; Erik hatte es bis zum Überdruß mit ihr geübt.

Die Gastgeberin trug ein bodenlanges, dunkelrotes Kleid mit Seidenvolant um den Busen, der Rücken war ausgeschnitten, ihre Haarfarbe kam Inga heute noch heller vor als in jener Nacht im Camp. Zur Begrüßung hatte Marion Kosigk ihr kurz die Hand gedrückt, nun thronte sie am Kopf der Tafel und plauderte mit dem Brillenträger. Auch der Leutnant hatte einen Platz nahe der Generalin, Inga war enttäuscht, so weit unten zu sitzen.

Die Gruppe aus der Fliegerbaracke war vollzählig, der Brillenträger trug die Majorsmontur mit allen erdenklichen Auszeichnungen, zwischen den Brusttaschen baumelte ein goldenes Kettchen. Im dunkelblauen Nadelstreif, das Haar glänzend von Brillantine, saß der Flüsterer neben einer üppigen Deutschen; glaubte er sich unbeobachtet, senkte er den Blick in ihren Ausschnitt. Der mit dem Bärtchen war Offizier im Rang eines Captains, die Uniform gab ihm eine Lässigkeit, die er beim Spiel nicht besaß. Die Unterhaltung wurde auf Englisch geführt, der Captain sprach mit der Dame zur Linken über die Wirtschaftsreform in den Zonen.

Inga rückte die Dessertgabel zurecht. Ihr Kleid saß so eng, daß sie flach atmen mußte, sie schob den Träger an der Schulter zurück. Das Gedeck zeigte drei Gänge an, sämtliche Speisen auf der elfenbeinfarbenen Karte waren ihr unbekannt. Die Suppe wurde serviert – *Potage crême d'artichauts*, Inga hatte im Leben noch keine Artischocken gekostet, der Geschmack erinnerte sie an die Sauerampfersuppe ihres Vaters. Etwas Sonderbares ging in ihr vor; liebevoll erinnerte sie sich der Kostbarkeiten, die Erik in den schweren Jahren auf den Tisch brachte. Kartoffelschalen, die er ohne Eier und Milch in einen Auflauf verwandelte, Kohlstrünke, Gräser und Rinde, zur Suppe püriert, panierte Selleriescheiben gab es statt Kalbsschnitzel.

Der Fisch hatte rötliches Fleisch und viele Gräten, er schwamm in Buttersauce; Inga tunkte ihr Brot ein, die warme süßliche Butter und das fettige Brotstück schmeckten ihr besser als alles, was sonst noch kam. Während sie Champignons mit gehackter Leber probierte, wurde ihr bewußt, daß sie Dinge aß, die kein Mensch im Umkreis seit vielen Jahren genossen hatte. Auf den Flaschen stand *Schloßabzug 1913* oder *Scharzhofberger-Auslese*, meist lehnte sie ab, doch bald stieg ihr alles zu Kopf. Mit dem Fuß berührte sie ihre Tasche zwischen den Beinen; sie durfte nur bis Mitternacht ausbleiben – wann begann die Partie? Im Nebenzimmer spielte Musik, zwei Geigerinnen, eine Cellistin, den Mann am Klavier kannte Inga aus der Schule. Es wurde Kuchen mit kandierten Nüssen serviert, danach Mokka. Die Türen zum Nebenraum öffneten sich, gemeinsam mit den anderen stand Inga auf, unauffällig trug sie die pralle Tasche unterm Arm. Die Musikerinnen legten die Instrumente weg und eilten zum Essen, der Pianist wirkte müde, sein Haar hatte sich gelichtet. Sie begegneten einander in der Flügeltür, er sprach flüchtig, wollte bei der Mahlzeit nicht zu kurz kommen.

Inga betrat den Salon. Umringt von Gästen, stand Frau Kosigk auf dem Podest im Erker und redete gedämpft mit dem Brillenträger. In der Ecke schwenkte Gabor seinen Cognac, die andere Hand hatte er auf den Schenkel der Tischnachbarin gelegt.

Der Leutnant unterhielt sich mit zwei Deutschen. »Der Austritt der Russen«, sagte er und wandte Inga den Rücken zu.

Sie balancierte auf hohen Schuhen, das Kleid spannte, der ungewohnte Stoff rieb an allen möglichen Stellen. Damen mit ärmellosen Kleidern hatten rasierte Achseln, Inga preßte die Arme an den Körper, fürchtete, den eigenen Schweiß zu riechen. Der Captain löste sich aus einer Gruppe, sie wollte ihm entgegen, zwei Frauen stellten sich in den Weg. Festgewurzelt verharrte Inga mitten im Raum. Sie wünschte, Henning wäre bei ihr, er behandelte sie nicht wie der Leutnant, dessen Freundlichkeit nur so lange anhielt, wie er sie brauchte – nein, auf Henning war Verlaß.

Wunschgemäß spielten die Musiker einen amerikanischen Schlager. Inga wippte die Hüften und versuchte entspannt wie die übrigen zu sein; statt dessen preßte sie die Lippen so stark aufeinander, daß es schmerzte. Empört starrte sie zur Generalin – wie selbstverständlich das Kleid an ihr fiel; der Bauch bildete eine kleine Wölbung. Das gebleichte Haar schimmerte unterm Kronleuchter.

»Jede wirtschaftliche Bestrafung Deutschlands trifft den amerikanischen Steuerzahler.« Ein Weißhaariger mit süddeutschem Akzent ging vorbei. »Die Leute in Frankfurt –«

Inga entdeckte einen Ohrensessel, tauchte dahinter und stellte die Tasche auf ihren Schoß. Wie sehr hatte sie sich gefreut, den Leutnant mit ihrem *Betriebskapital* zu überraschen; doch die Zeit verstrich, und keiner dachte ans Spiel. Sie wollte hinausgehen, wohin aber, was hatte sie in dem fremden Haus zu suchen?

»Kennst du *Leverton High*?«

Sie schrak hoch, die Tasche glitt zu Boden.

»Es ist komplizierter als *Sussex-Havellock*«, flüsterte Gabor. »Aber um einiges spannender.« Im Weitergehen tippte er zart auf Ingas nackte Schulter. »Wir treffen uns im grünen Zimmer.«

Erwartungsvoll griff sie nach der Tasche, stand auf und weckte ihre eingeschlafenen Glieder zum Leben. Mit federndem Schritt steuerte sie zum Kamin und nannte den Leutnant beim Vornamen.

Mitten im Satz drehte er sich um. »Der Kontrollrat verkommt zum Diskutierclub –« Er hakte Inga unter, der Captain schloß sich an. Zu dritt verließen sie den Salon, gingen durch mehrere Räume, bald begegnete ihnen keiner von der Gesellschaft mehr.

Inga hatte noch nie grüne Seide an einer Wand gesehen, das Zimmer, Sessel und Vorhänge, sogar der Teppich waren grün. Frau Kosigk prüfte die Getränke und schickte die Bedienung hinaus.

»*Leverton High* also«, sagte der Brillenträger.

Die Generalin hielt die Bank, sie tauschte englisches und deutsches Geld in Jetons, Hayden teilte an jeden zwei verdeckte Karten aus. Er bot dem Captain eine offene an, der schob sie an Gabor weiter. Die nächsten Karten wurden aus dem Stapel geholt, so ging es reihum. Obwohl ein Stuhl für sie reserviert war, setzte Inga sich hinter den Leutnant. Sie legte die Hand auf die Brust; ihr Herz schlug so heftig, daß der Stoff des Kleides zuckte.

Der Captain attackierte mit König und As, alle außer dem Leutnant gaben auf, er setzte dagegen und verlor. Bei der nächsten Runde hielt er drei Herz gegen den Major, kaufte dazu und warf das Blatt wortlos hin. Nach einer halben Stunde griff er wieder zum Futteral, pointierte von nun an vorsichtiger, ging bei überreizten Partien nur mit, wenn er sich seines Blattes sicher war. Die Magie, die er am ersten Abend besessen hatte, als er den Spielverlauf antrieb und drosselte, wie es ihm beliebte, gelang diesmal nicht. Er reizte mit Pik, unterschätzte das Blatt des Flüsterers – dessen Hände zogen die Steine über den Tisch. Dem Leutnant entglitt jede Zuversicht, für Momente spürte Inga nackte Verzweiflung bei ihm. Er bat die Generalin um eine Zigarette. Zum dritten Mal öffnete er das Futteral und brachte Banknoten zum Vorschein. Gerade wollte Inga ihm zu verstehen geben, daß sie Reserven für ihn bereithielt, da breitete der Leutnant die Serviette über seine Jetons und stand auf.

»Ist jemand dagegen, wenn ich pausiere?« Er zog die Manschetten aus der Uniformjacke und richtete die Krawatte.

»Sie lassen uns ja Ihren *Ersatzmann* da.« Der Major putzte die Brille.

Ohne Antwort verließ Hayden das Zimmer; Inga überlegte, ob es ihm recht war, daß sie ihn vertrat. Gabor deutete ihr Zögern falsch und schob einen Stapel Jetons auf ihre Seite. Die Geste machte Inga wütend, dabeizusein reizte sie nur bei vollem Risiko. Mit einem Griff klappte sie ihre Tasche auf und ließ Geldbündel auf den Tisch gleiten.

Die Stille dauerte einige Sekunden.

»Die Kleine denkt praktisch«, lachte der Brillenträger. »Statt die alte Mark zu verfeuern, gibt sie ihr noch eine Chance!«

»Das *Ganze*?« fragte die Kosigk.

Inga mochte den mütterlichen Ausdruck nicht, mit dem die Witwe des Generals sie musterte. Statt einer Antwort teilte sie das Kartenpaket und ließ es mit den Daumen ineinanderflirren; sie mischte, bis Frau Kosigk das Geld gezählt und die Jetons über den Tisch geschoben hatte. Tausendmal hatte Inga ausgeteilt, neugierig ihre Karten genommen, doch nie mit einem solchen Gefühl der Ernsthaftigkeit. Sie bekam Pik, die Königin mit dem arroganten Gesicht, die Kreuz-Dame gesellte sich dazu. Sie legte zwei Chips übereinander und schob sie in die Mitte. Ihr Einsatz wurde gehalten, die vierte Karte verteilt, kühl lächelte ihr die Karo-Dame entgegen. Inga ließ sich nichts anmerken, setzte bescheiden, man wollte ihr als Einsteigerin die Freude nicht nehmen, alle gingen mit. Der Major erhöhte, die Partie stand vor dem Aufdecken, da griff Inga zum Stapel und schob einen Zwanziger über den Tisch.

»Aus Kiebitzen werden Spieler«, scherzte Gabor in der Muttersprache, glich die zwanzig aus und setzte weitere zehn.

»Ihre zehn und fünfzig.« Inga richtete sich so heftig auf, daß Mariannes Kleid in den Nähten knackte.

Der Flüsterer hatte nichts als ein As-Paar. Es juckte Inga, die Damen sofort umzudrehen – sie besann sich auf ihren Lehrer, legte Pik neben Karo und ließ sich enttäuscht gegen die Lehne sinken.

»Mit einem Damenpaar hättest du nicht hasardieren dürfen«, sagte die Generalin. Alle am Tisch beugten sich vor, um die nächste Runde zu beginnen.

»Warum lächelt die Kreuz-Dame bloß nicht?« Inga hielt die Karte mit beiden Händen. »Wo sie die Hübscheste von allen ist.« Strahlend legte sie die schwarze Königin dazu. Gabors erhobene Hände, mit denen er schon nach den Steinen griff, senkten sich; die Überraschung war echt, das Gelächter fröhlich.

Inga gewann dreimal in Folge, ihr wurde heiß, heimlich schlüpfte sie aus den Schuhen. Sie spürte Schweiß im Halsgrübchen, fand es unschicklich, ihn abzuwischen.

»Anfängerglück«, schüttelte der Major den Kopf.

Als die Reihe auszuteilen zum dritten Mal bei Inga war, hatte sich der Haufen auf ihrer Seite verdoppelt. War es das, was der Leutnant den großen Coup nannte – Sieg, Zuversicht, das Gespür für Erfolg, die Gewißheit, bei jedem Schritt die rechte Entscheidung zu treffen? Sie hatte gute und schlechte Blätter, nützte jedes zum Besten, forderte heraus, zog sich im rechten Moment zurück, nahm den Hasard der anderen an. Sie spielte rauschhaft, beherrschte die Karten, als habe sie ihr Lebtag nichts anderes getan. Einmal ging der Flüsterer mit dem Einsatz so hoch, daß die Generalin ihn ans Limit erinnerte – er versuchte den Sieg zu erzwingen –, Ingas Blatt übertrumpfte seinen Bluff. Wütend griff er nach den Zigaretten.

Die Generalin fand den Zeitpunkt für eine Unterbrechung gekommen, die Türen öffneten sich, sie ging, um nach ihren Gästen zu sehen. Getränke wurden serviert, Gabor bediente sich ausgiebig beim Cognac. Nun erst fiel Inga auf, wie lange der Leutnant fortblieb. Sie wollte ihren Triumph mit ihm teilen, hatte Lust, von ihrem *großen Coup* zu erzählen, und folgte den Kellnern nach draußen. Der Korridor führte in den Salon, ein Blick in die Runde, ausgelassene Stimmung, der Leutnant war nicht dabei. Inga wandte sich zum Garten, die Tür stand angelehnt, das Licht von drinnen erhellte nur die ersten Meter. Kein Garten, begriff sie, ein Park, begrenzt durch einen schmiedeeisernen Gürtel; der Mond gab den Bäumen silberne Kronen. Vom Gefühl des *besonderen* Abends umfangen, ging sie hinaus. Zwei Küssende trennten sich, als sie Ingas Schritte hörten.

Das Haus bestand aus zwei Trakten, verbunden durch einen Laubengang. Sie entdeckte die Stelle, wo die Bombe das Gebäude getroffen haben mußte. Vom Dach bis zum Erdgeschoß klaffte ein Riß, Mauerteile waren zusammengefallen, ausgebrannte Fensterhöhlen – Inga raffte ihr Kleid und näherte sich der Stelle. Eine Treppe führte aus den Rabatten ins Erdgeschoß, auch sie halb zerstört, vorsichtig trat Inga auf eingesunkene Stufen. Gekreuzte Bretter verrammelten die Tür, doch daneben durchzog ein Spalt das Mauerwerk, breit genug, daß ein Kind durchschlüpfen konnte. Sie schaute zurück, die Küssenden waren verschwunden; sie setzte den ersten Schritt ins Dunkel, spürte kalten Stein an der Haut, Staub rieselte.

Mit vierzehn war sie durch ein Oberlicht in die Andreaskirche geklettert, ohne einen besseren Grund als *hineinzugelangen.* Vom Seitenschiff aus hatte sie den Glockenturm erobert, war über eine gewendelte Treppe hinaufgelangt und hatte die ganze Stadt überblickt. Als es dämmerte, wollte sie nach Hause. Inzwischen hatte jemand das Oberlicht geschlossen, auch die Türen waren versperrt; zu Füßen des Heiligen Sebastian legte Inga sich schlafen und verbrachte die Nacht in der Kirche. Damals wütete der Krieg am heftigsten, die Engländer hatten die Grenze überschritten, für die Eltern war Inga die Nacht lang verschollen. Um schlimmere Züchtigung durch Marianne zu verhindern, hatte der Vater Inga die Prügel verabreicht; in seinen Augen las sie keinen Zorn, nur Bedauern.

Es war unbedacht und sinnlos, in das zerbombte Gebäude zu schlüpfen, außerdem konnte sie ihr Kleid schmutzig machen. Der riesige Raum schien leer, das Licht durch die Fensterhöhlen reichte nicht aus, seine Begrenzung zu erhellen. Ingas Fuß tastete weiter.

Der Laut kam hoch und zischend, ihr völlig unbekannt, etwas raschelte, nicht Stoff oder Laub – Stille, jetzt wieder Bewegung und das Zischen, als ob jemand pfiff, der es nicht beherrschte. Mit aufgerissenen Augen und vorgestreckten Armen näherte sich Inga dem Geräusch, stieß gegen Metall, ein fester Rahmen aus Maschendraht, im Innern bewegte sich etwas. Dort huschte ein Tier, mehrere, prallten gegen Hindernisse, das Metall erzeugte jenes helle Geräusch – es mußten Käfige sein. Vorsichtig tastete Inga am Drahtgeflecht entlang, plötzlich eine Berührung neben ihrem Arm, intensiver Geruch, beißend wie Gerbsäure oder Gülle, wenn sie frisch aus dem Misthaufen trat. Im Bruchteil eines Moments blitzte etwas auf, die Augen des Wesens reflektierten das schwache Mondlicht. Inga erstarrte, spreizte die Finger ab wie Antennen.

»Du! Komm her«, flüsterte sie dem Wesen in der Dunkelheit zu. Keine Katze, dafür war die Bewegung zu heftig. Ob es sich streicheln ließ? Daheim, im Dachgebälk, hatte vor Jahren ein Marder gehaust; nachts war Inga auf den Speicher gestiegen und hatte ihm Milch gebracht; sie hörte ihn hinter der Verkleidung trappeln, doch er zeigte sich nie. So lange hatte sie auf dem eisigen Boden gekauert, daß sie morgens mit Fieber erwachte; von da an hielt der Vater den Speicher verschlossen.

Während Inga reglos in die Finsternis starrte, fiel ihr auch der Dachs ein, der im vorigen Herbst den Vorgarten nach Engerlingen durchwühlt hatte. Welches Tier aber zischte hinter den Gittermaschen? Je länger Inga am Käfig verharrte, desto wilder, verzweifelter klang das Pfeifen, wie verrückt rannten die Tiere hin und her, prallten gegen Draht und Rahmen. Sie wollte deren Ruhe nicht länger stören – sie befand sich in fremdem Haus und an einem Ort, wo sie nichts verloren hatte –, sie mußte zurück. Zuerst fand Inga die Richtung nicht, stieß gegen eine Wand, tastete daran entlang, bis sie den Rahmen einer Tür erfühlte, drückte die Klinke, es war abgesperrt. Nicht nur, überlegte sie, daß die Tiere in völliger

Finsternis saßen, man hatte sie in einen verschlossenen Raum gebracht, aus welchem Grund? Sie brauchte einige Zeit, den Mauerriß wiederzufinden, schlüpfte erleichtert an die frische Luft; eine Wolke hatte den Mond bedeckt.

Die Krücke hing schräg überm Stuhl, der Leutnant saß mit dem Rücken zu ihr. Flink bewegten sich seine Arme, Karten flogen in alle Richtungen, schweigend nahmen die Spieler sie auf. Niemand schien Inga vermißt zu haben.

»Der Park ist wunderbar.« Sie setzte sich, hatte Lust, von ihrem Erlebnis zu erzählen, doch wie konnte sie das, ohne den *Einbruch* zu gestehen?

»Fünf«, sagte der Captain.

»Ihre fünf und zehn«, überbot der Brillenträger, die Generalin hielt den Einsatz. Inga schichtete ihre Chips, warf Hayden einen herausfordernden Blick zu, er schien ihren *Reichtum* nicht zu bemerken. Zwischen ihm und der Kosigk wurde erhöht, nach mehrfachem Gebot und Gegengebot lag ein beachtlicher Betrag in der Mitte. An Haydens Schläfe trat die Ader hervor, seine Zunge spielte mit der unteren Zahnreihe. Die Generalin suchte seinen Blick, er hob die Augen nicht von den Karten.

»Es ist unwahrscheinlich, daß du die dritte Acht hast«, sagte sie.

»Hundert sind zu bringen«, antwortete er unbeeindruckt.

Die Kosigk hielt mit und deckte zwei Paare auf. Der Leutnant legte die Karten nebeneinander, drehte die letzte mit einem Schnippen um und offenbarte die dritte Acht. Unvermittelt sah er Inga an, freudig und jung. Die Kosigk fluchte, die übrigen lachten über ihre derben Ausdrücke.

Vielleicht verführte Inga die gelöste Stimmung zu jener Bemerkung, vielleicht machte der eigene Gewinn sie übermütig.

»Halten Sie hier *Tiere*?« fragte sie die Generalin.

»Kühe, Pferde und Schafe«, nickte die Kosigk. »Aber nicht hier, draußen in Fenebeck. Wieso interessiert dich das?«

Es sei nur so ein Gedanke gewesen, haspelte Inga; in ihrer Unsicherheit begann sie von einem Lehrer zu erzählen, der bei ihnen im Viertel wohne; er habe auf sein Gehalt verzichtet und statt dessen ein Stück Wiese erhalten, samt Ziege – Inga schoß die Röte ins Gesicht –, was für eine idiotische Geschichte. Erleichtert stellte sie fest, daß niemand ihr Geplapper beachtete; der Leutnant warf ihr einen Blick zu, der sie zum Schweigen brachte. Das Spiel wurde fortgesetzt, Inga nahm wieder daran teil. Alec forcierte, brachte die andern geschickt dazu, bis zum Limit zu gehen; glücklich beobachtete Inga, wie er ein ums andere Mal gewann. Sie wollte ihm Auftrieb geben, seine Strähne befördern – und ging mit. Jedesmal wenn er die Partie dirigierte, selbst wenn ihr Blatt nicht danach war, hielt Inga hohe und höchste Einsätze. Strich der Leutnant dann die Jetons ein, lehnte sie sich kopfschüttelnd zurück und mimte die Enttäuschte. Im Sog der Serie bemerkte Hayden nicht gleich, wie unverhältnismäßig seine Gewinne waren, wie rasch die Stapel vor ihm wuchsen.

Eine neue Runde begann, alle setzten, er tauschte Karten, hielt Ingas Gebot, sie erhöhte zum dritten Mal – von einer Sekunde zur andern begriff er, sie ließ ihn gewinnen! Der Leutnant sah Inga mit einer Wucht und Düsternis an, daß sie zurückfuhr. In ihrem straff sitzenden Kleid, den Busen hervorgehoben, kam sie sich plötzlich nackt vor ihm vor. Diese Verachtung – Inga verschränkte die Arme –, was tat sie denn schon? Hatte sie ihm nicht von Anfang an mit dem Erlös der Madonna helfen wollen? »Hat dich der Mut verlassen?« fragte sie, um die eigene Verwirrung zu überspielen.

»Passe«, stieß er hervor. Überrascht beobachteten die andern, wie Hayden die Karten hinwarf, aufstand und Inga den Gewinn überließ.

»Sie gehen vor der Anfängerin in die Knie?« scherzte der Brillenträger.

Mit steinerner Miene bat er Gabor um eine Zigarette.

Sprachlos, verletzt, wußte Inga nicht, wie reagieren. Sie wollte das Geld nicht, in seine Hände hätte es fließen sollen, und kehrte nun wieder zu ihr zurück. Hektisch beugte sie sich vor, umschloß die Jetons mit beiden Händen und zog sie vom Tisch. Ihr Ellbogen streifte das Glas der Generalin. Inga versuchte das Malheur zu verhindern, die Kosigk rutschte zurück – es war zu spät, Rotwein schwappte auf ihren Schoß. Das Glas kippte, fiel und zerbrach, der grüne Filz färbte sich dunkel. Alle am Tisch brachten Hosen und Ärmel in Sicherheit. Noch während die Runde in Bewegung geriet, entschuldigte Inga sich lautstark. Die Kosigk wollte nichts hören, mit spitzen Fingern spreizte sie die nasse Stelle vom Schoß ab. Der Captain rief die Bedienung, die Herren räumten Chips, Karten und Gläser ab, Angestellte entfernten das Tischtuch. Der Leutnant schlug vor, den Filz zu erneuern und weiterzumachen, die Generalin jedoch brach die Partie ab. Erschrocken versuchte er sie umzustimmen, es sei noch früh, die Karten gerade erst *warm* geworden. Sie müsse sich umziehen, erwiderte die Kosigk und wollte anschließend zu ihren Gästen zurück; sie bestand darauf, die Jetons einzutauschen.

Das viele Papiergeld paßte kaum noch in Ingas Tasche, die Freude über ihren Gewinn aber war längst verflogen. Knappe Verabschiedung, alle außer dem Leutnant kehrten zur Gesellschaft zurück. Er wollte nicht mehr in den Salon; an seiner Seite brach auch Inga auf, spürte, welch unangenehme Pflicht es ihm war, sie heimzubringen. Schweigend liefen sie am schmiedeeisernen Gitter entlang, trotz der Krücke war er stets ein Stück voraus.

»Wie hast du gespielt?« fragte sie, um der finsteren Stimmung entgegenzuwirken.

Er hielt abrupt, Inga rannte fast in ihn hinein. »Nie wieder!« Das Krückenende piekte hart in ihre Richtung. »Mach das nie wieder!« Er überquerte den Fahrdamm, ohne ihre Erwiderung abzuwarten.

»Ich *habe* dich nicht gewinnen lassen«, log sie entrüstet.

Er hinkte weiter, sah die Fassade hoch. »Hier muß ich nach links. Du hast es ja nicht mehr weit.« Gepreßte Lippen, ein kurzes Nikken, er nahm die Straße ins Rautjesviertel.

Hilflos hob Inga die Tasche, wollte ihm nachrufen, er verschwand bereits um die Ecke. Wie geprügelt schlich sie heim, das Papier unterm Arm wog schwer. Erschöpft betrat sie das Haus, huschte am Zimmer der Eltern vorbei, Eriks Schnarchen brach nicht ab. Eins nach dem andern öffnete sie die Häkchen, das blaue Kleid sank zu Boden; achtlos warf sie die pralle Tasche in den Kleiderschrank.

12

Inga legte die grünen Ordner an, die grauen wurden vernichtet. Sie lachte über den Sergeant, der in ihrer Gegenwart alles Deutsche verunglimpfte; seine *Sauerkraut*-Witze blieben harmlos. Sie spielte mit dem kurzatmigen Hund des Chefs. Der Officer wurde mit jedem Tag übellauniger, seit langem rechnete er mit seiner Rückversetzung. Das Lager sollte verkleinert werden, Einheiten würden abrücken, Einheiten sollten kommen; täglich hörte man etwas anderes. Ein junger Flieger wurde beim Kameradendiebstahl überrascht, in seinem Spind fand man Feuerzeuge, Taschenmesser, ein wenig Geld; er gestand ohne Rückhalt und bat die Bestohlenen öffentlich um Verzeihung – es sei wie eine *Sucht* über ihn gekommen. Alle erhielten ihre Gegenstände zurück, dennoch leitete der Kommandant ein Verfahren ein. Da dessen Sekretärin mit Grippe niederlag, mußte Inga die Einweisung in die Gefängnisbaracke tippen. Beim Schreiben der Haftbegründung hielt sie inne, zog das Blatt aus der Maschine, wechselte die Blaupause – ihr waren bei dem Wort *Diebstahl* zwei Fehler unterlaufen. Am nächsten Tag trat der Flieger die Strafe an, ein drahtiger Bursche mit hellblondem Haar, der die Montur an der Brust gerne offen trug. Vom Fenster beobachtete Inga, wie Militärpolizisten ihn zum Haftblock an der Westseite brachten.

Seit jenem Abend mied sie das Schloß und das Kosigk-Palais, nahm Umwege in Kauf, um dem Leutnant selbst zufällig nicht zu begegnen. Sie aß mit den anderen *Civilian Employees* im Casino, fuhr auf dem Transporter in die Stadt, plauderte mit den Soldaten.

Daheim holte sie selbstgemalte Bilder vom Speicher und machte ihr Zimmer *gemütlicher*. Fernzubleiben schien ihr die beste Lösung zu sein.

Marianne spürte die Veränderung an der Tochter, deutete deren Ernüchterung als *Heilung*. Auch wenn die Mutter sich wünschte, einmal wieder im Auto chauffiert zu werden, fragte sie nie nach Henning; der *Engländer* wurde mit keinem Wort erwähnt. Erik schwelgte in Kochrezepten, die erste Rente stand vor der Auszahlung, alle bemühten sich, *Familie* zu sein.

Einmal beim Abendbrot brachte Erik das Chorkonzert ins Gespräch, das im Kosigk-Palais stattfinden sollte. Er und Marianne wünschten sich hinzugehen, sie sprachen von den prächtigen Soireen, die früher bei Kosigks gegeben worden seien, noch bis tief in den Krieg. Inga mußte an die elfenbeinfarbene Speisekarte denken, die Artischockensuppe, das grüne Zimmer; sie erzählte nichts davon. General Kosigk, berichtete Marianne, habe Februar fünfundvierzig die Front nach Süden durchbrochen, um seiner Armee die russische Gefangenschaft zu ersparen. Er erkannte das alliierte Tribunal, das ihn verurteilte, nicht an. Bis zuletzt bemühte sich Marion Kosigk darum, eine *Kugel* für ihn zu erwirken, als Soldat habe er Anspruch auf Erschießung. In der Zeitung stand, die Engländer hätten ihn gehenkt.

»Habt ihr von einem Mann namens *Gabor* gehört?« fragte Inga.

»Ich kenne nur einen *schwarzen Gabor*«, antwortete Erik. »Er hat den Ruf, zu besorgen, was sonst keiner kriegt. Hüben wie drüben schätzen sie seine Dienste.«

Inga wollte nicht an die Vier im Lichtkegel denken, doch die Bilder vom Spieltisch stellten sich ein. Der feiste Major, der seine Brille putzte, sooft er sich einer Sache nicht sicher war, das unechte Haar der Kosigk, die wie ein Seemann fluchte; die ineinandergeschlungenen Finger des Leutnants. Der schroffe Abschied, seine Kränkung – Inga verfluchte die gönnerhafte Art, mit der sie ihn überlisten wollte –, am verpatzten Ausgang des Abends hatte nur sie schuld.

Ob sie im Büro auf dem Bleistift kaute, im Casino übers Essen gebeugt war oder das Gesicht in den Fahrtwind hielt: Immerzu umkreisten Ingas Gedanken das Spiel. Ständig wurde sie von *Kombinationen* heimgesucht – ein König in der Hinterhand, gepaart mit zwei Zehnern als Auslöser für die Dreiervariante – tauchte die rote Dame beim Gegner auf, mußte die eigene Königin bis zum Schluß zurückgehalten werden – wie hob man die dritte Sieben aus dem Paket, ohne daß es die andern bemerkten? In jeder müßigen Minute prallten solche Volten in Ingas Kopf aufeinander; die Entbehrung, sie nicht *erproben* zu können, bekam etwas Körperliches. Im Dienst wurde sie unkonzentriert. Der Sergeant, sonst Nutznießer ihrer Verläßlichkeit, prüfte Schriftsätze nun wieder selbst, bevor er sie hinausgehen ließ. Inga haßte an sich diese Fahrigkeit, die daher rührte, alles zugleich und nichts richtig zu machen. Vor allem aber haßte sie ihre unausgesetzte Sehnsucht zu spielen.

In der Not floh sie zu einer kindischen Befriedigung. Eines Abends, sie hatte das Geschirr abgeräumt, stieg Inga auf den Speicher und holte ihre Muschelsammlung. Sie stellte sie vor den Eltern auf den Tisch.

»Die Engländer haben mir ein Spiel beigebracht«, begann sie.

»Mit Muscheln?« fragte Marianne.

Inga erklärte die Regeln und sagte, daß es weniger auf Glück als die Gabe zu kombinieren ankam. Vollkommen harmlos, redete sie sich ein, kein hoher Einsatz, weder Gewinn noch Verlust und doch die Aussicht zu hasardieren.

Neugierig räumte der Vater die alte Zeitung beiseite. »*Das* spielen die Engländer?« fragte er mit langsamem Augenaufschlag.

»Wozu braucht man die Muscheln?« Die Mutter witterte etwas, doch ihr Verdacht war zu unklar, um ihn fassen zu können.

Inga nahm eine Handvoll. »Wir könnten sagen, die roten sind die höchsten.« Ungeduldig öffnete sie die Schublade und holte die Familienkarten hervor.

Aufgeräumt putzte der Vater die Brillengläser. »Einen Versuch ist es wert. Das ewige Canasta –«

Inga mischte gekonnt und verteilte. Ihre Mutter begriff sofort, worum es ging, Erik mußte alles mehrmals erklärt bekommen; ständig zeigte er Inga sein Blatt und wollte wissen, was es wert sei. Er wählte den Muscheleinsatz zu hoch und verlor. Sie spielten eine halbe Stunde, ohne daß die Partie recht in Gang kam; der Tanz mit den Karten blieb aus. Mariannes Blick schweifte zur Zigarettendose.

»Fünf graue«, sagte Erik.

»Das ist zuviel.« Die Mutter hielt ihn in der Bewegung zurück. »Tausch erst einmal deine Karten.«

»Ich brauche nichts zu *tauschen*.« Sein entrüsteter Blick. »Fünf Muscheln, es bleibt dabei.«

»Denk dir, es wäre echtes Geld!«

Unbeirrbar hielt er die Hand über den Einsatz, seufzend schob Marianne den ihren dazu.

»Ein Herz für Mutter«, zitierte Inga den Leutnant und legte ihr eine rote Karte hin. Sie selbst bekam das Karo-As und wartete ab. Marianne setzte maßvoll, Erik erhöhte um alle roten Muscheln, die er besaß. Ihr platzte der Kragen, sie schalt ihn gedankenlos, es mache keinen Spaß, wenn der Wert der Muscheln ihm nichts bedeute. Erik nahm eine zurück, das genügte ihr nicht. Wenn er nicht spielen dürfe, wie es ihm passe, gehe er lieber ins Bett! Marianne war kurz davor, ihre Karten hinzuwerfen, doch Inga bestand darauf, die Partie zu Ende zu bringen. Die Mutter ignorierte den Einsatz des Vaters und schob drei Tigermuscheln in die Mitte. Beleidigt sprang er auf und zog sich aufs Sofa zurück. Sie legte ihr Blatt offen, zwei niedrige Paare, Inga hätte sie gerne gewinnen lassen, doch die Asse stachen die Mutter aus.

»Ich dachte noch, du hast Asse!« Sie lachte angespannt.

»Das ist gar nichts!« Erik beugte sich riesenhaft über den Tisch und drehte sein Blatt um. Beide Frauen betrachteten die Karten sekundenlang.

»Was soll das darstellen?«

»Pik«, antwortete er triumphierend.

Da lagen Pik-König, die Dame, die Neun und die Sieben.

»Papa, entschuldige –«, wandte Inga ein.

»Gib zu, das ist höher!« rief Erik. »Jetzt *müßt* ihr es zugeben!«

»Das ist der *Kreuz*-Bube.« Sie zog ihn unter den anderen Karten hervor.

»Aha?« fragte er mit schwindender Kraft. »Was habe ich also?«

»Nichts!« Mit dem Nikotinfinger zeigte Marianne auf ihn. »Du hast wie immer auf *nichts* gesetzt.«

Abends darauf lief Inga nach Dienstschluß allein durch die Straßen; die Tage waren zu lang, um nach der Arbeit gleich heimzugehen. Mißmutig saß sie auf der sonnenbeschienenen Wiese vor dem Schloß, schlich durch den Charlottenhof, hörte das Wasser am Wehr rauschen. Zuletzt kehrte sie in die ältesten Gassen zurück.

Das herankommende Auto war schnell, die Reifen klopften auf den Pflastersteinen, Inga trat an die Hauswand. Gleich darauf hupte es, neben ihr hielt Gabor. Zur Beifahrerseite gebeugt, ließ er das Fenster herunter. »Inga!« begrüßte er sie. »Wir haben dich lange nicht gesehen.«

Sie antwortete etwas von der vielen Arbeit im Lager.

»Du solltest dich schämen, so zu lügen.« Sein ganzes Gesicht war ein Lachen. »Die Engländer halten es nicht mit der deutschen Arbeitswut. Du spazierst durch die Straßen, weil du dich langweilst.« Er fragte, ob sie mit ihm etwas trinken wolle, sie log, man erwarte sie daheim.

»Bist du dem Spiel untreu geworden?« Er ließ den Motor laufen, daß es in der Häuserschlucht dröhnte. Ein älteres Paar beobachtete die Szene. »Nächste Woche Freitag«, sagte Gabor. »Wie wär's?« Er nannte eine Adresse. »Ich rechne mit dir. Es könnte dein Glücksabend werden.«

Ohne ihre Antwort abzuwarten, gab er Gas, das Ehepaar trat zurück, man hörte das Dröhnen noch, als der Wagen schon verschwunden war.

Die morgendliche Fahrt auf dem Laster, Stenoblock und *Remington*, das lustlose Diktat des Officers, Teewasser aufsetzen, Lunch im Casino – Inga bemühte sich, dem *Gleichmaß* etwas abzugewinnen. Die Tage reihten sich aneinander, gegliedert durch Vorhersehbares, Möglichkeiten glitten unbeachtet vorüber. Sie begriff das *Normale* als Handlauf, an dem sie entlangbalancierte, zugleich vermißte sie das Flüchtige, die kurze Erregung und die Vorfreude darauf. Das Dauerhafte, gestand Inga sich ein, ließ sie mißmutig und voll Überdruß zurück.

An einem dieser Tage kam sie nach Dienstschluß aus dem Schatten der Hagebutten auf die Lagereinfahrt zu. Hennings Auto war frisch gewaschen, er hatte das Chrom poliert; unanständig, wie die Teile blitzten. Er und der Mann der Kommandantur-Sekretärin standen an ihre Wagen gelehnt, unterhielten sich und rauchten. *Männer, die ihre Frauen abholen*, dachte Inga. Sie hätte sich über Hennings Besuch freuen sollen, er behandelte sie so anständig, wie es seine Situation erlaubte. Und doch wollte sie nicht mit Henning sein, noch mit irgend jemand. Sie bemühte sich, ihn *häßlich* zu denken. Warum blieb er nicht in der Möbelfabrik, bei Trude, die ihn hierhin und dahin schickte, und Henning rannte.

Inga bemerkte die Krankenschwestern, die aus Station **H** kamen; von der andern Seite tauchte die Sekretärin auf, das Hütchen wippend auf dem Kopf. Henning half einer Lernschwester auf die Ladefläche, die Sekretärin erreichte den Gatten, küßte ihn mit roten Lippen, er öffnete ihr die Autotür. Der Laster setzte sich in Bewegung, die Schwestern hielten sich fest; die Limousine überholte den Mannschaftstransport nach wenigen Metern. In einer Staubwolke blieb Henning zurück. Er bemerkte Inga, schloß die gemusterte Jacke und setzte sich auf den Schlagbaum. Sie winkte, schlüpfte zwischen Schranke und Wachhäuschen hindurch, der Posten wünschte ihr einen guten Abend.

Henning bot an, sie zum Abendessen einzuladen, sie fuhren in ein Lokal am Stadtrand und setzten sich ins Freie. Er bestellte Fisch und eine Flasche Wein. Für den Sonnenuntergang habe er blauen Himmel bestellt, lachte er, sie bemerkte den fehlenden Bakkenzahn, das Zahnfleisch war an Stellen grau. Er setzte sich so dicht neben sie, als seien sie ein Paar, das sich *einig* war.

»Wie geht es den Jungs?« fragte Inga, er erzählte erwartungsgemäß. Sie rückte zur Seite, wollte seinen Schenkel nicht länger an ihrem spüren. Der Wein wurde serviert, er goß ihr ein halbes Glas ein, beugte sich vor, um Löwenzahn zu pflücken; die kahle Stelle am Hinterkopf war größer geworden. Inga trank, kühl rann es in sie hinein.

Henning, der Kerl, doppelt so alt wie sie, Besitzer des mintgrünen Wagens, sah Inga traurig an. »Ich weiß, ich habe von dir nichts zu fordern«, sagte er, es sei seine Schuld, weil ihm die Kraft zur Entscheidung fehle. Sie griff zum Glas, es gefiel ihr nicht, Henning jämmerlich zu erleben.

»Das ist ein schwerer Wein«, sagte er. »Von dem nippt man bloß.«

Sie nahm einen tiefen Schluck. Am liebsten wäre sie aufgestanden und heimgelaufen, doch dort erwarteten sie Mariannes fragende Augen, auch sie wollte wissen, *was war* und *was sein würde.*

»Hast du dich mit dem Engländer eingelassen?« fragte Henning. Nie war ihr aufgefallen, daß seine Augenbrauen buschig zusammenwuchsen. Sie hätte sich mit ihm betrunken, wäre ein zweites Mal auf den Hochsitz gestiegen, auf der Decke, am Waldrand, im Auto würde sie alles tun – nur über den Leutnant reden wollte sie nicht. Der Totenbleiche, Konditor aus Schottland, der sie rief und springen ließ, wie es ihm gefiel. Glaubten nicht *alle*, ein Recht auf Inga zu haben? Dabei war sie die einzig Freie von ihnen, Stenoblock und Schreibmaschine, mehr brauchte sie nicht. Die prall gefüllte Tasche fiel ihr ein, fort vom Lager, den Eltern, vom Leutnant – ans Meer, eine Postkarte an ihn, rasch hingeworfene Zeilen, die roten Muscheln am Strand –, wie lange reichte das Geld? Sie goß sich das nächste Glas voll. Die Generalin fiel ihr ein, *Karo-Dame*, die Strenge mit den eisblauen Augen, Könige und Buben schwärmten für sie. Hätten sie die Wahl, all die Burschen mit ihren läppischen Hellebarden wären der Karo-Dame verfallen. Dabei war *Kreuz* die Hübscheste, dachte Inga, sie hatte beinahe die gleichen Locken, ihre und Ingas Lieblingsblume war die Margerite.

»*Margerite*?« fragte Henning.

Ihr oberster Blusenknopf war aufgesprungen, wieso griff er nicht zu? Kein Fräulein, lachte sie, nicht blond, hervorstechendste Eigenschaft – der Büstenhalterverschluß.

»Was, Herrgott, was denn?« rief Henning.

Inga fühlte sich hochgehoben, erst der Kopf, dann die Beine, sie drückte ihn beiseite, stand auf eigenen Füßen, wie ein Hampelmann knickte sie zusammen. Wenn sie das Geld zum Pferdedoktor brachte, bekam sie die Madonna wieder, andererseits, sollte sie das Kapital nicht benützen, vermehren, mutiger spielen, rücksichtsloser? War alles gewonnen, erhielt die Statue einen Ehrenplatz; die segensreiche Madonna.

Halme, so dicht an Ingas Gesicht, sie breitete die Arme aus, streichelte das Gras wie ein Federbett; wer lag da nicht gerne?

»Ich habe dich vor dem Wein gewarnt.« Riesenhaft Hennings Hand vor ihr. »Komm, steh auf. Kannst du nicht?«

Sie mußte das loswerden, zu scheußlich dieses Gefühl, sie erbrach sich, der Löwenzahn bog sich zur Seite. Inga zog die Nase hoch, Tränen schossen ihr in die Augen, verschwommen sah sie die Kellnerin, die den Fisch brachte.

*

Sie kannte das Gefühl nicht, betrunken zu erwachen. Hatte Henning sie auf ihr Zimmer gebracht, ausgezogen – sie war nicht ausgezogen –, hörte Stimmen im Erdgeschoß, die Eltern und er. *Inga ist schlecht geworden. Sie hat sich zu viel zugemutet.* Besser aufpassen mußte man auf sie, Schluß mit den Eskapaden, es tat nicht gut, beim Feind zu arbeiten. Beim Feind.

Schwäche und Unwohlsein, aber ihr Zorn war nicht verflogen. Hoch mit dir! Wenn sich alles dreht, warte ab. Das Kleid war feucht und roch schlecht, sie zog Bluse, Schlüpfer und Strümpfe aus. Das

Grüne im Schrank war kühl und schlank, *slender*, wie die Engländer sagten; ihr wurde besser, sie griff nach der Perlmuttspange. Wer verbat ihr, den Schatz in der Reisetasche hervorzuholen? Nicht über die Treppe, beschloß sie, man würde sie abfangen wie Treiber das Wild. Horst hatte ihr beigebracht, wie man übers Vordach stieg. Horst war tot. Der Augenblick der Balance, wenn man das Fenster losließ und ohne Halt auf den Schneefänger zuschwankte. Die Tasche störte, nichts als Papier, in weitem Bogen warf Inga sie in den Garten; jetzt kletterte es sich einfach. Die Ziermauer aus Backstein, gut zu umklammern, ein harmloser Sprung, hektische Suche nach der Tasche, schon war Inga am Gartentor. Wäre fast über den kleinen Hügel gefallen, da lag ihr Lamm unter der Erde und verrottete; das Osterlamm war nicht gegessen worden.

Vor dem Krieg hatte man Gästen von auswärts das *Hopeldoor* als schönstes Haus Föhrdens präsentiert, heute wirkte es heruntergekommen; der Besitzer war gefallen, die Frau zu den Kindern gezogen. Die Engländer hatten es beschlagnahmt, Offiziere wohnten jetzt dort, Bewirtschaftung durch die Deutschen. An der Rezeption saß ein Corporal, zu alt für den niedrigen Rang, ohne Scheu fragte Inga ihn nach Lieutenant Hayden. Der andere sah im Register nach, nannte eine Nummer; kein anzügliches Grinsen, doch sie spürte, er schaute ihr hinterher. Auf dem Flur im zweiten Stock waren alle Glühbirnen kaputt, bis auf eine. Inga klopfte, wartete die dunkle Stimme nicht ab und trat ein.

Er saß am Fenster, den Ellbogen aufgestützt und rauchte. Sie stellte die Tasche aufs ungemachte Bett, Bündel für Bündel packte sie das Geld aus, sprach von der Barockmadonna, dem Pferdedoktor und daß niemand dieses Geld vermisse. »Spiel damit!« Wie ungelenk ihre Stimme sich anhörte. Sie taumelte gegen die Bettkante, inmitten der Banknoten sank Inga auf die Matratze.

»Hat dir noch keiner gesagt, daß du verrückt bist?« Er warf die Kippe hinaus, kam ohne Krücke durchs Zimmer, mit zwei Fingern zupfte er Tabak von der Lippe. Seine Herablassung war Sorge gewichen, er näherte sich ihr wie einem kranken Tier. Inga wollte ihm wehtun, stieß ihn zornig gegen die Brust. Überrascht taumelte er, ein Stuhl war im Weg, er ruderte mit den Armen; während er fiel, blickte er Inga unverwandt an. Das Muster des alten Teppichs, blau und braun, geordnete Blüten; wo man ging, waren sie abgetreten, das Gitter kam durch. Sein Kopf fiel in die Blüten, zum ersten Mal hilflos, sie ballte die Fäuste, stürzte sich auf ihn, zu schlagen wagte sie nicht. Riß nur sein schwarzes Haar aus der Frisur, es fiel ihm über die Augen; nun, da er sie nicht mehr ansah, war es leichter. Sie zog sein Hemd aus der Uniformhose und kratzte über den weißen Bauch. Er wehrte sich nicht, knurrte, als sei es ein Schmerz, sie ließ sich nach vorne fallen, kein Kuß, der Geruch seines Halses hinter dem Ohr, sie roch an der Achsel. Die kurzen Laute kamen von ihr, sie bewegte sich rasch, erwartete seine Hände in ihrem Rücken. Ihre Augen verfolgten die Bilder des Teppichs – wer hatte sich ausgedacht, daß ein verschlungener blauer Zweig in ein Viereck mündete und dort zur Blume wurde? Jedes Bild begrenzte ein Rand, der von einem weiteren Rand eingefaßt wurde, zuletzt fehlten die Ränder, Schlangen und Blüten hörten auf. Wütend preßte Inga ihr Gesicht überallhin. Als sie aufschaute, hatte der Leutnant den Kopf zur Seite gedreht und streichelte ihre Schulter. Sie schmiegte sich an ihn, spüren sollte er, daß sie da war, sein Streicheln blieb gleichmäßig, wie abwesend. Schließlich setzte er sich auf.

»Du hast also Geld gestohlen.«

»Die Madonna ist nur ein Pfand«, widersprach sie.

»Dann hast du eben die Madonna *gestohlen.*« Er begann sein Hemd zu schließen. »So fängt es immer an.«

Inga rieb die Augen, war mit einem Mal schrecklich müde. Sie rechtfertigte sich, das Geld für die Statue verdoppelt zu haben. »Es ist zum Spielen da!« wiederholte sie; ihr Angriff schlug in Ermattung um.

Er zog die Krawatte gerade, setzte sich korrekt aufs Bett, nacheinander legte er die Geldbündel in die Tasche zurück.

»Löse deine Madonna ein und geh nie wieder zur Generalin.« Er drückte den Verschluß zu.

»Und du?« fragte Inga enttäuscht. Sie lag da, mit entblößten Beinen; so wie er sie ansah, spürte sie, er wollte etwas Freundliches sagen. Es fiel ihm nichts ein.

»Ich möchte nicht, daß du dich um mich kümmerst.« Er stand auf, gegen die Wand gestützt, hinkte er zum Waschbecken. Das Wasser brauchte einige Zeit, röhrte und kicherte in der Leitung. Er wusch sich die Hände und trocknete sie sorgfältig ab. Als er sich umdrehte, verließ Inga wortlos das Zimmer. Etwas war auf dem Teppich liegen geblieben, ein Gegenstand, den er nicht kannte.

Zum zweiten Mal trug sie das Geld durch die Stadt, strauchelte mehrmals, ihr Körper bewegte sich, als ob er aus Gummi wäre. Sie erreichte den Hof, hörte die Pferde gegen die Balken treten; die Boxen waren geschlossen. Inga stellte die Tasche ab, bedeckte die Augen und schaute durchs Fenster. Ein Tisch, Vorhängeschlösser an den Schränken, darauf stapelten sich Kisten bis zur Decke. Sie rief nach drinnen, klopfte, nichts rührte sich. Wie lange es abends schon hell blieb!

Die Tasche an die Brust gepreßt, umkreiste Inga das Haus. Straßenseitig waren die Scheiben undurchsichtig gestrichen, kein Laut, als wäre alles seit Jahren verlassen. Sie kehrte auf den Hof zurück und setzte sich auf den Brunnenrand; ihr Kopf sank auf die Brust. Einmal, vor vielen Jahren, hatte ihr Vater daheim am Brunnen gesessen, blanke Äpfel vor sich auf dem Tisch. Er stach die Gehäuse heraus, sie redeten, er glitt mit dem halbrunden Messer ab und versenkte es im Handballen. Blut quoll um die Wunde hervor, ohne hinzusehen zog er das Messer aus dem Fleisch und griff zum nächsten Apfel. An diesem Tag hatten sie festgestellt, daß er kein Schmerzempfinden besaß. Der riesige Mann spürte nicht, wenn er sich den Kopf am Dachbalken stieß, Marianne mußte ihn darauf aufmerksam machen, daß ihm Blut in den Hemdkragen lief.

In diesem Moment hatte Inga Angst, ihm ähnlich zu sein. Sie hauchte den üblen Atem fort, sprang zu Boden und klopfte heftiger gegen die Tür; schrie, sie habe das Geld und wolle ihre Madonna! Sie war überzeugt, August hörte sie, doch er zeigte sich nicht. Gedankenverloren starrte sie zu den dunklen Verschlägen der Pferde, trottete auf die Straße und trat den Heimweg an; plötzlich fühlte sie sich mit ihrer Tasche voll Geld nicht mehr sicher. Beklommen fuhr sie sich durchs Haar – faßte erschrocken nach –, sie hatte ihre Perlmuttspange verloren.

13

Die Räume, durch die Inga geführt wurde, wirkten bei Tag kühl und freudlos, beschädigte Möbel, die Stühle beim Eßtisch paßten nicht zueinander. Weder im Speisezimmer noch im Salon erwartete sie die Generalin, sondern in einem kleinen Büro. Sie trug das graue Kostüm und eine Lesebrille. Neben dem Schreibtisch hing das Porträt eines Wehrmachtsgenerals, Wintermontur, keine Auszeichnungen, ein ruhiges Gesicht, mit groben Strichen gemalt. Erst beim Eintreten begriff Inga, wie unklar ihre Vorstellung von diesem Besuch war. Sie betrachtete die aufgeschlagenen Ordner, übersichtlich beschriftet, die Generalin führte Buch. Sie bot der Jungen an, den Stuhl vom Fenster heranzuziehen, Inga setzte sich. Die Kosigk drehte sich im Sessel, schwarze Schuhe, dunkle Strümpfe, sie, blätterte die Mappe mit langsamer Bewegung um, ihre Fingerspitze fuhr eine Zahlenkolonne entlang. Inga hatte gehofft, die andere würde Fragen stellen – wie die Arbeit bei den Engländern sei, Ingas Alter betreffend, wie es um ihre Familie stand.

»Woher hast du das Geld?« Die Kosigk hob den Blick nicht von den Papieren. Vor dem Fenster verharrte ein trüber Tag, der April endete unfroh. Stockend erzählte Inga von der Madonna und was sie dafür bekommen hatte. Als der Name des Pferdedoktors fiel, schien die Generalin nicht überrascht.

»Er zieht auf dem Schwarzmarkt die Fäden.« Sie schaute über den Brillenrand. Inga sprach von der anderen Seite Augusts, wie gut er die Pferde behandle und daß er ein Freund sei.

»Warum gibt er dir so viel für die Antiquität?«

»Weil sie wertvoll ist?« Sie zuckte die Schultern.

»Nein.« Die Kosigk zog ein Etui hervor. »Er weiß mehr.« Sie zündete das Streichholz verdeckt an, wie die Soldaten. »Der Schwarzmarkt gibt nichts mehr her – alle *hamstern.*« Sie rauchte anders als Marianne, die ihre Zigarette aufrecht balancierte, die Generalin ließ sie im Mundwinkel hängen, achtete kaum darauf, wenn Asche herabfiel. »Etwas wird vorbereitet, nicht hier, bei den Amerikanern.« Sie schien weiterzurechnen. Inga fragte, was sie mit dem Inhalt der Reisetasche machen solle.

»Tu nicht so scheinheilig.« Marion Kosigk richtete das glühende Zigarettenende auf sie. »Du spielst, und du denkst, du beherrscht es. Gleichzeitig verschlingt es dich.«

Inga war weder erschrocken noch beleidigt, sie starrte die Aufkleber der Aktenordner im Rücken der Generalin an, von Hand geschrieben; mit Schablone erhielt man bessere Ergebnisse.

»Brauchen Sie eine Sekretärin?« fragte sie schlicht.

Ein kurzer überraschter Blick. »Du hast eine Stellung, um die dich jeder beneidet.« Die Kosigk schloß den Füller. »Warum setzst du sie aufs Spiel?«

»Ich will nicht mehr für die Engländer arbeiten.«

»Wegen Alec?« Die Generalin stand auf. »Er weckt das Gefühl, ihm helfen zu wollen, nicht wahr?« Ohne Einladung, die Jüngere möge ihr folgen, ging sie zur Tür und trat auf den Korridor.

»Wer ist Gabor?« rief Inga ihr nach. »Was macht er?« Sie fürchtete, das Gespräch sei beendet, wollte nicht fort. Über diesen Flur war sie bereits einmal gelaufen, nachts, ihr Kleid hatte auf dem Boden ein helles Geräusch verursacht. Die Generalin war ins Freie getreten. Tagsüber wirkte der Park kleiner, noch standen die Laubbäume in Blüte, Tannen nahe dem Zaun, manche zehn Meter hoch. Im Laubengang zwischen den Trakten fegte ein alter Mann.

»Gabor war der Adjutant meines Mannes.«

Um mit der Generalin Schritt zu halten, mußte Inga langsam gehen.

»Er durfte während der Hinrichtung dabeisein. Mir hat man es verwehrt.«

Ingas Blick wanderte zu dem Riß in der Wand – der verlassene Bau, die ausgebrannten Fenster, welches Tier wurde dort gehalten? Sie hatte noch viele Fragen, wollte sich anvertrauen, mit jemand sprechen, der sie nicht wie ein Kind behandelte oder eine Verrückte.

Von weitem war plötzlich Gesang zu hören. Der Alte mit dem Besen hielt inne, stützte Kinn und Hände auf den Stiel und lauschte.

»Ich habe ihnen erlaubt, in der Garage zu üben.« Die Kosigk zeigte in jene Richtung, der Gesang erfüllte den ganzen Park. »Sonntag in zwei Wochen geben sie ihr erstes Konzert nach dem Krieg.«

Sie ließ Inga stehen, ging weiter, wechselte ein paar Worte mit dem Angestellten und betrat die Garage. Schwere, düstere Musik, es waren ausschließlich Frauenstimmen; sie sangen fort und fort. Inga fror, der Wipfel einer Tanne spaltete das Licht in Millionen Strahlen.

Am folgenden Freitag ließ sie das Gefühl, unablässig ein Rufen zu hören, nicht mehr los. Tagsüber, während sie Papiere von einer Baracke zur anderen trug, redete sie sich ein, etwas *Besseres* vorzuhaben. Sie servierte dem Sergeant Tee, erfreute den Officer mit fehlerfreien Abschriften, fuhr auf der Fahrradstange eines Monteurs mit in die Stadt. Sie aß zwei Portionen von Eriks Kohlrabi-Sauce, spielte drei Runden Canasta. Erst als es dunkel wurde, zerbrach ihr Widerstand, sie belog die Eltern, nahm heimlich die Tasche aus dem Schrank und verließ das Haus durch den Garten. Sie trug das gebügelte Kleid, Mutters rote Sandalen, das Haar ließ sie offen.

Als sie die Kneipe erreichte, hatte sie Blasen an den Füßen. Engländer und Deutsche saßen bunt gemischt. Inga übersah die mißtrauische Miene des Wirtes, vorbei an den lärmenden Gästen betrat sie ein Zimmer, das hinter der Schänke verborgen lag. Überrascht nahm der dicke Major die Brille ab; Inga begrüßte ihn unbefangen, bemerkte das Glas in seiner Hand, die Flaschen auf dem Beistelltisch. Ohne Zögern goß sie sich ein. Wenig später öffnete sich die Tür zum Klo, die Generalin, in Kopftuch und Mantel, hatte den Weg über den Hinterhof genommen; der Leutnant begleitete sie. Er sah verwildert aus, wie auf dem Sprung, er und Inga begrüßten einander wie Fremde. In dem engen Raum gab es kein Ausweichen, mutwillig stellte sie ihre Tasche auf den Tisch.

Gabor kam als letzter. »Inga!« Er freute sich ehrlich. »Endlich ist jemand dabei, der das nötige Kapital besitzt«, sagte er mit Seitenblick auf den Leutnant, goß sich ein und nahm gegenüber Platz.

Inga versuchte sich ihn in Uniform vorzustellen, im Feld, als Vertrauten des Generals. Unterschiedlicher als Gabor und Alec konnte kaum jemand sein. Glattrasiert der eine, in bester Verfassung, jede Gelegenheit zu seinem Vorteil zu nützen. Der andere ernüchtert, Ausweglosigkeit trieb ihn an den Spieltisch. Das Haar war ungepflegt, fiel es ihm ins Gesicht, reichten die Spitzen fast bis zum Kinn. Selbst die Jetons aus seiner Schatulle kamen Inga abgenützt vor, die Farben verblichen.

Der Major schlug *Deer* vor, Inga wechselte Geld. Auf aberwitzige Weise genoß sie es, nicht *willkommen* zu sein; die Anfeindung machte sie mutig. Gleich zu Beginn spielte sie scharf, setzte kämpferisch, doch bald fiel ihr auf, wie schleppend die Anfangspartien verliefen. Der Leutnant spielte versteinert, sah niemanden an, wollte mit niedrigem Blatt punkten und scheiterte. Ein Blick auf sein Futteral, und Inga begriff, er hasardierte ohne Kapital. Nach einer Stunde lag kein Jeton mehr vor ihm. Er schob das Kartenpaket zum Major und schloß den Uniformknopf. Im Moment, als er aufstand, bat die Generalin Alec um eine Unterredung. Er wollte ablehnen, sie bestand darauf, gemeinsam gingen sie hinaus. Es wurde weitergespielt, doch alle warteten auf die Rückkehr. Inga ließ sich von Gabor nachschenken.

Die Generalin kam zuerst und setzte sich steif. Verfallen, wie

Inga ihn nie gesehen hatte, preßte der Leutnant ein Lächeln hervor, sprach von *Frühdienst* und daß ihm die Karten heute nicht schmeichelten. Er nahm das leere Futteral, schloß die Lasche und griff zur Krücke. Die übrigen wünschten gute Nacht, taten, als sei es eine gewöhnliche Verabschiedung, keine Kapitulation. Die Generalin hob den Blick, ihr Kopftuch war in den Nacken gerutscht. – Inga hielt im Mischen inne. Der blasse Mann, die Dame, die ihn liebevoll ansah – Herz oder Pik? –, sie wandte den Kopf ab und sortierte Jetons. Er setzte die Kappe auf, nahm nicht den Weg über den Hinterhof, sondern verschwand in der Kneipe.

Während Inga die Karten verteilte, bemerkte sie jene hämische Neugier in Gabors Blick, die ihr öfter schon aufgefallen war. Wäre er ihr nicht auf der Straße begegnet, säße sie nun bei den Eltern und spielte Canasta, wo es um nichts ging, als den Abend verstreichen zu lassen. Der Mai begann prachtvoll, überall Pärchen zu zweit auf *einem* Fahrrad, die Automobile fuhren mit Holzgas, weil der schwarze Markt sonst nichts hergab. Die Engländer kontrollierten nicht mehr so genau, es war, als buhlten die Besatzer um die Gunst der Besetzten. Das Ausscheiden der Russen aus dem Viererrat brachte Erleichterung, Deutschland *lag* richtig, es wurde zur neuen Grenze nach Osten. Einen hatte Inga sagen gehört: *Wenn die Amerikaner Berlin aufgeben, geben sie Europa auf.* Die Befürchtung, daß alles Land bis zur Nordsee rot werden könnte, kam den Einheimischen zugute. Sie waren nicht mehr die Brut, die niederzuhalten war, man überlegte, wie aus Verlierern Verbündete wurden. Hier am Tisch saßen vier, die Witwe eines gehenkten Kriegsverbrechers, ein Schieber aus dem Osten, ein britischer Besatzungsmajor und die Tochter des *bügelnden* Nazis. So sah die Zukunft aus.

Wer hatte den nächsten Zug, welches Blatt sprach, wie hoch hatte sie gesetzt? Herrgott, wo war sie mit ihren Gedanken? Mit dem Fuß stieß Inga die Tasche an, erschrak, wie leicht sie geworden war. Sie hielt ein Neunerpaar in der Hand. Könige beim Major, drei Buben zeigte die Kosigk; ein Haufen Jetons lag vor Gabor, die hatten eben noch Inga gehört. Der Brillenträger, nicht unzufrieden, notierte Kolonnen auf einen Zettel. Inga riß sich zusammen – die Serie war zu wenden –, sie versuchte die Blätter der anderen zu kombinieren. Bald lernte sie das Gefühl kennen, mit schwindender Hoffnung zu hasardieren, kein Bluff gelang, die Karten wurden zu Feinden, hämische Damen und fletschende Buben, wie es der Leutnant vorausgesagt hatte. Trotz der Aussichtslosigkeit vermochte Inga nicht aufzuhören und spielte, bis die letzte Banknote zum Vorschein kam. Sie setzte auf ein niedriges Paar, nach zwei Runden war alles verloren. Während Gabor das Geld einstreifte, bückte sie sich und zeigte den andern die leere Tasche. Unmut beim Major, der fürchtete, der Abend könnte früher zerfallen, als ihm lieb war. Auch Gabor wollte nicht, daß Inga ausschied, und bot ihr einen Stapel Jetons als Darlehen an.

Was Inga am meisten überraschte, war die eigene Erleichterung. Die Madonna, das Geld, alles dahin – ohne Furcht konnte sie heute nacht die Reisetasche an den Eltern vorbeitragen, sie barg kein Geheimnis mehr. Sie würde ihr Fenster öffnen, die warme Nachtluft einlassen, mit verschränkten Armen wollte sie daliegen und das plötzliche Ende genießen.

Grölen und Lachen von draußen, der Spießrutenlauf durch das überfüllte Lokal schreckte sie ab, doch sie nahm nicht die Hintertür. Inga bedankte sich, verabschiedete sich im Gehen und verließ das Zimmer.

I will never go home anymore, sangen sie in der Ecke; die meisten vom Militär, nur wenige Frauen. Während Inga durch den Trubel schlüpfte, bemerkte sie den Leutnant am Tresen. Er trank nicht, hatte wohl gar nichts bestellt, starrte an die gegenüberliegende Wand; ein Schrank stützte den geborstenen Balken, der die Decke trug. Der Soldat neben ihm, kantiger Bürstenschnitt, sprach Inga an. »Wohin so eilig?«

Hayden drehte sich um und musterte sie wie einen Hund, den man nicht los wird. Seine Stirn und die Wangen bedeckte ein glänzender Film, violette Ränder unter den Augen.

»Tschuldige, wußte ja nicht –« sagte der Bürstenschnitt.

Inga zwängte sich neben den Leutnant und hielt ihm die leere Tasche entgegen, schüttelte sie, als sei das Ganze ein Spaß.

»Geh nach Hause«, sagte er leise. Solche Komplizenschaft wollte er nicht.

»Irgendwas gibt es immer zu verkaufen«, versuchte sie die Sache als Bagatelle abzutun.

Er stützte sich auf die Theke. »Beichte den Eltern und vergiß das Ganze. Du hast deine Lektion.« Er griff in die Uniform, brachte Münzen zum Vorschein und bestellte, ohne nach Ingas Wunsch zu fragen. Das Lamm mit der Bißwunde fiel ihr ein, die blutende Schnauze; eingehüllt im Gemüsesack lag es unter dem Hügel. Limonade wurde abgestellt, der Leutnant schob sie zu ihr; Inga goß die honiggelbe Flüssigkeit ein, ausdruckslos hingen seine Augen an dem vollen Glas.

»Wie willst du deine Schulden bezahlen?« fragte sie laut und deutlich.

Er packte ihr Handgelenk, riß sie so heftig fort, daß Inga kaum Zeit fand, das Glas abzustellen. Er zog sie durch das Lokal, unentrinnbarer Griff, sie stieß gegen Uniformen, Schultern – vom Eingang kam ihnen ein Neger entgegen. Hayden zerrte sie weiter, stieß die Tür auf und schob Inga ins Freie.

»Was habe ich denn getan?« fragte sie, um seine Wut zu vergrößern. Sie wünschte sich, daß die Müdigkeit von ihm abfiel, er sich aufrichtete, sie schlug oder anschrie, daß der fahle Mensch außer sich geriet, daß nur das Kleinste geschah! Er ließ sie los, Inga verschränkte die Arme auf dem Rücken. Seine beängstigende Ruhe, gebückt stand er an den Türrahmen gelehnt; erst jetzt fiel ihr auf, er hatte die Krücke vergessen. Sie stemmte die Hand in die Hüfte, hob den Busen, er warf keinen Blick darauf. Drehte sich langsam, wie in Gedanken, den Lärmenden zu und verlagerte das Gewicht; er taumelte, ließ die Tür los und hinkte in den rauchigen Raum zurück. Einer rempelte ihn an, Hayden suchte Halt, immer kleiner wurde der Ausschnitt, den die Tür freiließ. Ein Blick des Negers, das Plakat einer Flasche, der Leutnant erreichte den Tresen. Die Tür schloß sich vollends. Inga stand im Dunkeln, sie hatte die Hand noch in die Hüfte gestemmt.

*

Die Firma lag im Osten, keine große Entfernung, bloß mußte man zuerst sinnlos am Fluß entlang, um die nächste Brücke zu erreichen. Inga zog die Schuhe aus, machte einen Knoten in den Rock und schob ihn bis zur Hüfte hoch. Die Kälte des Wassers traf sie wie ein Schlag, sie fürchtete Scherben und spitze Steine, erreichte aber unbeschadet die Mitte. Ein Schritt weiter, und sie sackte in ein Loch, versank bis zur Taille; um nicht zu fallen, machte sie Schwimmbewegungen, dabei mußte sie die Schuhe eintauchen. Triefend erreichte sie das Ufer, versuchte den Rock auszuwringen, rieb sich zitternd Schenkel und Waden. Das Leder war klamm, dennoch zwängte sie sich in die Schuhe, hoffte, beim Gehen würde ihr warm.

Als Henning ihr damals die Firma zeigte, waren sie im Auto gefahren – Inga hatte den Weg unterschätzt, fror bald erbärmlich, die Zähne schlugen aufeinander, sie hatte einen säuerlichen Geschmack vom Gin im Mund. Der Mond kam hervor, wenige Häuser, nur Weiden. Sie erschrak über eine Bewegung – gleichzeitig hatten die Kühe den Kopf gehoben.

Sie erreichte die Firma von der Einfahrt her, unmöglich, durchs Tor zu spazieren, wahrscheinlich war Trude bei ihm. Inga lief übers Feld, umkreiste die Halle, kam zu dem Berg aus Holzabfällen, sank in den regendurchweichten Spänen ein. Das Büro war ein niedriger Trakt, dort brannte Licht, sie hoffte, in dem dunklen Kleid nicht gesehen zu werden. Dennoch schlich sie gebückt, ging unterm Fenster in die Hocke, die Augen erhoben, ihre Nase berührte das Fensterbrett.

Aufgeschlagene Ordner, zwei Tassen, ein Stück Brot, von den Hängelampen brannte nur eine. Henning kam ins Büro, blieb unter dem Lichtkegel stehen, trocknete seine Hände, legte das Handtuch über die Lehne, zog einen Ordner heran und setzte sich. Er addierte von Hand, der Bleistift sprang von Posten zu Posten, seine Lippen bewegten sich stumm, er notierte, vertraute dem Ergebnis nicht und rechnete ein zweites Mal. Inga kam höher und sah ihm bei seinen Kolonnen zu. Der Rechnende dort, sie im Freien, wäre ihr nicht eiskalt gewesen, sie hätte die ganze Nacht so verbracht. Plötzlich entdeckte er sie, staunend wie ein Kind, dem man Theater vorspielt. Sie machte ein Zeichen, ob es ungefährlich sei, er stürzte vorwärts, stieß mit der Hüfte gegen den Schreibtisch und öffnete das Fenster.

»Was soll das!« Er schaute rechts und links, als fürchte er, sie sei in Begleitung gekommen.

»Trude?« fragte Inga.

»Dein Kleid?« gab er zur Antwort. Sie erzählte vom Fluß.

»Vollkommen verrückt.« Unter den Achseln hob er sie an, sie gelangte aufs Fensterbrett.

»Wir trocknen das.« Er lief zum Ofen, wo alles zum Anzünden bereit war. »Der zieht gut. Gleich wird es warm.« Henning hielt ein Streichholz daran; als er sich umdrehte, stand Inga in Unterwäsche vor ihm. Er nahm das Kleid entgegen, wrang es aus, Tropfen vermischten sich mit dem Staub des Bodens.

»Ich habe bloß nichts für dich –« Er drehte sich suchend im Kreis, griff sein Sakko vom Haken und hängte es ihr um die Schultern. Inga drängte in seinen Arm, er schob die Jacke zurecht, ihre Zutraulichkeit erschreckte ihn. »Was hättest du getan, wenn Trude da gewesen wäre?«

Heimgelaufen, log Inga, er löste sich, öffnete die Ofenklappe, eine helle Flamme, er stocherte mit dem Haken. Als sie erneut näher kam, schob er das Türchen zu und suchte die feuchteste Stelle an ihrem Kleid. Statt es auf den Stuhl zu hängen, warf er es über die Schulter, ging zum Fenster und machte eine Bemerkung über den Mond. Barfuß kam Inga hinterher, erhob sich auf die Zehenspitzen und küßte ihn; seine Verwirrung, endlich öffnete er den Mund. An den Lippen zog sie ihn rückwärts, lehnte sich gegen den Schreibtisch, Henning trat zwischen ihre Schenkel; wie vorsichtig er mit ihrer Wäsche umging. Sie küßten sich, Inga umschlang ihn mit dem Bein, griff in sein Haar. Er trug sie durchs Zimmer, sank in der Nähe des Ofens auf einen Stuhl, sie setzte sich auf ihn. Henning, halb angezogen, schnaufte gegen ihren Bauch. Seine Hände glitten über sie hin, als konnten sie nicht glauben, daß Inga den weiten Weg zu ihm gemacht hatte. Diesmal war er nicht vorsichtig, packte ihre Hinterbacken, brachte den Stuhl in Bewegung, riß den Oberkörper zurück und starrte sie schreiend an. Lachend küßte sie ihn, er ließ die Arme sinken, Holz knackte im Ofen. In der nächsten Sekunde war Sorge in Hennings Gesicht, hilflos versuchte er aufzustehen, Inga rückte ab, er kam hoch, schaute auf die Bescherung und schob die Hose darüber. Bei alledem hatte er das Kleid vergessen, immer noch hing es auf seiner Schulter, nun breitete er es zum Trocknen über den Stuhl. Sie setzten sich auf den Tischrand, Inga streckte die Beine und spreizte die Zehen dem Ofen entgegen. Das Leuchten hinter der Klappe, der harte Tisch, Hennings Schulter, er redete über die Lage der Firma, das schwierige Alter der Jungs, Trudes Gesundheit. Allmählich verstand sie – er sprach von der *Unmöglichkeit*, unausführbaren Plänen, Hoffnungen, die er nicht zu erfüllen verstand. Inga wäre bloß gerne dagesessen, gedankenlos in der Freude, hätte am liebsten nichts gewußt oder erfahren, doch Henning zwang sie zurück, redend konstruierte er Hindernisse, beleuchtete Schwierigkeiten.

Das grün gestrichene Türchen stand angelehnt, ein seltsames Maß, dachte Inga, breiter als hoch, massive Zapfen standen daraus hervor.

Nur Sachwerte zählen, hatte Henning einmal Trude zitiert – in dem Stahlschrank ließen sich keine Sachwerte lagern, weder Brot noch Speckseiten, kein Wintermantel –, und doch wirkte er so uneinnehmbar, daß er Begehrlichkeit schuf. Hennings Schlüssel hing daran, wie verwaltete er den Inhalt, warum nachts? Inga stimmte zu, als er ihr anbot, Likör zu holen.

»Holunder«, rief er im Hinausgehen, das Hemd hing aus der Hose.

Sie stemmte die Hände auf den Tischrand, ein Sprung, und sie hockte vor dem Tresor. Der Schlüsselbund machte ein helles Geräusch, sie brachte ihn zum Schweigen. Schwer schwang das Türchen auf, das schwache Licht ließ dahinter nichts erkennen. Inga griff hinein, hielt Papier zwischen den Fingern, enttäuscht zog sie ein Bündel brauner Scheine hervor. *Gold und Silber*, fiel ihr ein, Eriks alte Operettenmelodie – während die eine Hand die Eisenwände entlangglitt, schob die andere das braune Bündel in Hennings Jackentasche.

Sein Schatten fiel ins Zimmer, leicht kam Inga hoch, ihr Knie schob die Öffnung zu, zwei Schritte, und sie war am Fenster.

»Hast du draußen etwas gehört?« Flasche und Gläser erhoben, schon wieder die Sorge in seinem Gesicht.

Inga zog das Sakko enger, preßte den Packen mit dem Ellbogen an sich, Henning goß ein, sie tranken, der Holunder schmeckte ihr nicht.

»Ich fahr dich am besten gleich heim.« Er bemerkte ihren Blick zum Kleid, befühlte die trockenen Ränder. »Ist gleich soweit.«

Sie legte die Jacke beiseite, zog sich an und verfrachtete, während Henning die Lampen löschte, das Geld in die Tasche ihres Kleides. Er versperrte Geldschrank und Schubladen, sah sich um, knipste zuletzt die Deckenbeleuchtung aus. Inga steckte die Hand ein, damit die Beule weniger auffiel. Sie war erleichtert, daß Henning beim Hinausgehen nicht den Arm um sie legte. Zum ersten Mal vergaß sie die Chrombuchstaben zu streicheln, bevor sie in sein Auto stieg.

14

Während der Feier wurde sie krank. Es war früher Nachmittag, auf dem Tisch lag der graue Brief, Eriks Rentenbestätigung – es würde weniger sein als erwartet, aber lebenslang. Mutters unbändige Erleichterung überraschte Inga. Erst nach Eriks Bemerkung begriff sie, Marianne hatte noch nie arbeiten müssen; das Gespenst schien auch diesmal an ihr vorbeizugehen. Vater hatte den Rock des Bahnhofsvorstehers längst weggehängt, nun holten sie ihn noch einmal hervor und prosteten der Uniform zu.

Das Kribbeln begann auf der Stirn. Als Inga hinfaßte, konnte sie die Haut dort auf und ab bewegen, der Kopf fühlte sich an, als quelle das Fleisch auf. Ein Schrei Mariannes, Erik erstarrte mit dem Glas in der Hand. Inga lief zum Spiegel, Gesicht, Hals und Arme waren geschwollen, rote Pusteln, selbst unterm Haar, die Lippen quollen so stark, daß sie kaum sprechen konnte.

»Sie hat was gegessen!« rief Marianne.

»Den Doktor«, murmelte Erik und war an der Tür.

Inga legte sich auf die Couch, fühlte sich nicht wirklich schlecht, nur überall dieses Jucken. Ein Brummen vielmehr, es fuhr ihr durchs Blut. Der Gin vom Vorabend fiel ihr ein, manchmal mischten sie Unbeschreibliches zusammen, um das gewünschte Ergebnis zu erhalten. Sie erinnerte sich an ein Schwarzmarktgerücht – von einem Tag auf den andern waren Unmengen von Schnaps aufgetaucht, das Geschäft lief glänzend, bis man dahinterkam, daß die Assistenzärzte des pathologischen Instituts die Präparate aus den Gläsern genommen, den Alkohol gefiltert und verhökert hatten.

Vielleicht ist es gar nicht der Gin, dachte Inga, vielleicht bin ich es selbst. Marianne brachte sie zu Bett.

»Vergiftung«, bestätigte der Hausarzt, die Unsicherheit stand ihm ins Gesicht geschrieben. Er verordnete Wickel gegen die Schwellung und versprach Medikamente. Erik wollte ins Lager, um die Erkrankung der Tochter zu melden. Dann ließen die Eltern sie allein, vor der Tür hörte Inga sie flüstern. Mit offenen Augen lag sie da, den kühlen Zellstoff auf der Stirn, sie drückte ihn tiefer, bis die Wirklichkeit nur noch durch enge Maschen zu ihr drang. Diese Erleichterung, keine Entscheidung mehr treffen zu müssen.

Nachts wurde der Juckreiz unerträglich, sie kratzte die Pusteln auf, es bildeten sich wässerige Bläschen. Ruhig wie stets wechselte Marianne die Umschläge, nur an der Zärtlichkeit, mit der Erik ihr die Wasserschüssel abnahm, begriff Inga, wie groß die Sorge der Eltern war. Die Zeit zerfiel, Helligkeit oder Dunkel, wenn sie erwachte, stand der riesige Vater über ihr, sie konnte nicht essen, er flößte ihr Limonade durch einen Strohhalm ein. Die Eltern hatten Tabletten bekommen, ob bei den Engländern, sagten sie nicht; zerrieben und in Milch aufgelöst, nahm Inga die Arznei zu sich. Von da an wußte sie nicht mehr, wie lange sie schlief.

Nachts entdeckte sie Hennings Frau im Zimmer. Die zarte Trude stemmte den Stahlschrank über den Kopf, heraus purzelten winzige Jungs, alle vollkommen gleich. Mit traurigem Gesicht trat Henning dazu und sagte, er habe hungrige Mäuler zu stopfen. Sein Geld lag im Kleiderschrank, Inga wagte nicht, es zu zählen. Trude nahm ihren Gatten in den Arm, *alles gestohlen*, sagte sie und versuchte seine Zärtlichkeit zu ertrotzen. Inga fühlte sich ihr überlegen und schämte sich gleichzeitig wie nie im Leben.

»Was für *Geld*?« fragte Erik.

Sie war erwacht, hatte sie gesprochen?

»Der Schuldenberg«, flüsterte sie; wieso bemerkte der Vater den Leutnant nicht, der auf der Fensterbank lümmelte. Er wird mit Schulden nicht leben, dachte sie, ist imstande, die Angelegenheit auf *seine* Art zu beenden.

»Eine Frage der Ehre!« Sie wollte hoch, Erik legte ihr die Hand auf die Stirn, nahm das Tablett und ging. Als Inga erwachte, stand Marianne im Zimmer und berichtete, Vater habe im Lager vorgesprochen, der Officer wünsche gute Besserung, Inga brauche sich wegen der Stellung keine Sorgen zu machen. Um die Tochter aufzuheitern, erzählte Marianne, in Ingas Abwesenheit müsse nun der Sergeant den ganzen Papierkram tippen. Während Mutters Schritte auf der Treppe verklangen, bemerkte Inga vor dem Fenster freundliche Wolken. Es machte ihr Freude, sie nach Nordwesten ziehen zu lassen, zur Küste und von dort immer weiter; nach einer Weile erreichten sie neues Land und Klippen in Grün und Grau. Inga bildete sich schottische Berge ein, der Leutnant erwartete sie dort. *Ingwer und Bier*, sagte er und reichte ihr Fruitcake, sie schmeckte Marzipan und Zitrusfrucht. *Selbstgemacht!* Um ihn herum standen Menschen, so blaß wie er selbst, ein Mann in Bäkkermontur, die bleiche Schwester, Engländerin bis in die Haarspitzen, Inga nahm eine Tasse Tee. Das Haus seiner Familie schien klein zu sein und doch wirkte es, mit Erkern und geschnitzten Giebeln verziert, wie ein Schloß. Ein Geräusch an der Eingangstür, jemand kam zu Besuch. Doch die Stimmen stammten nicht von Alecs Familie, man sprach Deutsch. Die Umrisse im Zimmer verschwammen, draußen wurde es blau, Inga erwachte.

Im Erdgeschoß redeten sie immer noch, nicht die übliche Melodie von Familienbesuchen, das Auf und Ab, Gelächter und Ineinander der Worte – eine einzelne Frau sprach. Inga ließ Tanten und Cousinen, Freundinnen der Mutter, vorüberziehen, keiner von denen gehörte die Stimme. Marianne sagte etwas, die Frau antwortete überraschend laut, die Eltern widersprachen nicht. Inga wollte ins Treppenhaus, zögerte das Aufstehen aber von Minute zu Minute hinaus. Der Besuch brach auf, es war noch nicht dunkel, Schritte in der Diele, beim Ausgang. Inga glitt aus dem Bett, weniger taumelig als erwartet, schlich sie zum Fenster. Unter ihr mußten die Eltern stehen, der Besuch trat aus der Tür, kein Händedruck, die Frau ging durch den Garten, ein Schaltuch verdeckte ihren Kopf. Beim Öffnen der Gartentür drehte sie sich kurz um, verschwand schließlich am Ende der Straße. Die Eltern kehrten ins Haus zurück. Inga war überzeugt, diese Frau noch nie gesehen zu haben. Langsam wandte sie sich zum Schrank, holte das Geld hervor, kroch unter die Decke und hielt das Bündel, bis es so warm war wie ihre Hände. Mußte Henning den Diebstahl nicht längst bemerkt haben, wieso meldete er sich nicht, was hatte er Trude gesagt, fälschte er Ingas wegen die Bücher? Nach einer Weile bemerkte sie, wie still es im Haus geworden war, nicht das Plätschern aus der Küche, wenn Erik Geschirr spülte, auch das Radiogerät blieb stumm. Während sich Müdigkeit über sie legte, schob Inga die Scheine behutsam unter ihr Nachthemd.

Am nächsten Morgen kehrte die Klarheit zurück und mit ihr die Sorge. Der Leutnant fiel ihr ein, so wie er wirklich war, ausdruckslos, distanziert. Der strahlend blaue Himmel, sagte Inga, es war Zeit aufzustehen.

Zuerst nahm sie an, die Eltern seien im oberen Stockwerk, bis sie begriff, die Schritte kamen vom Speicher. Ein ungleichmäßiges Hin und Her, etwas wurde gerückt, abgestellt, beiseite geräumt. In der nächsten Sekunde war sie aus dem Bett, warf die Geldscheine, feucht von verschwitztem Schlaf, in die Tasche, stülpte das Nachthemd über den Kopf, lief ins Bad und erschrak beim eigenen Anblick. Die Haut war welk, die abklingenden Pusteln hinterließen graue Flecken, das Geflecht setzte sich an Hals und Schultern fort, sie starrte auf erschlaffte Brüste.

Erik kam die Treppe so rasch herunter, daß Inga die Tür nicht mehr schließen konnte. Sie hielt ein Handtuch vor die Brust, der Vater wollte sprechen, wartete aber, bis Marianne neben ihm stand. Beide blieben außerhalb des Bades.

»Wir haben uns gewundert –« Marianne preßte die Hände so ineinander, daß der Ehering abstand. »Wo die Barockmadonna geblieben ist.« Sie beschrieb den blauen Mantel, das abnehmbare Zepter, das Lächeln des Christuskindes, als sei der Tochter die Statue unbekannt.

»Ist sie denn nicht im Schrank?« Trotzig beugte Inga sich vor den Spiegel. *Beichte den Eltern,* fiel ihr der Leutnant ein; der Verlierer, das Gespenst in Uniform.

»Bitte denk nach«, sagte Erik.

»Niemand außer uns war im Haus. Keiner auf dem Speicher.« Mariannes Hand fuhr in die Tasche und brachte die Zigarettenpackung hervor. »Ich könnte August fragen.« Die Frauen musterten einander im Spiegel; Inga bemerkte einen Anflug von Damenbart.

»Frag ihn ruhig.« Ihr Lächeln mißlang.

Das Flämmchen zischte auf und versengte den Tabak.

»Inga!« Mutters Ton der letzten Vernunft – wie damals, als Horst die Wippe im Garten gebaut hatte, der lange Balken schwang hoch, auf der anderen Seite hätte Horst abbremsen müssen, damit die Schwester das Gleichgewicht nicht verlor. Ihm aber machte es Spaß, das Brett so hart aufzusetzen, daß sie schwankte und stürzte. Im selben *vernünftigen* Ton hatte Marianne ihn damals gemaßregelt.

»Sag uns die Wahrheit.« Ihren Kopf umgab eine blaue Wolke.

Inga musterte die Borste an Mutters Kinn. »Jahrelang fragt kein Mensch danach und jetzt auf einmal?« Sie deutete an, daß sie die Tür schließen wollte. »Keine Ahnung, wo die Madonna ist.«

Die Lüge stand zwischen ihnen, Beichte wurde unmöglich.

»Hast du noch von der Schminke?« fragte sie. »*So* möchte ich nicht unter die Leute.«

»Schon dich noch«, sagte der Vater enttäuscht. »Wir reden später.«

»Erik!« Marianne trat erschrocken zurück, er fuhr herum, nun sah auch Inga, ein breiter Streifen Blut quoll hinter Vaters Ohr hervor und tropfte auf seine Schulter.

»Du hast dich auf dem Speicher gestoßen.«

Er faßte an die Stelle, hielt sich den blutigen Finger vors Gesicht. »Ich habe es nicht bemerkt«, antwortete er mit verwirrtem Lächeln.

»Zieh das Hemd aus.« Bevor sie ging, ergriff Marianne die Klinke und schloß vor Inga die Tür. Das Handtuch sank, nackt stand sie vor dem Spiegel.

15

Als ob man einen Bottich Wasser über ein schmutziges Fenster kippt, dachte Inga im Gleichklang der Schritte. Heraus aus dem Gestrüpp der Unwahrheiten, Verlockungen, Ängste, klar und durchschaubar sollte alles sein. Die Eltern glaubten nicht an Diebstahl, bloß eine Unbedachtheit, nahmen sie an, ein dummer Streich. Auch Henning sah keine Betrügerin in Inga, ein Augenblick der Begehrlichkeit, sie hatte nur dem Impuls nachgegeben. Der Pferdedoktor kannte sie, seit sie im weißen Röckchen auf dem Wallach geritten war und geweint hatte, weil ihr Kleid schmutzig geworden war. Er würde auf Rückzahlung bestehen, vorenthalten durfte er ihr die Madonna nicht.

Inga durcheilte gewohnte Straßen, das Geld trug sie in einem Umschlag bei sich, äußeres Zeichen, es gehörte ihr nicht, sie verwaltete es nur. Es war weniger als sie für die Statue bekommen hatte, doch August akzeptierte die Anzahlung bestimmt. Vielleicht durfte sie bei den Pferden arbeiten, brachte ihm außerdem monatlich etwas von ihrem Gehalt. Jetzt, wo Erik Rente bekam, brauchte sie daheim nicht mehr alles abzuliefern. Die Dinge nicht im Geheimen lassen – Ingas Plan der *Wiedergutmachung* erfüllte sie mit gespannter Zufriedenheit.

Sie eilte an den Scheiben des alten Cafés vorbei, die waren erst vor Tagen eingesetzt worden. Seit Kriegsende hatten die Leute ihren Kaffee bei offenen Fenstern getrunken, während der Übergangszeit in Hut und Mantel, im Winter waren die Öffnungen vernagelt gewesen. Laufend betrachtete Inga sich im hohen Glas.

Marianne, die selbst keine Schminke benützte, hatte ihr eine alte Paste gegeben, das Make-up war vertrocknet, bröselte beim Auftragen, und doch gefiel Inga sich heute, das Gespenst aus dem Badezimmerspiegel war verschwunden. Die Lippen rot, ein schmaler Strich an den Brauen, all ihre Vorzüge mußte sie zur Geltung bringen, wollte sie August überzeugen.

An der Einfahrt zum Pferdehof stand ein Laster, Männer luden Möbelstücke auf, eine furnierte Truhe, zwei mit Säulen und Perlmutt verzierte Schränke, ein Tisch mit schlangenhaft emporgedrehtem Fuß.

Räumte August sein Lager, durchfuhr es sie, war die geschnitzte Madonna darunter, hatte man sie bereits abgeholt? Mit einer Kommode drängten Packer an Inga vorbei, einer sprang auf den Laster und zog, der andere schob das schwere Möbel ins Innere: ein mittelgroßer Kerl mit kühlen Augen, die Brauen buschig, heller als das krause Haar, die Nase platt und ungleichmäßig, wie von unzähligen Prügeleien. Sie hielt die Luft an, ohne den Mantel hatte sie ihn nicht gleich erkannt – Alecs Gläubiger, der Peiniger des Leutnants auf dem Pferdehof. Sie wandte sich ab, strebte unauffällig zum Stall.

August behandelte eine offene Wunde am Hals der Stute. Als Inga neben ihn trat, fuhr sein Kopf herum, auf der *blinden* Seite hatte er sie nicht kommen sehen.

»Schleichst du dich an?« Das Auge lächelte.

»Ich muß dich sprechen.«

»Mistviecher.« Mit einem Lappen wischte er Blut aus der Wunde. »Die Bremsen haben sie ganz zerbissen.« Aus der Hosentasche kam eine Tube zum Vorschein, vorsichtig salbte er die offene Stelle.

»Hast du die Statue –?« Ihr Blick ging zum Laster.

»Wenn ich verspreche, ich hebe sie für dich auf, hebe ich sie auch auf.« Er schloß die Tube, stemmte die Faust gegen die Stirn der Stute, die rückwärts setzte und sich in der Box einschließen ließ. Sie gingen über den Hof, Inga hielt sich dicht neben August – plötzlich blieb sie stehen. Wenige Meter vom Laster entfernt, im hellen Anzug, die Autoschlüssel am Finger, kam Gabor um die Ecke und trat zu dem Mann mit der Nase.

Schon manchmal hatte Inga darüber nachgedacht, daß ein Blick hinter Glas dem Betrachter eine bestimmte Ansicht eröffnete; legte sich nun aber eine Spiegelung darauf, eine Ansicht *vor* dem Glas, welcher Anblick war jetzt der Richtige, der davor oder jener dahinter – oder gab die Mischung das richtige Bild? Gabor, der Kartenspieler, der Schieber, der besorgte, was kein anderer bekam – und der Mann, der sonst einen bauschigen Mantel trug –, beide Bilder legten sich übereinander, wurden scharf und ergaben eine tiefere Ansicht.

Inga hatte nicht bemerkt, daß August weitergegangen war, mit hastigen Schritten erreichte sie den schützenden Eingang.

»Wohin geht die Fracht?« Sie zeigte zum Wagen.

»Westen«, antwortete er, und auf ihren fragenden Blick: »Es gibt wieder Leute, die nach deutschem Krempel verrückt sind.« Das Auge wanderte zu denen beim Wagen. »Sie hätten die Madonna gerne mitgenommen.«

Bevor Gabor sich umdrehte, überschritt Inga die Schwelle. August führte sie ins Büro; im Dämmerlicht war die Statue nirgends zu entdecken.

Sie zog das Kuvert aus der Tasche. »Das ist für den Anfang.« Sie schob es über den Tisch.

»Inga, ich bin keine Bank.« Das Auge wirkte mit einem Mal betrübt.

»Ich bringe dir jeden Monat –« Sie hatte die Summe noch nicht errechnet, nannte eine Zahl aufs Geratewohl.

»Und meine Sicherheiten?« Er öffnete den Umschlag nicht.

»*Ich* bin deine Sicherheit. Du kennst mich seit ewig, August, kannst du mir nicht vertrauen?«

Schritte im Korridor, überrascht ging das Auge mit, als Inga im Durchgang zum nächsten Zimmer verschwand.

»Keiner soll wissen, daß ich hier bin.« Sie tat scheu, aufgeregt und war nicht mehr zu sehen. Jemand trat ein, Inga hörte, wie ein Gegenstand verrückt wurde, zu zweit hoben sie etwas an und trugen es aus dem Zimmer.

»Laß den Kinderkram.«

Während Inga wieder hervorkam, riß August den Umschlag auf und zählte das Geld. »Komm wieder, wenn du den Rest hast.« In seiner Hand wirkte das Bündel noch unscheinbarer.

»Und die Statue?«

Düster glitt das Auge an ihr von unten nach oben.

»Marianne zuliebe.« Er öffnete die Schreibtischtür und hob die Figur behutsam hervor. »Aber das sage ich dir, wenn ich meinem Geld hinterherlaufen muß –« Kopfschüttelnd über die eigene Gutherzigkeit, schob er ihr die Madonna zu.

»Machen wir nichts Schriftliches?«

»Geh schon.«

Inga hatte die Reisetasche zur Hand, ließ die Statue darin verschwinden; zuletzt sah man nur noch den Kopf des Christuskindes. Sie hörte das Starten und Schnarren des Dieselmotors, der Laster drehte auf dem Hof um.

»Läßt du mich gleich hier hinaus?«

August zog den Schlüsselbund. »Als du klein warst, gab es mit dir nie solchen Ärger.« Er verpaßte ihr eine Kopfnuß und schloß auf.

16

Der Fahrtwind tat in der Mittagshitze wohl, neben ihr und gegenüber redeten sie auf Inga ein, übertönten den Motorlärm. Was für eine Krankheit das gewesen sei, Inga habe ihnen gefehlt, was sie am Wochenende mache. Der Transport rollte durch die Landschaft und ließ einen staubigen Schleier zurück. Brombeerranken überwucherten die gerissene Panzerkette, Dotterblumen blühten den Bachlauf entlang, Samen von Löwenzahn hingen in der Luft. Nachdenklich hielt Inga das Gesicht in den Wind, fragte sich, wieso ihr Geschick sie nicht freute.

Ihr hättet nur besser zu suchen brauchen! Mit diesen Worten war sie vom Speicher gekommen, die Madonna wie eine Trophäe erhoben. *In der Kiste war sie, wo Papa den Wein versteckte.* Während Inga weiterlog, wunderte sie sich, daß die Eltern keinerlei Einwand hatten, keine Frage stellten, nichts in Zweifel zogen; bei aller Erleichterung blieben ihre Augen ernst. Marianne nahm die Statue in Empfang, prüfte sie auf Beschädigungen, beinahe wäre das Zepter zu Boden gefallen. *Was wollt ihr nun damit machen?* fragte Inga harmlos. Ohne zu antworten waren die Eltern ins Zimmer gegangen, vor dem Fenster hatte der Wind in die Krone der Kastanie gegriffen.

Die Schranke hob sich, lange bevor der Laster den Posten passierte, sie fuhren ins Lager. Aus dem Augenwinkel bemerkte Inga die Gefängnisbaracke – ob der junge Flieger noch einsaß, wie viele Tage blieben ihm? Der Bau lag abseits, von morgens bis abends prallte die Sonne aufs Dach. Mit den Soldaten sprang Inga ab, übersah die hilfreiche Hand eines Corporals.

Das Camp befand sich halbwegs in Auflösung. Viele hatten den Marschbefehl erhalten, es ging nach Hause, die Stimmung war nachlässig und aufgeladen. Nur eine Basis sollte zurückbleiben, unter Leitung der Nachschub-Abteilung; das machte Ingas Officer zum Camp-Kommandanten, hielt ihn aber auf längere Sicht von der Heimat fern. Die Abteilung zog in die Baracke des früheren Commanders um, Jasper, der Spaniel, beharrte bellend auf seiner alten Behausung, bis ihm durch Übersiedlung des Futternapfes die Veränderung begreiflich gemacht wurde. Der Officer bekam ein großes Büro und wurde doch mit jedem Tag mißmutiger. Ingas Wiederantritt zum Dienst nahm er mit der Bemerkung zur Kenntnis, bei dem Berg Arbeit sei es das Beste, sie würde vorübergehend ins Lager ziehen. Erleichtert, ihren Problemen für kurze Zeit zu entkommen, stempelte und unterschrieb sie die Formulare, teilte sich selbst ein Zimmer in Baracke D zu, Bettwäsche und sonstiges besorgte sie aus dem Heeresbestand. Es war bereits dunkel, als sie die Akten zuschlug und sich mit ihrem Packen aus Decke, Kissenbezug und Handtuch zur Unterkunft aufmachte. Zwischen den Föhren spürte man schon die Nähe des Sommers, warm wehte der Wind von der Landseite her, ihre Sohlen knirschten auf trockenen Nadeln. Inga bezog die Liege, schlüpfte aus den Kleidern, steckte das Haar mit zwei Klammern fest und wusch sich. Im fremden Bett, auf britischem Territorium, mitten im Wald fühlte sie sich seit langem zum ersten Mal unbelastet; ohne üble Gedanken schlief sie ein und erwachte morgens mit einem frohen Seufzer.

Die Reduzierung des Camps hatte weitere Folgen. Am Vormittag tauchte die Sekretärin des ehemaligen Kommandanten auf, um persönliche Dinge abzuholen. Inga hatte an der Veränderung keine Schuld, und doch lastete der Vorwurf der Vorgängerin in dem Büro, das sie für immer verließ. Den Papierschwan, Geschenk deren Sohnes, bemerkte Inga erst, als die andere bereits ins wartende Auto gestiegen war.

Die verringerte Mannschaft benötigte weniger Verpflegung, zwei der sechs Bräter, die Kipp-Pfanne und ein Suppenkessel wurden stillgelegt; eine einzige Küchenhilfe war nun imstande, das Frühstück für die Hundertschaft zuzubereiten. Sie wärmte zehn Kannen Milch, kochte Kaffeeersatz und Feigenkaffee im Kipper, siebte das Ganze, schüttete es in die Milch und tat Zucker nach Belieben hinzu. Zwanzig Laib Brot, Fett in Würfeln und gelierter Jam standen um Punkt sechs vor der Küche und wurden auf den Transporter geladen; in verschließbaren Eimern hievte die Köchin den Milchkaffee auf die Ladefläche. Bisher war die Arbeit von vier Frauen verrichtet worden, drei erhielten die Kündigung. Daß an den Anstellungen die Existenz von Familien hing, wußten die Engländer, doch lautete die Parole, die Deutschen müßten allmählich wieder für sich selbst sorgen.

Während der Mahlzeiten zeigte sich die Lage am deutlichsten; das Casino wirkte unsinnig groß, im tristen Speisesaal war jeder dritte Tisch nur besetzt. Auch den Krankenschwestern fiel der Abschied schwer. Eine warf sich dem britischen Arzt weinend um den Hals; er und die Stationsschwester kümmerten sich von nun an allein um Baracke H. Sie war praktisch leer, selbst kranke Soldaten wollten ihre Heimkehr nicht unnötig verzögern.

Auf dem Rollfeld landeten seit Wochen die ersten Transportmaschinen, luden Gerät und Material auf, Soldaten schichteten Aktenordner zu Hunderten auf den Stapler, das Büromaterial einer Besatzung verschwand festgezurrt in der Ladeluke. Am Abend, als eine dieser Maschinen abhob, stand Inga am Rand der Piste, hielt sich vor dem Dröhnen die Ohren zu und beobachtete die Lichter über den Föhren. Der Pilot zog eine Kurve, schwenkte nach Westen, bald konnte sie die Positionslampen vor dem sternklaren Himmel nicht mehr ausmachen. Langsam ging sie hinaus auf die Startbahn und folgte dem Weg des Flugzeugs. Ihren ungewöhnlichen Marsch begründete sie vor sich selbst damit, Onkels Tischtuch zurückzuholen; in Wirklichkeit war es ein Weg durch die Zeit. Als Inga das erste Mal hier entlang gelaufen war, hatte sie in der eisigen Märznacht gefroren. Der Leutnant im Rollstuhl fiel ihr ein – sie schlenderte zur Baracke, jener ausrangierten Wetterstation, die er in etwas anderes verwandelt hatte. Es überraschte sie nicht, die Hütte verschlossen zu finden, sie rüttelte an der Tür, das Schloß war alt, ein harter Ruck, und es hätte nachgegeben. Inga trat vor das einzige Fenster, drinnen war das schwarze Tuch zur Seite gerutscht. Auf Zehenspitzen starrte sie in den schemenhaften Raum, die Stühle waren seit damals nicht bewegt worden. Dort hatte der Brillenträger gesessen, der dicke, argwöhnische Kerl, gegenüber der *Flüsterer*, rechts der Platz der Generalin. Wenn Inga die Dunkelheit nicht täuschte, lag auf Alecs Platz ein vergessener Spielstein, helle Scheibe auf dem dunklen Tuch des toten Onkels.

17

Müde erreichte Inga den Garten und öffnete das Türchen. Wußte man nicht, daß neben dem Gatter etwas begraben lag, war die Erhebung kaum zu bemerken; Rittersporn blühte darauf. Vom Haus kam ihr Henning entgegen, blickte erst auf, als sie fast voreinander standen. Er sah gut aus, braun gebrannt, mit frischem Haarschnitt, er trug einen hellen Anzug. Seit der Nacht in der Firma hatte er Ingas Familie nicht mehr besucht.

»Die Eltern sagen, du *wohnst* jetzt im Camp.«

»Nicht jede Nacht.«

»Ich habe wegen morgen Bescheid gesagt.« Es klang wie eine Entschuldigung. »Trude kann nicht mit, die Mittelohrsache beim Jüngeren, sie will ihn nicht allein lassen.«

Erst jetzt begriff Henning, Inga verstand kein einziges Wort. Er lachte so hektisch heraus, daß ein Schleimklumpen sich löste und auf ihrem Kleid landete. Er wollte ihn abwischen, fühlte ihre Brust und zuckte zurück. Es geht nicht ums Geld, dachte sie, ich habe sein Vertrauen verloren. Sie nahm seine Hand und küßte ihn auf die Wange.

»Was ist *morgen*?«

Mit abgewandtem Kopf trat er zurück. »Hast du die Plakate nicht gesehen? Die Stadt ist voll davon.« Ein Blick zur Ecke, wo sein Auto stand.

Die Spucke lief abwärts und hinterließ eine Spur; Inga zog ihr Taschentuch.

»Das Chorkonzert«, erklärte er. »Trude ist im Komittee. Sie

hatte eine hübsche Stimme, aber seit die Jungs da sind, hat sie aufgehört.«

Noch nie hatte Henning so viel über Trude gesprochen. Inga wischte über die dunkle Stelle am Busen.

Er lächelte. »Im Chor war sie immer glücklich.«

Die Musik fiel ihr ein, der alte Mann mit dem Besen, all die Frauenstimmen. »Kommen die Eltern denn mit?«

»Marianne freut sich so«, nickte er.

»Warum lädst du mich nicht ein?« Sie näherte sich ihm kein zweites Mal.

»Ich dachte – deine Pflichten in der Kommandantur –« Sein Ton klang aufgesetzt. »Es ist unmöglich«, bekannte er. »Trude ist im Komittee.« Ohne ein weiteres Wort öffnete er das Gatter und ging.

Mit dem Taschentuch in der Hand kam Inga sich vor wie eine verlassene Geliebte. Alles tat ihr unendlich leid, ihr Gefühl für Henning wurde übergroß, sie sprang zum Zaun und wäre ihm hinterhergelaufen. Der mintgrüne Wagen bog bereits um die Ecke, Henning hielt den Blick auf die Straße gerichtet. Ernüchtert ging Inga ins Haus.

Von oben war ein Rattern zu hören, Marianne saß im Ankleidezimmer. Inga schlüpfte aus den Schuhen und schlich auf Strümpfen hinauf. Ihre Hand glitt zwischen den Stoffen entlang – gestärkte Blusen, ein Kostüm aus gemusterter Wolle, der schwarze Seidenmantel, den Marianne vor dem Krieg zu festlichen Anlässen getragen hatte. Ein Stück nach dem andern schob Inga auf der Stange beiseite, als blättere sie in der Vergangenheit ihrer Mutter. Taftröcke, das Graue aus Musselin, jenes Samtkleid aus einem alten Tischtuch geschneidert. Sie schlug den Filzvorhang beiseite, lief die drei Stufen nach unten und trat ein. Die Mutter saß über den Stoff gebeugt, ihre Finger ließen ihn durch die Maschine gleiten; mit dem kranken Bein bediente sie das Tritteisen.

»Was soll das werden?«

Das Auf und Ab der Nadel stockte, auf die Stuhllehne gestützt, wandte Marianne sich um. »Du bist schon daheim?« Sie drehte das Schwungrad, die Nadel setzte sich in Bewegung, ein Stück Stoff verschwand zwischen ihren Händen, durchscheinendes Tuch. »Eine Schalstola«, antwortete sie und begutachtete die abgesteppte Stelle. »Ich weiß nicht, wie lange es her ist, daß ich auf einem Konzert war.«

»Ihr geht also hin.« Am Nähtisch vorbei trat Inga ans Fenster.

Marianne zog den Stoff zum Mund und biß den Faden ab. »Du nimmst mir das Licht.« Während es wieder zu knattern begann, betrachtete Inga ihre Fingernägel; zum Tippen hielt sie sie kurz, doch heute hatte sie Lust, sie anzumalen.

»Der Eintritt ist frei. Jeder kann kommen, solange es Plätze gibt.« Marianne justierte den Faden und legte die nächste Stoffbahn bereit.

»Wie kommt ihr hin?« fragte Inga über den Lärm der Maschine hinweg.

»Henning holt uns mit dem Wagen ab. Hat er dich nicht eingeladen?«

»Ich weiß noch nicht, ob ich von der Arbeit wegkann«, überging Inga die Frage.

Marianne beendete die letzte Naht, zog den Sicherheitshebel herunter, die Nadel verschwand in der Vertiefung. Als sie aufstand, bemerkte Inga, wie betrübt ihre Mutter aussah, Falten um den Mund, müde Schultern – nichts Mädchenhaftes in dem kleinen Gesicht.

»Ist etwas los?«

»Gar nichts. Nur die Hitze unterm Dach.« Sie lächelte mit ernsten Augen. »Papa hat das erste Gemüse aus dem Garten geholt, er macht gerade die Sauce.« Sie warf die Stola über die Schulter und stülpte das Holzgehäuse auf die Maschine. »Das lassen wir uns schmecken.« Vorsichtig nahm sie die Stufen und verschwand im Ankleidezimmer. Inga wollte rufen, wo das blaue Kleid sei, statt dessen schaute sie auf ihre Nägel und stellte sich eine Farbe vor.

18

Der Abstand zwischen Trittbrett und Erdboden war hoch, Erik reichte Marianne die Hand, mit der anderen stützte sie sich auf seine Schulter. Er hob sie vom Karren, ihr Haar streifte den Rand seiner Brille. Nachlässig band er den Lederriemen um die Sprosse, ohne Zwang würde der Esel keinen weiteren Schritt tun; ein räudiges Tier mit schlaffen Ohren, Erik hatte ihn und das Gefährt vom Nachbarn geborgt. Mit schlierenden Achsen waren sie durch die Stadt geholpert, und doch hatte Marianne die Fahrt genossen, als gehe es in der Kutsche einher. An Eriks Arm überquerte sie den Hof, wich Pferdeäpfeln aus, das dünnere Bein brauchte ein wenig länger, um jeden Schritt auszuführen. Wiehern aus den Boxen, die Pferde wollten den schäbigen Eselsbesucher nicht dulden.

Erik und Marianne wurden vom Pferdedoktor begrüßt. »Es ist lange her.« Unwillkürlich richtete er das Auge auf den Jutesack in Eriks Hand. Lächelnd akzeptierte Marianne den Vortritt, den die Männer ihr ließen.

»Wir mußten häufig zum Bauern«, erklärte sie.

August führte die beiden ins Büro, goß etwas Braunes in drei Gläser, sie stießen an. Die Rede kam darauf, daß die britischen Kontrollen zwar nachlässiger wurden, der *Markt* aber immer weniger abwarf.

»Wohin verschwindet bloß alles?« fragte der Vater.

»Man sagt, es hat mit dem Geld zu tun.« Marianne setzte sich.

»Wenn ich an die Zeiten denke –« August trank sein Glas in einem Zug leer. »Da ging man durchs Rautjes-Viertel und brauchte bloß die Ohren aufzusperren. *Fohlennerz*, hörte man einen sagen oder *Grüne Kaffeebohnen – Prima Briketts, zwanzig Stück –*, nur so zwischen den Lippen hervorgemurmelt. Jeder schien mit sich selbst zu reden.« August setzte sich in den Drehstuhl. »Damals habe ich eine Ladung Ferkel im Kinderwagen in die Stadt geschleust, geschlachtet wurde in der Badewanne. Die Engländer machten Razzia, haben aber bloß nach *Waffen* gesucht.«

»Alles hinterm Wehr im Mühlenfluß versenkt«, sagte Erik.

»Die Tommies!« August lachte mit geschlossenem Auge. »Einen Säbel von siebzigeinundsiebzig brachten sie zutage, einen rostigen Vorderlader und Großvaters Kosakenschwert!« Er beugte sich über den Tisch. »Und daneben trug einer fünf Kilo bestes Schweinefleisch im Rucksack davon – sie habens nicht gemerkt!«

»Das mit dem *Geld* verstehe ich nicht«, hakte Marianne nach. »Weißt du etwas darüber?«

»Gerüchte.« Das Auge schweifte zur Decke. »In Frankfurt wird politisiert, Wichtigtuerei, wenn ihr mich fragt.« Er senkte den Blick auf den Jutesack, der Zeitpunkt war gekommen, daß Erik die geschnitzte Madonna hervorholte.

»Aber das ist ja –« Der Pferdedoktor hob verwundert die Hände.

»Unser bestes Stück«, sagte Marianne. »Vierzehntes Jahrhundert«, fuhr sie fort, als der andere schwieg. »Die Maria ist aus Eibenholz, das Jesuskind soll Zeder sein.« Obwohl sie die Statue näher schob, griff der Pferdedoktor nicht zu.

»Mir ist, als hätte ich sie schon einmal gesehen.« Das Auge wurde schmal.

»Ein Unikat«, widersprach Marianne. »Der Bauer hat keinen Blick dafür. *Du* weißt so eine Kostbarkeit zu schätzen.« Hilfesuchend wollte sie Erik mit einbeziehen, mit verschränkten Armen zeigte er an, daß er die Verhandlung ihr überließ.

»Und der Preis?« August leckte die Zahnreihe entlang.

»Bis jetzt hast du uns jedesmal einen Vorschlag gemacht.«

»Schwierig bei diesem Stück.« Er zog die Statue am Sockel

heran, drehte sie, glitt mit dem Finger über eine gesplitterte Stelle, bewegte das Christuskind und nannte die Summe.

Marianne sah zu Erik, der stumm vor Enttäuschung die Hände in den Taschen vergrub.

»Antiquitäten gehen nicht mehr so wie nach dem Krieg«, besänftigte August. »Höchstens Barock und Empire, Gotik ist den Leuten zu deutsch.« Er nahm eine Zigarre aus der Schachtel und rollte sie zwischen den Fingern.

Marianne legte entschieden die Hand auf den Tisch. »Nein.« Sie schloß die Strickjacke über der Brust.

»Ich könnte sie in Kommission nehmen.« Das Auge fixierte die Zigarre seitlich, er hielt die Flamme daran, eine Rauchwolke stieg zur Decke. »Wenn jemand mehr dafür bietet –«

»Wir brauchen es gleich«, antwortete Marianne nüchtern, die Lust am Handeln war ihr vergangen.

August öffnete die Schublade und entnahm ein Bündel Banknoten, dasselbe, das ihm Inga vor Tagen gebracht hatte. Die Zigarre im Mund, legte er das Geld in die Mitte des Tisches. »Verkaufe ich, bekommt ihr mehr.«

Vor Marianne das Geld, daneben die Statue, der Vater verharrte in der Fensternische. Sie nahm die Scheine, reichte sie an Erik weiter, er verstaute sie in der Brusttasche. Ein knapper Gruß, August machte die Andeutung aufzustehen, die Eltern gingen. Kehrten zu dem geborgten Karren zurück, Marianne stieg auf, das linke Bein ließ sie im Stich, Erik fing sie, bevor sie strauchelte. Müde setzte er sich daneben, band den Strick los, der Esel röhrte; nach einem Hieb mit der Gerte machte er den ersten Schritt.

19

Sie hörte das mintgrüne Auto anfahren, blieb liegen, die Hände mit abgespreizten Fingern ausgebreitet, die Nägel waren noch nicht getrocknet. Inga überlegte, ob die drei im Wagen sich während der Fahrt Mühe gaben, nicht über sie zu sprechen. Sie überließ sich der Schläfrigkeit, nickte ein, sprang im Erwachen auf und lief ins Ankleidezimmer.

Heute führte sie das nachtblaue Kleid wie selbstverständlich aus, schlenderte darin die Straße hinunter, den Stoff gerafft, eine Windjacke um die Schultern, Mutters Handtasche unterm Arm. Vom Westen zogen schwere Wolken heran.

Der *Auftritt* begann lange vor dem Konzert. An der nächsten und allen kommenden Kreuzungen begriff Inga allmählich – eine Stadt ging aus. Keine ausrangierten Armeeröcke mehr in den Gassen, nicht die durchgescheuerten Hosenböden und ausgetretenen Schuhe – die Anzüge und Kleider, denen sie begegnete, hatten jahrelang in Schränken gehangen, nun durften sie wieder ans Licht. Was zu weit geworden war, hatte man enger gemacht, Säume und Borten angesetzt; wo Schuhwichse fehlte, war Speckschwarte benützt worden. Nicht alle Knöpfe paßten zueinander, Hemdkragen waren ausgefranst, an manchen Rockaufschlägen entdeckte Inga das kleine Mal, wo das fehlende Parteiabzeichen seine Spur hinterließ. Wer sie nicht versetzt hatte, hängte die silberne Uhr an den Bauch, Ohrringe und Broschen wurden durch die Straßen getragen, die *guten* Stücke, die dem Schwarzmarkt unter Opfern vorenthalten worden waren. Bereits wenige hundert Meter von Zuhause entfernt, wurde Inga von Leuten umringt, die endlich wieder *Gesellschaft* sein wollten, erpicht waren darzustellen, was ihnen lange nicht erlaubt gewesen war. Heftpflaster hielt manchen Brillenbügel zusammen, die alten Rasierklingen verursachten Schnitte in den Männergesichtern, aber Herren wie Damen hatten Sorgfalt auf ihre Frisur verwendet – Haarfett, das Männerhaar in Form zwang, freie Stirnen, blondierte Wellen, geputzte Hälse, gezupfte Damenbärte und Brauen.

Eine Militärstreife begegnete ihnen, die Tommies schoben die Helme zurück und bestaunten den Aufmarsch der Bürger. Wo kamen all die adretten Deutschen her, der Aufmachung nach leitende Angestellte mit Gattin, Handwerksmeister, Professoren – keine Spur von den Kriegsverlierern, die ums Überleben kämpften, das Miserable schien aus der Stadt hinausgespült worden zu sein. Es war das eindrucksvollste Defilée, das Inga je erlebt hatte. Selbst das näher rückende schlechte Wetter verleidete keinem die Stimmung, inmitten der Gruppe von Erwartungsvollen, die wuchs, je näher sie der Adresse kamen, marschierte Inga zum Kosigk-Palais.

Man hatte beide schmiedeeisernen Flügel geöffnet; obwohl es noch nicht dunkel war, brannten Fackeln als Spalier. Die Gruppe, mit der Inga eintraf, gehörte schon zu den Nachzüglern, der Park war voll von Menschen, an die tausend, schätzte sie und lächelte über die vereinzelten britischen Uniformen, die zwischen den Einheimischen umherstanden. Hier und heute sah man die Besatzer in ihrer wahren Stärke vertreten – *wir* sind die Stadt, dachte Inga, die anderen befanden sich in der Fremde.

Sie brauchte nach der Generalin nicht Ausschau zu halten, die stand auf der Treppe zum Laubengang, schüttelte Hände, vollzog zwanglos die Begrüßung. Hinter ihr ein alter Bekannter, der dicke Major in Galauniform oder das, was die Engländer dafür hielten. Marion Kosigk trug Weiß; das gebleichte Haar, der Schmuck und die jungfräuliche Farbe ergaben keine Harmonie. Inga nahm die Windjacke von den Schultern, zog ihr Kleid um den Busen zurecht, ließ die Schleppe fallen und stolzierte los. Auf dem Weg zur Treppe betrachtete sie ihre *Bemalung* – das Rot war auffällig; spreizte sie die Finger, wurden es blutige Krallen eines Raubtieres. Sie hatte keine Lust, sich ins Spalier derer zu reihen, die auf Marions Begrüßung warteten, schob ihre Tasche unter die Achsel, umging die Schlange und trat auf die Generalin zu. Ein Paar samt Schwiegermutter sprach mit ihr, die Kosigk bemerkte Inga nicht gleich. Während sie unbeachtet blieb, entdeckte sie ihre Eltern, die zur Treppe herübersahen, Erik im Nadelstreif mit leuchtend blauer Krawatte, die Mutter trug das halblange Schwarze, das ihr Bein so geschickt bedeckte; die Stola gab ihr etwas Feenhaftes. Inga wollte für ihre Eltern im besten Licht dastehen, sehen sollten sie, mit wem ihre Tochter verkehrte; sie drängte sich zwischen die Generalin und ihre Gäste.

»Guten Abend.«

Die Kosigk drehte den Kopf, ein kaum merklicher Händedruck.

»Ach – Inga.« Kurzer Blick auf das Rot der Nägel, schon unterhielt sie sich weiter.

Inga spürte die Augen der Eltern, den Blick aller, die zur Treppe hochsahen; sie tat, als sei sie in das Gespräch einbezogen. Der Anschein ließ sich nicht lange aufrechterhalten, sie wich in den Laubengang aus; ohne es zu wollen, versteckte sie die Hände auf dem Rücken. Das Paar samt Schwiegermutter war weitergegangen, eine einzelne Dame trat an die Generalin heran, sie trug ein braunes Kostüm, steif, als sei es aus Filz, ihr Gesicht wirkte wie nach einer langen Krankheit, dünnes Haar, einfach gescheitelt. Auch wenn Inga diese Frau nur einmal gesehen hatte, vom Fenster ihres Zimmers aus, wußte sie, es war die Besucherin ihrer Eltern. Sie mochte nicht älter sein als Marion Kosigk, wirkte aber ausgebrannt und müde. Die Begegnung verlief respektvoll, doch ohne Freundlichkeit. Die Kosigk sprach, die andere erwiderte, ging weiter, gesellte sich aber nicht zu den Gästen im Park, sondern benützte den Laubengang, um zur Garage zu gelangen. Beim Öffnen der Tür sah Inga darin eine Gruppe von Frauen – der Chor. Abendwind auf ihren nackten Schultern, sie zog die Jacke an, schulterte die Tasche und lief zu den Eltern; die taten, als bemerkten sie die Tochter erst jetzt.

»Das hätten wir uns denken können«, lächelte Erik. »So einen Abend läßt du dir nicht entgehen.«

»Habt ihr die Frau gesehen?« Sie zeigte zur Garage.

»Weiß Henning, daß du hier bist?« Marianne drehte sich suchend um.

»Die gerade mit der Generalin sprach – ihr kennt sie, nicht wahr?«

»Wen meinst du?« Der Vater steckte die Hände ein.

»Was wollte sie bei uns?« Herausfordernd sah Inga die beiden an.

Marianne folgte ihrem Fingerzeig. »Ach Frau Seidler.« Damit hakte sie Erik unter, über den Kiesweg gingen sie los.

»Aus welchem Grund hat sie euch besucht?«

»Sie hatte Fragen.«

»Worüber?« Inga blieb an der Seite der Eltern, sie erreichten das Spalier aus Stühlen und Bänken; es breitete sich über den Rasen aus und endete knapp vor dem Palais. Freitreppe und Terrasse dienten als Bühne, rechts stand ein Flügel, noch zugedeckt.

»Sachen von früher«, antwortete Marianne. Die meisten Plätze waren besetzt, sie fürchtete, zu spät zu kommen.

»Wann früher?« Inga blieb stehen. »Was war mit Frau Seidler?«

Die Mutter zeigte auf zwei leere Stühle in der Mitte, unter Einsatz seiner Körpergröße steuerte Erik darauf zu, trat an den äußersten Sitz, eine Bewegung ging durch die Reihe, man machte Platz. Beim Hinsetzen versuchte er sich so klein wie möglich zu machen, um denen dahinter die Sicht nicht zu nehmen.

Nun fand von der Straßenseite ein besonderer Auftritt statt, eine Gruppe von Männern, wenigstens dreißig an der Zahl, kam auf die Rampe zu, weißes Haar, kahle Köpfe, Brillen und Stöcke; keiner unter ihnen war jünger als sechzig. Lose hingen die Anzüge um gebrechliche Körper, die Rüstigen erstiegen das Podest zuerst und halfen den Älteren. Gleichzeitig eine Bewegung aus der Gegenrichtung, die Doppeltür zur Garage öffnete sich, dort traten die Frauen heraus, Mädchen, Mütter und Matronen; jedes Alter war vertreten – die Gruppen trafen sich in der Mitte.

In den Sitzreihen, unter den Stehenden, bei jenen, die auf Vorsprünge und Mauern gestiegen waren oder auf die unteren Äste der Bäume: im ganzen Park setzte Applaus ein; überall reckten sie die Köpfe und klatschten. Eine seltsame Freude ergriff Inga, die Zusammengehörigkeit packte sie wie alle rundum, dabei geschah nichts, als daß Frauen und alte Männer aufeinander zugingen. Manche traten in den Hintergrund, andere staffelten sich auf der Treppe, Inga verstand das Muster – erst beide Gruppen zusammen ergaben den *Chor*. Der Applaus hielt an, auch nachdem die Sänger ihre Plätze gefunden hatten, wurde zum stolzen Ausdruck aller, einer Wiedergeburt beizuwohnen; das normale Leben hatte in Föhrden Einzug genommen, der innere Ausnahmezustand war beendet. An der Hausmauer zusammengedrängt, wirkten die englischen Offiziere als das, was sie waren, eine Randerscheinung.

Der Applaus verklang, Marion Kosigk trat vor den Chor, nach einer bewegten Pause dankte sie den Einwohnern für das zahlreiche Erscheinen und wurde von neuer Ovation unterbrochen. Es folgte eine Danksagung an die Mitwirkenden, die Generalin nannte die Namen der Singverbände, die für das Konzert zusammengefunden hatten, selbst aus entfernten Ortschaften waren sie gekommen. Unter neuerlichem Applaus begrüßte die Kosigk zwei Herren im Frack, der eine setzte sich an den Flügel, der inzwischen abgedeckt worden war; während er die Noten auflegte, warf er einen Blick zum Himmel. In der Dämmerung war nicht mehr auszumachen, ob sich dort etwas zusammenbraute. Der andere trat vor die Chorvereinigung, die Generalin verließ die Bühne und nahm ihren Platz in der ersten Reihe ein. Ohne Taktstock hob der Dirigent die Arme, schaute zum Pianisten, letzte Unruhe, als die Sänger die Notenblätter hoben, unter tausend Menschen wurde es still.

Der Mann in der Mitte gab den Einsatz, der erste Ton aus so vielen Kehlen, lange, unverständliche Silben, Augen auf den Dirigenten gerichtet. Eine Wand aus Klang drang auf Inga ein. Unter den Chorherren kam es zu einer eigentümlichen Verwandlung – ihr Alter schien ausgelöscht. Kein Stock, keine Krücke waren noch nötig, sie waren klingende Wesen, hoch aufgerichtet, nicht mehr die Alten der Stadt, Männer, die der Krieg übriggelassen hatte, Glatzen und falsche Zähne waren vergessen – ihre Stimmen machten neue Männer aus ihnen. Da standen Tenöre im Glanz, kräftige Baritone, würdige Bässe – Inga konnte sich Krieger und Hohepriester vorstellen, Eremiten und Volkstribune. Dazu die Frauen, kräftig und zärtlich; in vielfacher Wiederholung sangen sie, es war geistliche Musik, nicht wie Inga sie kannte, der Mann am Klavier schien ein großes Orchester zu simulieren – ein Blick ins Programm ihres Nebenmannes –, *Bruckner*, las Inga, mehr war im Dunkeln nicht auszumachen. Der Gesang setzte aus, das Umblättern von hundert Seiten, Abwarten des Dirigenten, jetzt ein Stück von überraschender Wildheit, als würden Trommeln erklingen, Menschen, die um ein Feuer tanzten. *Dies irae* sangen die Chorherren, Bäuche bewegten sich im Takt, die Frauen übernahmen das Thema, wichen ab, kamen in einen Ausdruck vollkommener Hingabe. Es war schön zum Erbarmen. Nun begann das Klavier allein, weh und leise, der Gesang – *Benedictus Domine* –, Inga war, als würde sie fortgespült, nie hatte sie Vergleichbares erlebt.

Als sie den Kopf wandte, stand Alec am rechten Portal. Er konnte nicht durch den Park gekommen sein, die Menschen ballten sich dort zu dicht; in seiner besten Uniform trat er aus dem Haus, den Blick nicht zum Chor gewandt, sondern dorthin, wo der Major saß. Der hatte den Leutnant ebenfalls entdeckt, verharrte noch einige Sekunden, erhob sich unauffällig und mischte sich unter die Stehenden seitlich der Bühne. Inga folgte der Bewegung, die den Major zum Leutnant führte. Die beiden verließen das Geschehen und zogen sich an einen Ort zurück, wohin kaum Licht drang. Inga bedeutete dem Nebenmann, ihren Platz verlassen zu wollen, er und die nächsten ließen sie durch. Während die

Offiziere sich am Haus entlangbewegten, folgte sie ihnen, getrennt durch die Barriere der Stuhlreihen. Die eingesunkene Treppe, der Riß im Mauerwerk – es war ebenfalls Nacht gewesen, als Inga jene Stelle zum ersten Mal entdeckte –, dort blieben die Männer stehen. Der Brillenträger redete hastig auf den Leutnant ein, der erwiderte kaum. Die Menschen, an denen Inga vorbeischlüpfte, standen gebannt durch die Musik, unauffällig gelang es ihr, sich den beiden zu nähern. Das Ende des Satzes klang, als verwehe etwas, immer leiser wurden die Männer, die Frauenstimmen blieben übrig, ein Abschied von großer Trauer. In der Stille hörte man weder Räuspern noch Husten, nur den Wind in den Tannen. Inga überschaute die Hälfte der Bühne: die Frau im steifen Kostüm trat aus der Sängergruppe in den Vordergrund, das gescheitelte Haar war vom Wind zerzaust, der Blick auf die Noten gesenkt. Der Dirigent gab ihr einen Moment Zeit, das Klavier setzte ein, Frau Seidler sang mit mädchenhafter Stimme.

Gerade hatte der Leutnant etwas gesagt, zu laut offenbar, der Major machte eine beruhigende Geste; der andere ließ ihn stehen und entfernte sich. Kurze Überlegung des Brillenträgers, ihm nachzugehen, schließlich kehrte er zu seinem Platz zurück. Als Inga die eingesunkene Treppe erreichte, waren beide verschwunden. Verborgen hinter dem Fassadenvorsprung, hörte sie das Frauensolo verklingen.

Ein Luftzug im Rücken, hier war der Riß durch die Wand, vom Dach bis zum Erdgeschoß gespaltenes Mauerwerk. Inga schaute zurück, keiner hatte einen Blick für die zerbombte Fassade.

Gab es die fauchenden Tiere noch, wurden sie nach wie vor in der Finsternis gefangengehalten? Wie vor Wochen raffte Inga ihr Kleid und betrat die unsicheren Stufen. Überkreuz genagelte Bretter zum Zeichen, daß der Zugang versperrt war. Sie schob die Tasche unter die Achsel, ein letztes Zaudern, sie spürte den kalten Hauch und verschwand im Inneren. Mit vorgestreckten Armen tastete sie durch den Raum, nichts war zu hören außer dem Hall ihrer Schritte. Nach allen Seiten griff sie ins Leere. Es ist zu lange her, dachte sie, wahrscheinlich hat man die Tiere längst fortgeschafft.

Scharfer Geruch von frischem Kot, da setzte auch das Zischen ein, die hastig zuckende Bewegung; sie hatte die Käfigbewohner geweckt. Wie beim ersten Mal raste es in der Finsternis, verharrte, schoß in die andere Richtung, dazu das helle, metallische Schlagen. Inga öffnete ihre Tasche, die Streichholzschachtel war voll, aufgeregt machte sie Licht.

Zuerst sah sie nur die Reflexion der Flamme an den Eisenstäben. Vier Käfige, je zwei übereinander, mit festen Rahmen, dazwischen engmaschiger Gitterdraht. Das Hölzchen erlosch auf dem Boden, sie machte zwei Schritte, strich das nächste an. Einmal, im Wald, waren Erik und sie auf einen Iltisbau gestoßen, das Weibchen hatte in der Höhle gesessen und seine Jungen zischend und schnaubend verteidigt; schließlich war es vor den Bau gekommen und versuchte, die Eindringlinge durch drohendes Aufrichten zu vertreiben. Der Vater hatte Tannenreisig über den Eingang gelegt und erklärt, Iltisse seien willkommene Rattenvertilger.

Das Tier im Verschlag war wenigstens einen halben Meter lang, saß gestreckt, wie kurz vor dem Sprung, war braun am ganzen Körper, nur die Wolle am Bauch wirkte heller. Wenn das Licht sie nicht täuschte, hatte der Iltis helle Lippen, dahinter spitze Zähne, ein dunkler Balken lief über die Augen; der Schwanz war so lang wie das halbe Tier. Er sprang los, raste in die Ecken seines Verschlages, die Stöße gegen das Gitter hinderten ihn nicht, weiterzurennen und unaufhörlich zu pfeifen. Der Radau endete in dem Moment, als Inga das Feuer ausschüttelte. Mit dem nächsten, dem übernächsten Streichholz entdeckte sie die Insassen der übrigen Käfige, alle von derselben Rasse, deutlich fielen Inga die hellen Lippen auf. Neben den Exkrementen entdeckte sie Reste von Mäusen und Fröschen in den Gehegen; wer fütterte diese Tiere, wozu hielt man sie an solchem Ort? Inga befand sich im Haus von Marion Kosigk, die der Stadt das wunderbare Konzert bescherte, die aber auch geheime Spielrunden abhielt, zu deren Bekannten britische Offiziere zählten und ein stadtbekannter Schieber. Die Tiere wurden wohl kaum aus Liebhaberei gehalten, sicher verband sich ein Geschäft damit. Inga wußte nichts über den Wert von Mardern, Wieseln oder Iltissen – was, außer dem Fell, war verkäuflich? Allerdings waren es lediglich vier Exemplare, gerade genug, um aus ihren Pelzen einen Ärmel zu schneidern – Ingas Verdacht lief ins Leere.

Sie bückte sich vor dem letzten Käfig, das Tier darin war größer, ein Männchen offensichtlich, es hatte ein vollkommen braunes Fell und wachsame Augen. Sie näherte sich mit angehaltenem Atem. Vor dem Riegel hing ein Schloß, man hatte es nicht zuschnappen lassen; vielleicht war es bei der Fütterung vergessen worden. Ingas Hand spielte damit, hob es aus der Verankerung, klopfte mit der Fingerspitze gegen den Draht. Die Pupillen des Tieres folgten jeder Bewegung. Inga entzündete mehrere Streichhölzer gleichzeitig. Sie wollte nur einmal sein Fell berühren, das Herz klopfen spüren, spielerisch tippte sie an den Verschluß, und das Türchen gab nach.

»Keine Angst«, flüsterte Inga und sprach sich selbst Mut damit zu. »Komm nur her, komm, ich tu dir nichts.« Zentimeterweise näherte sie ihre Hand, sein tiefes Raunen, sie streckte die Finger. Da schlüpfte das Tier in die andere Richtung, erreichte den Rand des Gitters, einen Moment gelang es ihr, es festzuhalten – ein Schütteln des Rumpfes, und es war durchgeschlüpft. Inga ließ das Streichholz fallen, griff mit beiden Händen zu, ein Gefühl von Pelz, sie erwischte die Schwanzspitze, von dem erhöhten Absatz sprang das Tier in die Tiefe. Kurz hörte man das Trappeln der Krallen, dann nichts mehr.

Erschrocken richtete Inga sich auf, gleichzeitig begannen die anderen wieder ihr Zischen und Toben. Sie machte Licht, drehte sich damit im Kreis, es war sinnlos, das Dunkel mit der kleinen Flamme durchdringen zu wollen. Kein Huschen, kein Tappen, nur undurchdringliches Grau, das Tier vollzog seine Flucht in vollkommener Lautlosigkeit.

Hilfe holen! schoß ihr durch den Kopf. Sie könnte sich vor dem

Spalt in der Wand postieren, bei verschlossenen Türen würde man Licht machen und den Iltis einfangen. Wen aber sollte sie rufen? Die Generalin, damit sie während des Konzertes auf Iltisjagd ging, oder sollte Inga dem Publikum bekanntmachen, daß sie ins Palais eingedrungen war und grundlos Schaden angerichtet hatte? Während sie willenlos neben den Käfigen stand, die Kälte an den nackten Schultern spürte, veränderte sich ihre Sicht des Vorgefallenen allmählich. War sie wirklich die Schuldige, weil ihr der Nager entkommen war, durfte man diese Tiere in dauernder Finsternis halten – in den engen Käfigen spielten sie verrückt –, war es nicht umgekehrt eine gute Tat, eins von ihnen in Freiheit zu setzen? Inga schloß den Käfig des Flüchtlings, als sei die Ordung damit wiederhergestellt, drehte sich um, entdeckte die geborstene Stelle in der Mauer, lief darauf zu, bückte sich und stand im Freien.

Lautloser Regen fiel, die Menschen im Park standen oder saßen, überdacht von unzähligen Regenschirmen. Wie ein einziges dunkles Dach breitete es sich über ihnen aus. Inga lief in den Regen, seitlich am Auditorium entlang und staunte zur Bühne empor. Dort hatten sich die Singenden paarweise zusammengetan, je einer hielt einen Schirm, der andere blätterte die Noten um. *Sanctus*, sangen sie in allen Höhen und Tiefen, eine Gruppe von Zuhörern scharte sich um den Flügel und überdachte ihn ebenfalls. Einzig der Dirigent stand im Regen, Haar und Schultern glänzten vom Wasser, durchnäßt hing sein Frack um die Beine. Als spüre er nichts davon, dirigierte er mit großen Gesten, rechts und links gewandt, formte er die Lippen zum *Sanctus* und hielt das Gebäude aus Klang zusammen. Inga trat zum Nächstbesten unter den Regenschirm und war in unverständlichem Maße glücklich.

*

In Schlieren lief das Wasser über die Scheibe, Henning fuhr langsam, rundum strebten Menschen mit Schirmen nach Hause. Trotz des unwirtlichen Wetters hatten sie es nicht eilig, blieben zusammen, so lange sie konnten. Obwohl der Vater ihr seine Jacke geborgt hatte, fror Inga, zog die Beine an und kuschelte sich neben ihn auf den Rücksitz. Henning verlor kein Wort darüber, daß sie sein Gebot, das Konzert nicht zu besuchen, mißachtet hatte; schweigend fuhr er, die Scheibenwischer quietschten, sie erreichten das Haus.

»Können wir dich auf etwas einladen?« fragte die Mutter.

»Trude war den ganzen Abend allein.« Henning stellte den Motor nicht ab. »Ich sollte heimfahren.«

»Ein Schlummertrunk.« Marianne legte ihm die Hand auf den Arm.

»Es ist spät«, widersprach er lächelnd.

»Wir würden gerne –« Erik beugte sich vor. »Etwas mit dir bereden.«

Henning sah Inga an, in der Sekunde wurde ihr heiß – hatte er die Eltern ins Vertrauen gezogen? Sie schob das Sakko von den Schultern. »Ihr macht es ja spannend«, lächelte sie in die Runde.

»Spannend?« In Mariannes Augen lag kein Vorwurf.

Henning sah auf die Uhr. »Eine Viertelstunde wird Trude nichts ausmachen.« Er half der Mutter beim Aussteigen, Erik öffnete die Gartentür. Inga folgte als letzte, in der Gewißheit, daß ihre Sünden nun zur Sprache kämen. Hatte sie das nicht gewollt, Wiedergutmachung, *Wasser über ein schmutziges Fenster kippen* – in diesem Moment gestand sie sich ein, sich im Geflecht aus Geheimnis, Verlockung und Zweifel beängstigend wohl gefühlt zu haben. Gut, daß die Aussprache zwischen allen Beteiligten stattfand – Inga trat über die Schwelle, um so schneller ging sie vorbei.

»Soll Inga dabei sein?« Henning wischte Wassertropfen von der Schulter.

Die Mutter legte die Stola ab. »Inga?« fragte sie überrascht. »Wozu?«

Verblüfft über die Antwort und das mitternächtliche Beisammensein, trat Inga dazwischen. »Ich habe nichts dagegen.«

»Es würde dich nicht interessieren«, widersprach auch Erik.

»Wir kommen vor dem Zubettgehen zu dir«, bestimmte Marianne.

Das Haus war stark abgekühlt; wollte Inga nicht wieder krank werden, mußte sie aus dem dünnen Kleid heraus. Sie ging zur Treppe, ein letzter Blick, die drei verschwanden im Straßenzimmer. Sie nahm Stufe um Stufe, das helle Geräusch ihrer Schleppe, von unten war nur noch Gemurmel zu hören.

Sie wusch sich nachlässig, hielt mit der Zahnbürste inne, jedesmal wenn Gesprächsfetzen hochdrangen. Daß die Eltern mit Henning sprachen, mußte bedeuten, daß sie sich eine gemeinsame Strafe ausdachten, Diebstahl von Geld war kein Kavaliersdelikt; jede Minute vergrößerte Ingas Angst. Sie ließ das blaue Kleid zu Boden fallen, hob es wieder auf, legte es sorgfältig über den Stuhl, schlüpfte ins Nachthemd, zog eine Jacke darüber und lauschte. Nach einer halben Stunde hörte sie Aufbruchgeräusche, die Stimme des Vaters, ein dreifaches Gutenacht. Inga lief zum Fenster, sah Henning durch den Garten verschwinden, ohne einen Blick nach oben stieg er ein. Der Wagen verschwand um die Ecke, es wurde vollkommen still.

20

Inga hatte die Anforderung des Headquarters lange von einer Schreibtischseite zur anderen geschoben, nun schrieb sie Anfragen an alle Abteilungen und ließ sie vom Sergeant abzeichnen. Am nächsten Tag liefen die Rückmeldungen ein, hundert hellbraune Zettel, nummeriert und in Kürzeln, die Vordrucke waren krakelig ausgefüllt, manchen hatte ein Fingerabdruck aus Schmieröl unleserlich gemacht. Inga spannte doppeltes Blaupapier ein, sortierte die Zettel nach Seriennummern, hinter dem getürmten Papier begann sie die Liste zusammenzustellen.

Nebenan hörte sie den Kommandanten summen, sein Schatten bewegte sich vom Schreibtisch zur Wand beim Fenster, dort hing die Photographie seines Bootes. Seit Monaten träumte er davon, an die südenglische Flußmündung zurückzukehren, wo seine Jolle lag. *Oh fairy bride of Sussex* – mit dem Lied beschwor er seine innere Abwesenheit vom Lager und allem, was ihn umgab: dem eintönigen Dienst, der Fremde. Summend wandte er sich vom Fenster zum Geldschrank, kehrte um – er hatte kein Gedächtnis für Zahlen –, zog die Arbeitsunterlage aus der Schreibtischplatte heraus, wo die Kombination notiert stand. Der Schlüsselbund klirrte, Inga hörte das Aufschnappen der schweren Bolzen. Der Kommandant brauchte nichts Offizielles aus dem Tresor, die nächste Auszahlung stand erst in Tagen bevor, geheime Akten waren längst ins Königreich abtransportiert worden. Doch hatte er eine Sammlung von Postkarten und Photographien im Geldschrank liegen – der Sergeant hatte es Inga erzählt. Vor dem Krieg war der Officer durch die englischen Midlands gereist, mit einer Frau, die nicht seine Gattin war. Er hegte dieses Reisejournal, blätterte gerne in der kleinen Mappe und hielt sie unter dienstlichem Verschluß.

Braune Zettel wanderten von Ingas rechter Seite nach links. Sie hatte den Kommandanten beinahe vergessen, als sie das Zufallen der Eisentür hörte, das Schlüsselklirren und seine Rückkehr zum Schreibtisch. Nun, da er sich von der Erinnerung hatte fortragen lassen, würde es ihn nicht lange im Zimmer halten. Er nannte das tägliche Umherstreifen zwischen den Föhren seinen *Kontrollgang*; den Hund an der Leine, war es der traurige Marsch durch ein Lager, dessen Auflösung er exekutierte.

Angesichts des Bergs unbearbeiteter Zettel, den Inga nach mehrstündigem Auflisten noch vor sich hatte, entschied sie, die Arbeit am nächsten Tag zu beenden, beschwerte loses Papier mit dem Lochgerät, ordnete ihr Haar und verließ die Baracke. Als sie das mintgrüne Auto erkannte, blieb sie erschrocken stehen.

Henning lehnte an der Schranke, seine Augen waren ernst. Er öffnete ihr die Wagentür, wie eine Delinquentin stieg sie ein. Henning nahm nicht die Richtung zur Stadt, sondern steuerte zwischen den Weiden ins Land; das Verdeck war offen, doch ihr Ausflug hatte nichts von einer Spazierfahrt. Er hielt, sie erkannte den Hochsitz wieder, das Gras war geschnitten worden. Inga machte einen Schritt zum Holzturm, er hielt sie an der Schulter fest.

»Hast du das Geld für die Eltern genommen?« Sein Gesicht war offen, die Augen voll Wärme, am liebsten hätte sie Ja gesagt.

»Die Eltern?« schüttelte Inga den Kopf.

»Von mir erfahren sie es nicht. Aber um Trudes willen muß ich wissen, was geschehen ist.« Sie standen auf dem Grün, das in der Dämmerung grau und verschwommen wurde. »Hast du das Geld für die Eltern genommen?«

Inga antwortete in aller Ehrlichkeit, daß sie Schulden begleichen mußte, auch ihm würde sie alles zurückzahlen. Sie spürte, das wollte er nicht hören.

»Die Eltern *müssen* mit dir darüber gesprochen haben.« Er ging in die Hocke, prüfte, ob das Gras trocken war, und setzte sich. »Diese Frau fühlt sich im Recht. Sie besteht darauf, alte Rechnungen zu begleichen.«

»Welche Frau?« Dicht vor ihm kam Inga auf die Knie.

Er suchte in ihren Augen, ob sie ihm etwas vorspielte. »Man muß sich das vorstellen – als Vertriebene verläßt sie die Stadt und kommt Jahre später mit den Engländern zurück.«

»Die Eltern haben mir kein Wort erzählt«, bekannte Inga. »Welche Frau?«

»Elfriede Seidler.«

Ingas Blick glitt den Horizont entlang. »Als ich krank war, kam sie zu Besuch.« Im letzten Licht begriff man, daß das flache Land sich an den Rändern wölbte; sie saß auf einem mächtigen Ball, und es bestand die Gefahr, daß sie herunterfiel. »Was haben wir mit Frau Seidler zu tun?«

»Es ist nicht erwiesen, daß Erik dabei war.« Henning deutete auf eine Heuschrecke, die Inga auf die Schulter gesprungen war. »Frau Seidler erinnert sich aber mit Bestimmtheit an ihn.« Inga verharrte reglos, das Insekt rieb die Beine aneinander.

»Weißt du noch, wie es war, als es mit den Aufmärschen losging?«

Sie betrachtete die Kuhle ihres Schoßes. »Damals war ich höchstens sechs oder sieben. Aber ich erinnere mich an das leuchtende Rot, den Lärm, der mit den Fahnen einherging, auch im Radio, immer Lärm.« Ihr wurde schwindelig. »Mama sorgte dafür, daß sie in unser Haus nicht kamen.« Inga stützte sich ins Gras. »Was hat Papa gemacht?«

»Frau Seidler sucht alle auf, die an der Sache beteiligt waren.« Henning verschränkte die Arme. »Erik braucht Geld, und ich kann ihm beim besten Willen keines geben.«

»Wegen mir?« fragte Inga in der Gewißheit, daß es so war.

Hennings Finger umkrampften die Arme. »Trude hätte nichts dagegen, einem Freund in Not zu helfen. Aber nicht euch – nicht deiner Familie.« Er sprach so leise, daß sie sich vorbeugen mußte.

»Das hat nichts mit dir zu tun«, beantwortete er ihren betroffenen Blick. »Trude war immer *dagegen*, sie hat diese Leute gehaßt.« Sein Gesicht bekam einen bewundernden Ausdruck. »Als die Engländer uns die Fabrik nehmen wollten, ging sie allein ins Hauptquartier und überzeugte die Briten …«

»Ich weiß«, unterbrach Inga, sie kannte die Geschichte der heldenhaften Trude, die Hennings Existenz gerettet hatte. Aus dem Gras drang die Feuchtigkeit durch ihren Rock, es wurde zum Sitzen zu kühl.

»Als Bahnhofsvorsteher hätte dein Vater die braune Uniform nicht zu tragen brauchen.« Henning sah sie an. »Die sind im Klingklang durch die Stadt marschiert. Zum krönenden Abschluß mußte jemand *aufgemischt* werden – in dieser Nacht hielten sie vor dem Seidlerhaus. Es wurde beschimpft, geschlagen und geplündert. Kurz darauf zogen die Seidlers hier fort.«

Inga fuhr hoch. »Papa hat nicht geschlagen«, rief sie. »Er hat viel zuviel Angst um seine Brille!«

Henning lachte, doch es klang unecht. »Das befreit Erik natürlich von jedem Verdacht.« Er stand auf, nebeneinander gingen sie zum Auto. Inga strauchelte in der Traktorspur, er stützte sie. Im Zwielicht wirkte der Wagen hellgrau. Auf der Rückfahrt schwiegen sie, vor dem Garten versicherte Inga ihm, er werde sein Geld wiederbekommen. Hastig ließ er sie aussteigen und fuhr weiter, bevor jemand im Fenster auftauchte. Bedrückt betrat Inga das Haus.

21

Kein deutscher Feiertag, keine Jubelmeldung aus dem Radio, auch kein Familienfest – der Leutnant trat seitlich ans Fenster –, vielleicht feierte dort das Hotelpersonal; doch dafür waren es zu viele. Junge und Alte, eine lose Zusammenkunft, als ob sie einander kaum kannten. Sie stießen an, scheinbar auf kein Ereignis, ein deutscher Sender spielte amerikanische Musik, das Gerät erfüllte den Häuserschacht mühelos. Getanzt wurde nicht, nur zwei junge Frauen hielten sich um die Taillen und wippten mit den Hüften – der Leutnant ließ den Vorhang fallen. In letzter Zeit machten Geräusche ihn wütend, besonders Musik. Er schloß die Uniformjacke; bevor er das Licht löschte, fiel sein Blick auf die Haarspange, das Perlmutt schimmerte.

Der Läufer auf dem Korridor dämpfte seine Schritte, der Leutnant mochte es, sich selbst nicht zu hören, leise wie eine Erinnerung ging er die Treppe hinunter. Am Empfang saß niemand, ungesehen verließ er das Hotel.

Das Enge, Hingeduckte kannte er aus den Städten daheim, das Akkurate dieser Häuser aber, die Art, wie die Quader aufeinandergeschichtet waren, die Farben, selbst die abgetretenen Stufen – nirgends ließ sich *das Deutsche* so deutlich packen wie hier. Kein Schnörkel besaß Leichtigkeit, Ornamente des Dauerhaften waren es, das *Ewige* als Manier. Er hatte angenommen, durch den Kriegsausgang seien diese Festungen ins Wanken geraten, ein Irrtum, nichts hatte sich geändert, selbst die Pflastersteine behielten ihren unverwechselbaren Klang. Der Leutnant fürchtete, in der fremden Stadt schon zu heimisch geworden zu sein.

Wenige Blocks hinter dem Schloß fing das Rautjesviertel an; obwohl es weder Laden noch Marktbude beherbergte, war es die Geschäftsader der Stadt. Die Arme auf den Rücken geschlagen, erwartete er das Gemurmel – Männer und Frauen wie Schauspieler, die sich auf ihren Auftritt vorbereiteten. Obwohl er nichts kaufen wollte, spitzte er die Ohren. *Nähgarn*, lautete das Angebot einer Frau im Schürzenkleid, ihr Kopftuch verdeckte eine Schläfenwunde, *Torpedoöl,* sagte einer mit Strohhut, *Büchsenkaffee, Eipulver* – der Leutnant hatte die Hälfte der Straße erreicht –, *Lederpolster, RIF-Seife.* Waren tanzten als Worte, doch die Vielfalt von früher war verschwunden.

Zur erwarteten Zeit fand er den Mann an seinem Stammplatz, er trug den leichten Mantel wie eine Uniform. Als sei ihm die Angelegenheit eilig, beschleunigte der Leutnant und sprach den Mann an.

Überrascht, doch sofort bereit, die Möglichkeit zu ergreifen, drehte der sich um. »Hast du es?« fragte er in derbem Englisch.

Der Leutnant verneinte.

»Was willst du dann hier?« Der Mann schlug den Mantel zurück.

Der Leutnant stand ihm gegenüber, einen Fuß vor dem andern, die Mütze in die Achselklappe geschoben; er wartete die Reaktion des anderen ab.

*

Erik hatte die Karten in einem komplizierten System aufgelegt, ließ die Reihen wachsen, hegte und sortierte sie. Mariannes Strategie bestand im Kopf, sie behielt die Karten im Blatt, um sie später mit einem Handstreich auszuspielen.

»Wollte Henning nicht hereinkommen?« Die Eltern hatten die Lampe abgedreht, drei Kerzen erhellten den Tisch.

»Er hat mich vom Lager heimgebracht.« Inga setzte sich.

Erik legte die Herz-Dame ab, die Mutter zögerte.

»Damen *mußt* du doch haben«, animierte er sie, das Paket zu nehmen. Sie hob ab, legte den Sperr-Dreier obenauf; das Fehlen von Jokern auf dem Tisch ließ Inga vermuten, daß Marianne die Trümpfe hortete. Sie steckte zwei Karten von links nach rechts.

»Warum laßt ihr euch erpressen?« fragte Inga in die Stille. Bis zu diesem Moment war sie sich ihres Gefühls nicht sicher gewesen, nun erkannte sie es als Empörung.

In exakter Linie legte Erik den sechsten Buben auf die Kolonne, noch einer, und er würde das Canasta schließen – falls Marianne mit ihrem Blatt nicht *niederkam.* »Wir hätten Henning nicht hineinziehen sollen«, sagte er, als sei die Tochter gar nicht im Raum.

»Keine Erpressung«, antwortete die Mutter, erleichtert, daß Inga das Thema berührte. »Frau Seidler betrachtet es als Wiedergutmachung.«

»Wieviel will sie?«

Marianne sortierte ihr Blatt, die Offensive stand kurz bevor. »Ich begreife nicht, warum August für die Madonna nicht mehr geben will.«

»Ihr habt sie *zurückgebracht*?« Inga faßte unter die Bluse, mit einem Mal schien der Büstenhalter zu eng.

»Vierzehntes Jahrhundert«, schüttelte die Mutter den Kopf. »Er kann mir nicht weismachen, dafür wäre kein Preis zu erzielen.«

Marianne war mit den Karten, Erik mit der hereinbrechenden Katastrophe beschäftigt, beide bemerkten nicht, daß Inga sich eben verplappert hatte. Die Mutter präsentierte ein Joker-Canasta, ein reines aus Achten und allerlei Kleinzeug.

»Nicht schon wieder!« empörte sich der Vater.

»Wenn du es kommen siehst, wieso tust du nichts dagegen?« Sie legte die Deckkarte auf den Stapel.

»Bei meinem Blatt?« Mit hängenden Schultern begann er die Miesen zu zählen.

»Sind die Seidlers Juden?« fragte Inga.

»Natürlich nicht.« Die Eltern sahen sich an. »Der alte Seidler war ein stadtbekannter Sozi«, antwortete Erik.

»Sie verlangt eine Entschädigung.« Nüchtern fächerte Marianne ihre Karten. »Was sie wirklich *will*, ist nicht Geld, sondern das Eingeständnis von Schuld.« Die Mutter sah Erik nicht an.

»Gibt es die? – Gibt es *Schuld*, Papa?«

Er legte ein Paket zur Linken, wollte die Summe notieren, hatte sie vergessen und begann von neuem. »Ich weiß es nicht mehr.« Er strich über die Stirn, wie um ein Insekt zu verscheuchen. Schließlich schüttelte er den Kopf, die vergrößerten Augen huschten hinter den Gläsern umher. »Keine Ahnung.«

In diesem Moment wußte sie, es war die Wahrheit. Die verstaubten Alben auf dem Speicher, die Photographien, der Führer in Öl – zu perfekt hatte der große Vater in deren Reihen gepaßt. Die Habichtnase, das kräftige Kinn, stolz und offiziell war er in der Uniform aufgetreten, der *Goldfasan,* ein starker Kerl, wie man sie liebte. Hatte er nicht gesehen, daß er mit seiner faltenlosen Uniform, den geordneten Tressen, ein Aushängeschild war? Im Schlaglicht der Fackeln, enthemmt vom Bier, hatte er mitgemacht; der makellose Krawattenknoten gab ihm die Legitimation, sich als Ordnungsmacht aufzuspielen. Inga stellte sich vor, wie er und die Horde der Gleichgesinnten vor dem Seidlerhaus auftauchten, Einlaß forderten und zu wüten begannen. Zum ersten Mal in all den Jahren sah sie ihren Vater als Vandalen.

Es war schon so lange still, daß Mariannes Griff nach den Zigaretten Inga hochfahren ließ. »Und wenn ihr euch weigert?« Sie stellte die Frage an die Mutter.

Ohne ihre Gewinnsumme zu notieren, verstaute Marianne die Spielkarten in der Schachtel. »Papas Rente steht auf dem Spiel. Eine Anzeige, ein Brief ans Oberkommando –«

»Ich glaube nicht, daß sie so weit geht«, warf er mit besorgter Stimme ein. »Die Seidler möchte wieder dazugehören, will Fuß fassen in der Gemeinde.«

»Sei nicht naiv«, unterbrach sie ihn. »Ein wenig Druck auf die Reichsbahn, und sie streichen dir die Rente von heute auf morgen.«

Ihre Finger mit den Streichhölzern, der gesenkte Kopf des Vaters, in seinen Händen wirkten die Karten wie Miniaturen.

»Bis wann braucht ihr das Geld?«

»Damit hast du nichts zu tun!« Marianne betonte jedes einzelne Wort.

»Sie gibt uns Zeit bis zum zwanzigsten Juni«, antwortete Erik.

Inga stand auf und ging; in ihrem Zimmer markierte sie den zwanzigsten auf dem Kalender. Sie schrieben den dritten Juni.

22

Inga saß an der Maschine, die Finger vollführten die Arbeit mechanisch, ihr Blick war auf den Stenoblock gerichtet – in Wirklichkeit sah sie Erik an Mariannes Schulter; er hielt die Brille in der Hand, mit der anderen rieb er sich die Augen und weinte. Die Mutter legte das Buch beiseite, aus dem sie ihm vorlas, hielt seinen großen Kopf, beide bemerkten nicht, daß das achtjährige Mädchen sie beobachtete. Später hatte Inga das Buch, das ihren Vater zum Weinen brachte, mit aufs Zimmer genommen. Es waren Geschichten, die meisten spielten am Meer; sie las eine nach der anderen, weinen mußte sie darüber nicht.

Manchmal hatte Inga zugesehen, wie der Vater am Herd stand und in den Sonnenball starrte, der die Küche abends glühend erfüllte; Tränen waren dem Vater von den Wangen getropft. *Es rührt ihn schnell etwas an,* hatte der tote Onkel gesagt.

Inga hob den Kopf – sie konnte sich nicht erinnern, daß der Vater sie jemals geschlagen hätte. Die Ohrfeigen hatten Horst und sie von der Mutter bekommen. Der Vater war nicht gegen Härte, er mied sie lediglich; ihm lag das Milde, Eindrücke, die das Herz erwärmten, er schwelgte gerne. Es muß die Romantik gewesen sein, dachte Inga, zog das Papier halb aus der Walze, überlas die letzten Sätze und fuhr mit zusammengekniffenen Lippen fort, da die Zeile um eine Buchstabenhöhe verrutscht war. Der Männerzauber, die alten Gesänge packten ihn, er liebte Märchen von übernatürlicher Kraft, Heldenmut, Opferbereitschaft. Trotz der Brille, dick wie Flaschenglas, war Erik so ein Herzensheld; wäre die Zeit eine andere gewesen, hätte man ihn im Wald, in den Dünen umgehen und unlösbare Aufgaben bewältigen sehen. Tagsüber herrschte er über die Geleise, die unter seinem Fenster vorüberführten, überwachte Verladerampe und Personenabfertigung, kontrollierte die Sauberkeit des Waschraumes, maßregelte seine Beamten, wenn sie trotz Warteschlange den zweiten Schalter nicht öffneten. Inga sah Erik im Reichsbahnrock, freundlich und bestimmt, er kannte nicht nur den regionalen Fahrplan auswendig – Föhrden lag abseits der Hauptlinien –, auch das Verbindungsgeflecht von der östlichen hinüber zur Nordseeküste hatte er im Kopf. Mit niedergehender Sonne wandelte sich Eriks Arbeitsplatz in einen Ort gleißender Eisenstränge, die in die Ferne führten; dann stand der Unifomierte an der Spitze des Perrons, Horst an der Hand, das Mädchen auf dem Arm und zeigte zum Horizont. »Büsum, sieben Uhr siebzehn«, murmelte er die Endstation des Abendzuges am Meer.

Inga erinnerte sich an eine Szene, als sie fünf Jahre alt war. Eines Morgens hatte sie sich voll wilder Zärtlichkeit an ihren Vater gehängt. Er war noch nicht angezogen, trug nichts als die Schlafanzughose, der Gummizug hatte nachgegeben, Inga war samt Hose zu Boden gerutscht. Die Familie zeigte sich einander nie unbekleidet, selbst beim Baden nicht, daher erinnerte sich Inga an Vaters Nacktheit als etwas Einmaliges. Auf dem Boden kauernd, hatte das kleine Mädchen an seinem enthüllten Körper emporgestarrt, die trainierten Beine, das beutelförmige Geschlecht betrachtet – so wurden Helden gemalt und gemeißelt, dachte Inga an ihrem Schreibtisch, so sieht mein eigener Vater aus.

Langsam, da die Blaupause gerne verschmierte, zog sie das Papier aus der Maschine, trennte Original und Durchschlag, klappte die Mappe zu und fragte, ob sie in die Mittagspause dürfe.

»Gehen Sie nur.« Ohne sich umzudrehen, verharrte der Kommandant in der Hocke und kraulte den Bauch des winselnden Jasper.

Sie trat ins Freie, selbst der dünne Baumwollstoff war an diesem Tag zu warm. Der Sommer überraschte das Land, die Soldaten packten die Shorts zur Uniform aus, weiße Waden und Knie marschierten an Inga vorbei.

Den Kartoffelbrei, den der Koch ihr anbot, lehnte sie ab, er klatschte ihr trotzdem eine Kelle voll auf den Teller. Sie nahm nichts von der braunglänzenden Tunke, statt dessen Äpfel und Brot aus dem Korb. Neben ihr kippte das Tablett der Stationsschwester, die versuchte die Limonadenflasche noch vor dem Sturz zu bewahren, sie ging zu Bruch. Lustlos drehten sich im Casino Köpfe herum, das Lachen eines Soldaten hallte im Saal. Inga kam neben der Schwester in die Hocke, die warnte vor den Scherben, schon hatte sich Inga geschnitten. Den Saucenschöpfer in der Hand, schaute der Koch über den Tresen.

Auf dem Weg zwischen den Föhren hielt sie die Hand hoch und versuchte umsonst, ihr Kleid vor Flecken zu bewahren; das Blut rann den Arm entlang. Als sie die Lichtung mit den Hagebutten erreichten, sagte die Schwester, wie sehr sie sich auf den Sommer freue.

»Er ist übrigens wieder da.« Sie zeigte zum schwarz gemalten H auf der Baracke.

Inga senkte den Arm, neben ihr tropfte es in den Sand. Sie fragte nicht, wer gemeint war, folgte der anderen durch den Haupteingang. Die Schwester verarztete den Schnitt im Medikamentenzimmer; rund um den Mull verfärbte sich die Haut von der Jodtinktur.

»Was ist passiert? Wieder das Bein?«

Die Schwester schüttelte den Kopf. »Eine Prügelei, möglicherweise ein Sturz. Willst du ihn sehen?«

»Gestürzt?« Inga hielt den Finger hoch.

»Aus großer Höhe, meint der Arzt.« Die Schwester klebte Heftpflaster auf die Binde.

Inga sah den Leutnant vor sich, wie er die Uniform adjustierte und loszog, um die Angelegenheit auf *seine* Art zu beenden. Hier, wo alles flach war, wählte er eine Stelle, wo er es *aus großer Höhe* tun konnte. Im Umkreis gab es dafür nur die Kirchenruine, das Getreidesilo, das Schloß. Sie sah ihn hinaufsteigen, die Krawatte zurechtziehen, er sprach kein Gebet.

»Hat er denn nichts erzählt?«

»Er kann kaum sprechen.« Die Schwester schaute zum Krankenzimmer. »Der Kiefer ist gebrochen.«

Gemeinsam gingen sie hinüber, bis auf das fünfte Bett war die Baracke leer. Der Leutnant lag da wie am ersten Tag, zugedeckt bis zur Brust, die Hände gefaltet, der Verband wand sich vom Schädel bis unter den Hals. Es sah nicht aus, als sei er geschlagen worden, sein Gesicht war *verformt*. Durch die Schwellungen und Blutergüsse erschienen Inga die Züge wie im Zerrspiegel, das Wangenbein mußte gebrochen sein, die rechte Seite wirkte, als gehörte sie einem anderen. Sie betrachtete die langen Finger.

»Wenn man fällt, fängt man sich mit den Händen.«

Die Schwester bemerkte den Blick auf die unverletzten Hände. »Nicht, wenn er ohne Bewußtsein war.«

»Ich würde gerne ein wenig bleiben.«

Wortlos ging die Schwester in die Sonne, man hörte, wie sie sich auf die Terrassenbohlen setzte. Inga zog einen Stuhl heran, berührte das Laken, unter dem sein Körper lag. Er atmete gleichmäßig, trug ein frisches Krankenhemd, man sah die Bügelfalte. Ihr fiel das Stück Brot in der Tasche ein, sie setzte sich und kaute. Leicht strich die Luft durch den Raum, Insekten sirrten vor dem Fenster. Einige Zeit später bewegte sich seine Hand millimeterweise.

»Was haben die mit dir gemacht?« Inga wischte Brotkrumen von der Decke. Der Leutnant rührte sich nicht, sie lehnte sich wieder zurück.

Allmählich erschien das weiße Laken blau, vor der Tür tanzte das schwindende Tageslicht. Normalerweise wurde um diese Zeit das Licht angedreht, aber die Schwester hatte es wohl vergessen. Die Stufen zur Terrasse knarrten, Inga schaute zur Tür. Als sie sich zurückwandte, hatte der Leutnant den Kopf gehoben und musterte sie von oben bis unten. Ihr Haar war strähnig, die Bluse nicht frisch, im Lager kam sie nicht dazu, sie zu waschen. Den Rock trug sie bereits eine Woche. Schließlich sank er wieder aufs Kissen, legte die Arme neben den Körper und streckte sich bis in die Fingerspitzen. Draußen entfernten sich die Schritte. Die Konturen verschwammen, sanftes Grau breitete sich aus, sie saß da, bis das Licht der Außenlaterne die Dunkelheit in der Baracke fraß. Als Inga aufstand, bewegte der Leutnant sich nicht.

23

Seit Tagen war Hemderleichterung ausgegeben worden, die Drillichjacken blieben im Spind, kurzärmelig lümmelten die Männer vor der Kommandantur. Die Unteroffiziere hatten das Recht, sich vor den niederen Chargen anzustellen, aber die Rangordnung interessierte kaum noch. Im Hinschleichen der Tage bedeutete der Zahltag den Höhepunkt ihres Monats, sie verlängerten ihn, so lange sie konnten. Manchmal formte sich eine Reihe, meistens standen sie in Gruppen, das Wetter war Thema – und England. Plötzlich bemerkte Inga den jungen Flieger, allein an einen Baum gelehnt; der *Dieb* nickte ihr grüßend zu. Sie erinnerte sich, von seiner Entlassung gehört zu haben; man wollte die Verfehlung nicht hochspielen, er war nicht degradiert, lediglich versetzt worden. Nun betreute er die Flugzeugtankstelle, was ihn so gut wie arbeitslos machte. Sinnlos wartete er die Apparaturen, falls eines Tages doch wieder Starts und Landungen stattfinden würden; mit dem letzten Abheben einer Maschine hoffte er selbst auf die Insel zurückzukehren.

Ein behäbiger Corporal trat vor – Inga besann sich auf die Abrechnung, händigte ihrem Sergeant den nächsten Umschlag aus, er prüfte den Inhalt und reichte ihn an den Corporal weiter. Während der mit gewölbten Lippen die Scheine zählte, bemerkte sie eine Tätowierung auf seinem Unterarm – ein Schwert, das einen Kranz durchstieß, umrahmt von der Schrift *Scotland forever*. Inga machte das Häkchen auf der Liste. Zum ersten Mal seit sie bei den Briten Dienst hat, weckte die fremde Sprache ihre Auflehnung; im deutschen Wald wollte sie solche Töne nicht länger hören.

Auch in der Stadt war die Stimmung mit einem Mal greifbar, der Überdruß, bevormundet zu werden. Offen wurde darüber gesprochen, wann die Engländer endlich abzogen. Die Verhandlungen in Frankfurt, der Austritt der Sowjets, der Zusammenschluß der Restmächte, jede Aussicht auf Veränderung verstärkte dieses Gefühl von *Widerstand.* Inga fiel Frau Seidler ein; im Schutz der Sieger war sie zurückgekehrt, nutzte deren Kriegsrecht, um Ingas Familie zu bedrohen. Erik war nie im Kampf gestanden, hatte weder getötet noch geplündert, sein Vergehen bestand im Glauben an etwas, das er als Neuordnung begrüßte. In diesem Moment verurteilte Inga nicht den kindischen Hang ihres Vaters zu Pracht und feierlichem Schein, sondern die Erpressung jener Frau, die den Kriegsausgang für ihren Profit nützen wollte.

Die Sonne kletterte zwischen den Föhren empor, gleich würde sie auf das geteerte Dach niederbrennen, das die Hitze nicht abhielt, sondern im Inneren staute. Ein deutscher Zimmermann, zuständig für Reparaturen an den Baracken, erhielt ein prall gefülltes Kuvert – Geld, so wertlos wie das Papier, das er hinaustrug. Umschlag für Umschlag reichte Inga an den Sergeant weiter, ihr Blick wanderte von den blaugrünen Pfundnoten zu den braunen Reichsmarkscheinen, rechteckige Stapel aus Papier, die abnahmen, während es in der Baracke mit jeder Minute heißer wurde. Schweiß rann ihre Wirbelsäule entlang, das Haar hing in die Stirn, sie versuchte die Unterhaltungen zu überhören, dumme Anspielungen auf ihre feuchte Bluse, das Lachen und Lärmen – es war ein Zahltag wie viele zuvor. Einen Monat blieb das Geld nun im Stahlschrank, deutsche und englische Noten, dazwischen das Bildertagebuch des Kommandanten, die kleine Mappe voller Erinnerungen.

In der Mittagspause floh sie zu dem schweigsamen Leutnant. Die Schwester hatte seine Verbände gewechselt, der weiß vermummte Schädel lag auf dem Kissen, nur die Augen bewegten sich. Inga leerte die Bettpfanne, schüttelte das Kissen auf, hantierte in der verwaisten Krankenstation, als wäre es ihr gemeinsames Heim. Die Schwester hatte in der Küche Bescheid gesagt, Inga lief ins Casino und kam mit der Mahlzeit des Leutnants zurück. Unter Schmerzen öffnete er die Lippen, vorsichtig flößte sie ihm Reisbrei ein, er schluckte mühsam, drehte den Kopf bald zur Seite. Inga brachte ihm Tee in der Schnabeltasse, er trank wenige Schlucke.

»Als ich damals die Madonna zum Pferdedoktor gebracht habe«, sagte sie und stellte den Tee beiseite, »wurden auf seinem Hof Möbel verladen.«

Alec atmete hörbar, das Essen hatte ihn angestrengt.

»Ich habe dort Gabor gesehen – und einen anderer Mann.« Sie beobachtete den Liegenden. »Du kennst ihn, er trägt einen leichten Mantel.«

Keine Regung deutete darauf hin, daß die Neuigkeit eine Überraschung für ihn war. *Der schwarze Gabor* – das Wort ging Inga durch den Kopf, Gabor, der den Ruf hatte, zu besorgen, was keiner sonst kriegte, der Adjutant des toten Generals, *hüben wie drüben* schätzten sie seine Dienste. Wer waren *SIE*? Inga schaute hinaus, die Sonne mußte über den Föhren stehen, auf Station H war es schattig und kühl. Wie ging das zusammen, daß Gabor mit Alec am Spieltisch saß und gleichzeitig den Mann beschäftigte, der die Schulden des Leutnants eintrieb? Wenn Gabor Alecs Gläubiger war, wieso forderte er das Geld nicht direkt von ihm, statt den Schläger zu schicken? Bei keiner Gelegenheit hatte sie eine Abhängigkeit zwischen den Männern bemerkt, bloß Rivalität am Spieltisch, jenes fröhliche Dreiergespann mit der Generalin. Inga sah das Zimmer vor sich, die Sessel und Teppiche grün, das rote Kleid der Kosigk, scharf abgegrenztes Licht über den Spielern.

Sie stand auf, machte ein paar Schritte, kehrte ans Bett zurück. Ein Zipfel der Mullbinde war aus dem Verband gerutscht, der Kiefer hing lose. Sie betrachtete sein Kinn, etwas vom Fleisch fehlte, die Haut war über dem Knochen zusammengenäht worden – ein bizarrer Anblick –, und doch, wie lieb war ihr dieses Gesicht geworden. Inga wollte ihn einen Augenblick lang berühren; sie schob nur den Mull in die Binde und ging.

Nirgends empfand man das sinnlose Absitzen von Zeit stärker als im Casino. Es hatte sich eingebürgert, daß Dienstgrade, die nachmittags nicht im Camp sein mußten, in der Stadt aßen. Dennoch ließ der beflissene Unteroffizier täglich alle Tische eindekken. Aus Gewohnheit rückten die Essenden nicht zusammen, jeder blieb an seinem angestammten Platz, dazwischen lagen Inseln aus weißen Tüchern. Gedankenverloren wartete der Koch hinterm Tresen auf Kundschaft, die Schöpfkelle wie einen Golfschläger überm Arm. Gegen ihre Gewohnheit aß Inga das Stew, wischte die Sauce mit Brot vom Teller, hörte das Hallen der Schritte im leeren Saal. Sie verzichtete auf das überzuckerte Kompott, nahm einen Apfel und kehrte an die Arbeit zurück.

Als sie ins Büro trat, war das Schließen der Stahltür zu hören, zweimaliges Absperren, der Sergeant händigte dem Commander den Schlüssel aus. Auf Ingas Tisch lagen die offenen Listen, zerknüllte Kuverts, ausgetretene Kippen auf dem Boden verstreut; der Zahltag war vorüber. Erwartungsgemäß schloß der Kommandant die Tür, um seine Hose zu wechseln. Er besaß drei Uniformhosen, eine für den Alltag – während er sie reinigen ließ, trug er die Hose der Ausgehuniform, dazu Halbschuhe statt der Stiefeletten. Die dritte Hose zog er an, wenn er den Spaniel bürsten wollte. Jasper stimmte jedesmal ein Geheul an, als ginge es ihm ans Leben. Diese Hose war weit und voller Flecken, weil der Commander darin auch am Auto hantierte. Sie hatte Löcher in den Taschen, daher legte er deren Inhalt in die Schublade, sperrte ab und verwahrte den Schlüssel auf dem Lichtbord. Bevor der Kommandant und sein Hund ausgingen, wurde der Wachdienst verständigt: einmal hatte ein aufmerksamer Soldat, der beim Munitionsdepot jemand zwischen den Föhren sah, einen Warnschuß abgegeben. Jasper bekam einen Mordsschreck, der Kommandant belobigte den Soldaten für sein Verhalten.

Inga hörte den Hund nebenan fiepen, Schuhe fielen zu Boden, das Klirren der Gürtelschnalle, schon stand der Commander umgezogen in der Tür, in seiner Hand baumelte die Leine.

»Sagen Sie dem Wachdienst Bescheid.«

Jasper sprang hinaus, Inga griff zum Telefon, durchs Fenster sah sie die beiden Richtung Wald verschwinden.

*

Ihr Buch, ein Glas Limonade, Marianne saß allein im Straßenzimmer. Für Inga waren ihre Eltern wie Tauben, sie trennten sich nur, wenn Erik auszog, einen von Mariannes Wünschen zu erfüllen.

»Er hat sich hingelegt«, sagte die Mutter, ohne Ingas Frage abzuwarten.

Gerade schlug es sieben, um diese Zeit stand der Vater sonst in der Küche.

»Habt ihr gegessen?«

»Ja.« Marianne fuhr sich durchs Haar. »Nein. Erik ist die Schwitze angebrannt.«

»Die *Schwitze*?«

»Er wollte Kohlrabi eindicken.« Sie senkte die Stimme, als dürfe der einzigartige Zwischenfall die vier Wände nicht verlassen.

»Die weiße Sauce?«

»Mit Petersilie«, nickte die Mutter.

»Papa ist noch *nie* etwas angebrannt!«

Seit Inga auf der Welt war, sah sie ihren Vater kochen, es war das Bild, das sich über die Jahre hinzog – Erik mit Schürze, die Hemdärmel ordentlich umgekrempelt, die Brille beschlagen von Dampf. Die langen Arme griffen in die Runde, ohne einen Schritt zu machen, erreichte er alles auf Borden und in Schränken. Er trennte Dotter vom Eiklar, bestäubte das Brett mit Mehl, schnitt Gemüse, hackte Kräuter in einem Tempo, daß Inga als Kleine zu schreien anfing, so schnell bewegten sich seine Hände mit dem Wiegemesser. Wurde ihr das Warten zu lang, schob er dem Kind einen Karottenschnitz in den Mund. Ingas Vater war ein scheuer Mensch; lediglich in der Küche wurde er zum Herrscher.

»Die Schwitze *angebrannt*?« wiederholte Inga, als sei es das Unglaublichste von der Welt.

»Frag mich nicht.« Marianne tastete an die Kleidertasche, die Zigaretten waren ihr ausgegangen. »Er stirbt vor Angst.«

Die Kastanienblätter, sonst immer bewegt, standen in der Luft, unwirklich blau der Himmel dahinter, dabei hätte es Abend sein müssen.

»Die Eisenbahn haben sie ihm schon genommen.« Marianne legte den Finger als Lesezeichen zwischen die Seiten. »Die dumme Mütze aufzusetzen, war das Schönste für ihn. Manchmal stand er Minuten vor dem Spiegel, bis der Schirm den richtigen Winkel zur Augenbraue hatte. Glänzende Knöpfe hatten für ihn –« Sie trank, stellte das Glas ab. »Blanke, glänzende Knöpfe.«

Inga fragte nicht um Erlaubnis, ging zum Vater hinüber; er lag angezogen auf der Tagesdecke, die Füße ragten über den Bettrand, die blauen Augen, ungewohnt ohne Brille, zur Decke gerichtet.

»Du bist früh«, sagte er. Sie spürte, er wollte nicht reden.

Die Dämmerung zog über den Himmel, in der Stille hörten sie das Wasser aus dem undichten Brunnenrohr in den Trog plätschern.

»Was heißt das eigentlich – *Goldfasan*?«

»Hast du je einen gesehen?« Er verschränkte die Arme hinterm Kopf. »Sie stammen aus China, hellbraun, der Schwanz und die Flügel haben ein dunkel leuchtendes Rot – nur bei den Männchen.«

»Papa, du weißt schon –« unterbrach sie.

»Goldfasane leiteten Wirtschaftsbetriebe und beaufsichtigten die Landwirtschaft.« Er wollte zur Brille greifen, vermochte sich aber nicht so weit zu verrenken.

»Aber du –?«

»Ich war der Bahnhofsvorsteher«, antwortete er ernst. »Sie sagten, ich solle die Goldschnüre tragen, die Epauletten, sogar das goldene Abzeichen. Ich war stolz darauf. Es gab höhere Parteimitglieder, die freiwillig *hinter* mir marschierten.« Er setzte sich auf. »Ich konnte das – mit dem Schritt«, setzte er leise hinzu.

»Es wird schon gutgehen.« Sie dachte daran, daß er die Schwitze hatte anbrennen lassen. »Vielleicht wird Frau Seidler –«

Er nahm die Brille, plötzlich waren die eisblauen Augen wieder da. »Es geht um mehr als Frau Seidler.«

Sein Haar, so weißblond, daß man die grauen Stellen kaum sah, Nase und Kinn, als seien sie durch *Wille* geprägt, breite Schultern, sehnige Arme. Inga ging auf ihr Zimmer. Der zwanzigste Juni war um drei Tage näher gerückt.

24

Auf Ingas Wunsch hatte der Koch einen Deckel über die Schale gestülpt, heiß sollte Alec sein Essen bekommen, warme Speise half dem Körper bei der Genesung. Über den Sandweg, entlang der Hagebutten, kehrte sie zum Leutnant zurück, als lägen dort ihre wahren Pflichten. Inga leerte die Bettpfanne, zog das Laken straff; inzwischen hatte sie es übernommen, seinen Verband zu wechseln.

Der Arzt und die Schwester besprachen, warum sich der Gesamtzustand des Leutnants nicht besserte. Bis auf zwei Rippen und den Mittelhandknochen war nichts gebrochen, die Prellungen heilten, die Narben und Blutergüsse waren nur oberflächlich. Inga aber begriff, *er ruhte sich aus*. Auch wenn er schon sprechen konnte, zog er es vor, schweigend auf dem Rücken zu liegen und ihren Handgriffen aus dem Augenwinkel zu folgen. Sie fragte ihn nicht mehr nach dem *Vorfall*, ob er gestürzt oder gesprungen sei – das Spiel, die Schulden, seine Ausweglosigkeit, Inga kannte die Gründe. Meist genügte ihr dieses stumme Beisammensein, wenn ihre Blicke sich trafen oder er abwesend ins Gerippe des Dachstuhles starrte. Selten erzählte sie von ihrem Tag – wie der Commander seinen Hund mit Corned Beef verwöhnte, daß der Sergeant eine Liebschaft in der Stadt haben müsse –, der Leutnant schenkte ihrer Plauderei gelassene Aufmerksamkeit. Einmal jedoch bemerkte Inga eine plötzliche Anspannung an ihm, ungewohnte Neugier in seinen Augen. Sie hatte das leere Geschirr schon genommen, um zum Dienst zurückzukehren, da setzte er sich ruckhaft auf und murmelte, vorsichtig, als erwarte er den Stich im Kiefer, sie möge noch bleiben.

Seine Stimme klang brüchig, ungeübt nach langem Schweigen. Etwas wie Freude durchfuhr Inga, er wollte länger mit ihr beisammen sein. Sie kehrte zum Stuhl zurück und erzählte von ihrem Vater, der sich vor Verletzungen besonders schützen mußte, da er kein Schmerzempfinden besaß.

Der Leutnant hatte sich zu Inga gedreht, den Kopf in die Hand gestützt. »Kein Schmerz«, sagte er, rollte auf den Rücken und schloß die Augen. Wäre der Verband nicht gewesen, man hätte ihn für einen Kurgast auf Sommerfrische gehalten.

Die Liste des schweren Gerätes sei fehlerhaft, behauptete der Commander. Das liege an den falschen Angaben der Dienststellen, erwiderte Inga. Diesmal überzeugte sie ihn nicht; er hielt ihr eine Strafpredigt voll Müdigkeit und Überdruß, pfiff dem Hund und verschwand zwischen den Föhren. Inga sortierte die braunen Zettel von neuem, diesmal nicht nach den Anfangsbuchstaben der Abteilung, sie benutzte die Zifferncodes der Geräte selbst. Stundenlang schwirrten Zahlen in ihrem Kopf und auf den Listen, ihr Kreuz schmerzte, die Augen brannten, im Schein der Lampe sortierte sie immer noch. Überzeugt, den letzten Transport ohnehin verpaßt zu haben, nahm sie ihre Tasche, schloß die Kommandobaracke ab und schlenderte zum D-Block. Sonderbare müde Gedanken stellten sich ein, sie fragte sich, wieso sie bei allen Menschen ihrer Umgebung etwas gutzumachen hatte. Zwischen den Föhren tauchte Henning auf, hart vor dem Nachthimmel herausgezeichnet – seine Ehe brachte sie durcheinander, hatte ihn hintergangen, bestohlen, und er zeigte für alles Verständnis. Sie sah Marianne und Erik, die das Geld für die Seidler nicht zusammenbekamen, sah den Pferdedoktor, der die Eltern nicht auszahlte, weil Inga bei ihm in der Kreide stand. *Du bist jemand, der das Zeug hat, Glück zu bringen,* fiel ihr der Satz des Leutnants ein; mitten im Wald lachte Inga laut heraus, eine Glücksfee sah anders aus!

Der aufdringliche Corporal hatte Nachtdienst, sie entging seinen Aufmerksamkeiten, indem sie den Block über den Seiteneingang betrat. Froh, die Tür hinter sich schließen zu können, öffnete sie die Bluse, ließ kaltes Wasser über die Hände rinnen, beschloß, nicht mehr zu lesen und machte kein Licht. Sie schlief ein, während aus dem Casino leise Radiomusik tönte.

Im ersten Schreck meinte sie, der Corporal sei betrunken ins Zimmer gestolpert, doch es war kein unkontrolliertes Eindringen, kein Angriff auf das schlafende Fräulein, eine leise geführte Bewegung vielmehr, sachtes Schließen der Tür. Ihr erschrecktes Aufrichten machte den einzigen Lärm.

»Keine Angst.« Die Umrisse der gebückten Gestalt, er verharrte neben dem Waschbord, aus dem lichtlosen Grau schimmerte das Helle des Kopfverbandes. »Du hast mich heute nicht besucht.«

»Viel Arbeit«, stieß Inga flüsternd hervor.

»Was den *Schmerz* betrifft, irrst du dich«, sagte er nach einer Pause. »Schmerz geißelt, aber sein Feuer, das Durchrasen im unerwarteten Augenblick, öffnet auch Ventile.« Trotzdem es kaum mehr als ein Raunen war, hörte sie etwas Zerrendes in der Stimme, etwas, das sich jederzeit losreißen konnte. Ohne Geräusch befreite sie ihre Beine aus dem Knäuel der Decke.

»Schmerz wächst wie ein Ballon, der nicht platzen kann.« Die langen Finger des Leutnants wurden sichtbar, er sprach mit ihnen, als führe er Puppenfiguren. »Angst wird Freude, Pein Erleichterung, Qual führt in ein neues Leben.«

Lautlos stellte sie die Füße zu Boden, fixierte das dunkle Viereck der Tür; er hatte die gleiche Distanz dorthin, sie würde schneller sein. Der Leutnant stieß sich von der Wand ab, das Knarren der Ledersohlen, als er den ersten Schritt machte. Inga sprang auf, zwei Schritte, sie zerrte am Türverschluß.

»Ohne Schmerz ist es, als ob ich durch Lautlosigkeit laufe.« Er machte nicht den geringsten Versuch sie festzuhalten. »Als wäre ich nicht mehr unter den Lebenden.« Er sprach jetzt mit einer Stimme, die höher klang, als verberge sie ersticktes Weinen. Ein Luftzug um ihre Schultern, der Stoff des Unterhemdes fühlte sich frostig an. Mit gekrümmtem Rücken erreichte auch er die Tür, sah sie spürbar an; beide standen wie auf einer Gesellschaft, wo einer dem andern den Vortritt läßt. Inga wußte nicht mehr, was sie draußen sollte, machte kehrt und überließ es ihm, die Tür zu schließen. Mit sorgfältig gesetzten Schritten war er bei ihr, wartete, bis sie die Beine anzog, und setzte sich.

»Schmerz ist ein Elixier«, sagte er, »ein Führer, der mich reisen läßt.« Seine Arme lagen parallel auf den Schenkeln. Inga umfaßte seine Schultern, er bewegte sich kaum. Da sie ihn nicht zu sich ziehen konnte, kroch sie kniend heran, preßte ihr Gesicht gegen seinen Hinterkopf. Die weiße Hand fuhr ihr ins Haar, zog sie herum, bis Inga unter ihm lag, ihr verdrehter Kopf in seinem Schoß. Mit der anderen Hand berührte er Ingas Schenkel; die Männerhand, die ihr stets kraftlos erschienen war, hielt sie mühelos fest. Langsam, wie selbstvergessen, gingen seine Finger auf Wanderschaft, drangen in sie ein, verharrten in der Wärme. Sie warf den Kopf herum, Haar riß, kein Schrei in der Stille. Sie wollte ihn ansehen, umfassen, er bestand auf ihrer hilflosen Lage, geöffnet, seinem Griff ausgeliefert. Allmählich gaben die Schenkel nach, die Hitze war nicht länger fortzuschieben. Ihr Körper wand sich, Wildheit und Geduld nahm sie von ihm entgegen, er hinderte sie nicht zu schreien, sorglos, ob andere in der Baracke es hörten, überließ er sie ihrer Lust. Kristallklar drang die Nacht durchs Fenster, gleichmäßige Schritte des Wachpostens irgendwo draußen. Kopfüber sah sie das helle Waschbecken. Die Liste des schweren Gerätes mußte vollendet werden, braune Zettel wanderten von rechts nach links, der lustlose Kommandant, seine Freude im Geldschrank, die Reise mit der geheimen Frau, *England*, Inga zog die Beine an und umklammerte zitternd die Hand in sich. Wie die Luft aus ihr strömte, so streckte sie sich langsam aus. Als fiele ihm nicht ein, was noch zu tun sei, umarmte Alec sie in seinem Schoß.

»Ich gehörte zur Offiziersgruppe, die Marion Kosigk die persönlichen Gegenstände ihres Mannes überbrachte«, sagte er zwischen den Zähnen. »Die Hinrichtung fand um vier Uhr nachts statt, im Morgengrauen standen wir vor der Witwe. Sie führte uns in den

Salon und ließ Tee servieren. An ihrer Seite war ein Mann mit glattem, schwarzem Haar.«

Ingas Arme schlängelten sich hoch, sie streichelte die weiche Binde um seinen Schädel.

»Wir dachten, die Deutschen hätten *nichts*«, fuhr der Leutnant fort. »Sie wären vollkommen auf unsere Hilfe angewiesen. Aber Gabor konnte alles besorgen, er *schob* im großen Stil – Industrieanlagen waren vor der Demontage abgebaut und versteckt worden –, Gabor verkaufte Stück für Stück.« Der Leutnant hustete, wollte sich die Strapazen des Sprechens nicht anmerken lassen. »Ich habe den Major informiert. Kurz bevor wir die Schlinge um Gabors Hals zuzogen, machte der Schieber dem Dicken ein Angebot.« Der letzte Satz klang lachend grimmig. »Der Major hat im Privatleben wenig erreicht. Also beschloß er, die *guten* Jahre zu nützen, ewig kann die Besatzung ja nicht dauern. Er deckt Gabors Transporte und begünstigt dessen Kontakte im Westen.«

»Und du?« flüsterte Inga.

»Fünf Prozent für den Mitwisser.« Ohne Gewalt streifte er ihre Arme ab.

»Du hast mitgemacht?«

Er stemmte die Hände auf die Bettkante, die gespannten Muskeln der Schenkel. »Gabor stellte auch *Circles* zusammen – es gab solche, wo deutsche Frauen Besatzungsoffizieren zugeführt wurden, in anderen Runden wurde gespielt.«

Diesmal war Inga stärker, sie zog ihn zurück. »Und was ist mit der Generalin?«

»Wir haben ihren Mann gehenkt, das kann sie uns nie verzeihen. Aber sie begreift die Notwendigkeit der Stunde, sie benützt unser schlechtes Gewissen.« Das Eisengestell knarrte, als er auf die Matratze sank, freiwillig glitt sein Kopf aufs Kissen. »Marion ist die Spinne im Netz, alle Verbindungen, geschäftlich wie gesellschaftlich, führen durch ihr Haus.«

»Liebst du sie?«

Leise Musik aus dem Casino, jemand spielte Klavier.

»Wir haben uns lange umkreist. Spieler wittern einander.«

Sie ließen das Stück verklingen.

»Was hast du auf dem Konzert gemacht?« fragte Inga, als sie sicher war, er wollte nicht mehr fort.

Er drehte den Kopf. »Du warst dort?«

»Mit den Eltern.« Vorsichtig rutschte sie an ihn heran.

»Hat es dir gefallen?« Er ließ zu, daß sie seinen Arm um sich legte.

»Sehr.«

»Euren Größenwahn hört man sogar in der Musik.«

»Die Leute waren so froh.«

»Im Geist marschiert ihr immer noch.«

Langsam strich sie seinen Rücken auf und ab. »Was wollen die von dir?«

Lange antwortete er nicht, der Atem hob seine Schultern.

»Sie haben mich im Verdacht, *Sondergeschäfte* zu machen. Sie glauben, ich will meine Prozente aufbessern.«

»Geht es nicht um die Spielschulden?«

»Das *Spiel* –« Er wollte sich wegdrehen, die Wand hinderte ihn. »Das sind bloß die Krumen vom Kuchen. Geschäft – Geschäfte. Wir stecken alle tief drin.«

»Kann ich dir helfen?«

»Ach Inga –« Sein alter Ton der Herablassung. »Du glaubst immer noch, dich um mich kümmern zu müssen.« Er zuckte vom Lächeln zusammen, faßte vorsichtig an den Kiefer. »Gabor hat die Ladung aus dem Sowjetsektor geschleust, der Major stellte den Transporter, bei Marion wurde die Fracht gelagert.«

»Welche Fracht?«

Er zögerte. »Ich hab das verdammte Vieh nicht gestohlen.«

Inga ballte die Faust in der Magengrube.

»Was für ein *Vieh*?«

»Zuchtnerz für die Amerikaner. Russisches Monopol, von Gabor rausgeschmuggelt.« Ein keuchendes Lachen. »Aber wie willst du *züchten*, wenn du drei Weibchen hast?«

Sie sah den Käfig vor sich, die wachsamen Augen, spitze Zähne, der Schwanz so lang wie das halbe Tier. Sie hatte es angefaßt, wie weich es war; mit einem Schütteln war es entschlüpft.

»Zuchtnerz«, wiederholte Inga.

»Das Männchen ist verschwunden.«

Stille.

»Vielleicht – taucht es ja wieder auf.«

Er kam hoch, stützte die Arme aufs Bett. »Woher weißt du, daß ich den Nerz nicht wirklich gestohlen habe?«

»Du … hast es mir gesagt.«

Nun war sie sicher, hinter der Binde lächelte er. »Meine Glücksfee.«

»Du bist an Glück gar nicht interessiert«, antwortete Inga so kühl wie möglich.

»Das Unglück ist als Partner verläßlicher.«

Diesmal ließ sie ihn aufstehen, er zog den Verband gerade, ging zur Tür, als breche er von einem Freundschaftsbesuch auf. »Komm mich morgen besuchen.«

Er trat auf den Flur und ins Freie, sie hörte die Schritte im Kies, überlegte, ob er zurück nach **H** ging oder in sein altes Zimmer im C-Block, wo der Spind mit dem Futteral stand und die Lampe auf verziertem Bronzefuß.

25

Die Hand auf der Bettdecke war kalt, Marianne fragte sich, wie das zuging, ein warmer Junimorgen, sie selbst zugedeckt, aber die Hand fühlte sich kalt an. Sie schüttelte das Kissen auf, zog jenes von Erik heran, noch aus der Zeit, als er bei ihr geschlafen hatte. Wie jeden Morgen wollte sie ihn mit dem Frühstückstablett erwarten, aber eine seltsame Unruhe trieb Marianne hoch. Die kalte Hand, das kranke Bein wie taub, als sei es eingeschlafen. Diese Tage waren zuviel für sie, gleichzeitig schämte sie sich ihrer Faulheit, andere meisterten weit mehr. Im Nachthemd am gelben Sessel überlegte sie, ob sie sich eine außerordentliche Zigarette genehmigen dürfe, bis ihr einfiel, sie hatte die letzte Packung geraucht, auch das Blechetui, sonst Behälter des eisernen Vorrats, war leer. Sie trat ans Fenster, die Kastanie brauchte Regen, die Blätter schrumpelten an den Rändern.

Als Marianne die Tochter am Fuß des Baumes sah, überfiel sie das üble Gewissen, Inga zu früh zu viel zugemutet zu haben. Genau besehen ernährte sie die Familie. Marianne rechnete nach, zwei Monate bis zu Ingas Geburtstag. Nach Horsts Tod war sie von einem Tag auf den andern die *Große* geworden und es seither geblieben. Was machte die Tochter frühmorgens im Garten, nachts war sie nicht heimgekommen, oder hatten sie schon geschlafen? Marianne öffnete das Fenster.

»Mußt du nicht zum Dienst?« rief sie gedämpft, um die Nachbarschaft nicht zu wecken.

»Ich wollte mich umziehen«, antwortete Inga ebenso flüsternd.

»Wann bist du gekommen?«

»Spät.« Sie stand auf, ihre Waden waren feucht vom Tau. »Ich wollte euch sprechen.«

»Frühstücken wir zusammen?« Marianne machte eine einladende Geste, wehrte sich gegen das Gefühl, nie freundlich genug zur Tochter zu sein.

»Der Transport wartet nicht.« Inga zeigte zum Gartentor und schulterte die Tasche.

»Wolltest du dich nicht umziehen?«

»Zu spät.« Sie lief am Schuppen vorbei, strich mit der Hand über die Tomatenstauden, verharrte vor dem Hügel, wo das Schaf verscharrt lag. »Ich habe mir übrigens etwas von deinem Zellstoff genommen«, sagte sie und trat auf die Straße.

»Wozu?« rief Marianne. »Worüber wolltest du mit uns reden?« Ein Stich im Bein, sie faßte den Fensterrahmen, wartete, daß der Schmerz nachließ, und zog sich ins Bett zurück. Am besten unternahm sie nichts mehr, bis Erik das Frühstück brachte und sie den kommenden Tag besprachen. Das Bild der Tochter am Fuße des Baumes, verwirrt oder traurig, in den Sachen vom Vortag erschien sie zum Dienst. Marianne zog die Decke hoch, verschränkte darunter die Arme, ihr wurde nicht wärmer.

*

Drei Tage lang war Jasper unaufgefordert aus der Baracke gelaufen, um sein Geschäft zu verrichten, er hatte bei den fünf Föhren gewühlt, sich eingedreckt und war den Lastern in deren Staubwolke hinterhergerannt. An diesem Morgen – Inga war zu spät, hielt noch das abgerissene Kalenderblatt in der Hand, als der Commander eintrat – legte Jasper sich nicht wie sonst unter den Schreibtisch, sondern schnüffelte, sprang mit den Vorderpfoten auf die Ablage, der Korb kippte, begeistert beobachtete der Spaniel, wie Papier durchs Büro segelte.

»Nicht so wild, mein Alter«, sagte der Kommandant, sah Inga einen Augenblick beim Aufheben zu, pfiff dem Hund, ging in sein

Zimmer und schloß die Tür. Nebenan fielen Schuhe zu Boden, das Klirren der Gürtelschnalle. Sie hatte die Ordnung eben wiederhergestellt, als Herr und Hund zum Aufbruch bereit vor ihr standen. Jasper sprang zum Ausgang, die Leine in der einen, die Bürste in der anderen Hand, folgte der Kommandant. »Sagen Sie beim Wachdienst Bescheid.«

Den Hörer am Ohr, sah Inga die beiden über den Sandweg verschwinden. Sie telefonierte, trat vor die Baracke – der Sergeant war irgendwo draußen, das machte ihr Sorge. Sie erwiderte den Gruß des Soldaten von der Tankstelle und kehrte zurück.

Um diese Tageszeit war es ruhig im Camp, nur das Anfahren der Laster, die die Schranke passierten, entferntes Gelächter, die Vögel machten ihren üblichen Lärm. Inga prüfte die Geräusche auf Besonderheiten, niemand näherte sich, sie hängte ihre Tasche über die Schulter und ging, die grüne Mappe aufgeschlagen im Arm, ins Büro des Kommandanten. Sie zog ein Papier hervor, das sie ihm später vorlegen mußte, hob den Kopf, sah ihr verwirrtes Gesicht im Spiegel. Das Haar stand zu Berge, sie trat ans Waschbecken und machte Licht. Ihre Hand verharrte auf der Leuchtschiene, lange war dort nicht abgestaubt worden, sie fühlte den glatten Gegenstand, nahm und verbarg ihn zwischen Handballen und zwei Fingern. Mit der anderen Hand ordnete sie ihr Haar.

Ingas Angst hatte etwas Geschmeidiges; neugierig beobachtete sie jene fremde junge Frau, die keine Skrupel kannte. Sie kehrte zum Tisch zurück und versuchte, über die Mappe gebeugt, den Schlüssel in die oberste Schublade zu stecken. Er griff nicht gleich, beim dritten Versuch glitt die Lade auf. Sie räumte englische Zigarren, ein Segelbuch beiseite und fand den Schlüsselbund des Kommandanten. Fingerfertig prüfte sie das Dutzend Schlüssel, fand den einen, der sich von allen unterschied. Er hatte einen Bart nach zwei Seiten, der Griff war rund und von einem Loch durchbohrt. Während Inga die Lade zuschob, zog sie die Arbeitsunterlage hervor, der Zettel klebte an der Unterkante, sie bückte sich, las die vier Ziffern in der Schrägschrift des Commanders, richtete sich auf, ging ans Fenster. Niemand in Sicht, ein Blick auf die Photographie, das Boot wirkte kleiner als in den Erzählungen des Chefs.

Der Schrank war schwarz, unter der Doppeltür die geschwungene Schrift *Simon & Hadges, Norfolk.* Als würde Inga von einer Wünschelrute geleitet, ging sie, den Schlüssel voran, zum Tresor, schob den Bart in die Vertiefung, leicht glitt er hinein und ließ sich wie erwartet nicht drehen. Zum ersten Mal berührte sie die Scheibe aus poliertem Stahl, rundum gekerbt, die Zahlen waren erhaben und vergoldet. Sie betrachtete die Nummerierung einige Sekunden, drehte das Rad zweimal gegen den Uhrzeigersinn, einmal nach rechts auf die Drei, zuletzt stand die Markierung über der goldenen Sieben. Sie lauschte, bewegte den Schlüssel, er klirrte leise, doch laut genug, schien ihr, um das Lager zu alarmieren. Nach einer halben Drehung steckte er fest, sie zog ihn ein wenig zurück, versuchte es wieder und drehte ihn erleichtert zweimal herum. Ein Ruck an den senkrechten Hebeln, beinahe von selbst glitten die Türen auf, schwangen trotz der schweren Panzerung mühelos in den rechten Winkel und gaben den Blick frei auf Ordner, Metallschachteln und dazwischen, in Wachstuch gehüllt, das Album des Kommandanten. Auch wenn Inga die Bilder seiner Reise neugierig machten, berührte sie die Erinnerungen des Officers nicht. Sie hob die erste Schatulle heraus, öffnete sie und entnahm ihr das deutsche Geld.

In der Tasche hatte Inga zurechtgeschnittene Zellstoffstreifen verstaut, legte sie in die Schachtel, bis sie fast den Rand erreichten und breitete auf jeden Stapel zwei Banknoten. Bis obenhin schien die Schatulle mit Geld gefüllt, auf den ersten Blick ließ sich kein Unterschied feststellen. Mit den englischen Scheinen wollte sie ebenso verfahren, klappte den Deckel auf – der Kasten war zur Hälfte leer. Auch wenn das Ingas Rechnung durcheinanderbrachte, tat sie Zellstoff in die Schatulle, bedeckte ihn, die restlichen Pfundnoten wanderten in ihre Tasche, ebenso die Reichsmark.

Sie wischte die schwitzenden Hände trocken, schob die Metallkästen an ihren Platz, vergewisserte sich, daß alles unverändert aussah, schloß die Türen, zog den Schlüssel ab und drehte die Scheibe in eine wahllose Position. Der Schlüsselbund wurde im Schreibtisch verwahrt, die Lade verschlossen, der Schlüssel über das Waschbord gelegt. Sie bemerkte, wie flach sie atmete, richtete sich auf und tat einen gewaltigen Seufzer. Ihr Blick fiel in den Spiegel – nicht in die eigenen Augen sehen –, sie wandte sich ab, bedeckte den Inhalt der Tasche mit ihrem Kopftuch und kehrte in ihr Büro zurück.

Fast gleichzeitig betrat der Sergeant die Baracke und fragte gutgelaunt nach dem Postausgang. Als ob der Boden sich unter ihren Füßen neigte, machte Inga einen Ausfallschritt – sie hatte die Mappe im Zimmer des Commanders vergessen. Ging noch einmal hinüber, brachte sie, der Sergeant fügte zwei Briefe ein und trug die Mappe persönlich auf den Tisch des Kommandanten zurück. Während er drüben rumorte, krampfte sich Ingas Magen zusammen, sie schrieb eine Bestellung zu Ende, nahm die Tasche und ging nach draußen.

Auf dem Klo kniete sie keuchend über der Schüssel – *Vierundzwanzig Tage*, flüsterte sie ein ums andere Mal, wenn sie das Glück nicht verließ, würden die Blechkästen erst in vierundzwanzig Tagen wieder geöffnet werden. Sie betrachtete den Speichelfaden, der länger wurde, ohne zu reißen. Auf dem Rückweg begegnete ihr der Commander, die Hände in den Hosentaschen, sah er vergnügter aus; Jasper blieb hechelnd zurück, der weite Weg hatte ihn müde gemacht. Der Chef wollte zum zweiten Frühstück, zog sich gar nicht erst um, sondern verschwand auf dem nadelbesäten Weg, der zum Casino führte.

In wacher Besinnungslosigkeit verbrachte Inga die Stunden bis zum Lunch, lief mit ihrer Tasche unauffällig zum D-Block und schloß sich ein. Zahlen, nüchternes Rechnen, halfen, um den Widerstreit in sich selbst zu bekämpfen. Auf der Rückseite des Stenoblocks notierte Inga die Summe, die für die Madonna noch ausstand, sie setzte den Wert des Henning gestohlenen Geldes darunter und den Betrag, den die Eltern Frau Seidler schuldeten. Darauf schüttete sie den Inhalt der Tasche aufs Bett, sortierte die

Pfundnoten aus, zählte die deutschen Scheine, ordnete die benötigten Beträge zu und erschrak, wie wenig übrigblieb.

Ihre Idee, das restliche Geld nach H zu tragen, auf die Decke des Leutnants zu werfen – *Spiel damit, bezahl vom Gewinn deine Schulden, gib es mir wieder, ich lege es in den Schrank zurück* –, wurde angesichts der Summe kläglich. Ingas Gewissensbisse der Nacht, ihr Schuldgefühl gegenüber dem Leutnant, der erwachende Plan, die Skrupel im Morgengrauen, Flucht zu den schlafenden Eltern, schließlich die Tat, verloren durch diese Bilanz jede Romantik und Durchführbarkeit. Sie beschwichtigte ihre Angst damit, das Geld jederzeit zurückbringen zu können; zuvor aber *mußte* sie es anders probieren. Inga kalkulierte, – bezahlte sie den Pferdedoktor, floß die Summe anschließend an die Eltern zurück; Henning würde eine Anzahlung des Betrages als Geste des guten Willens nehmen – Inga teilte die Stapel erneut und stockte das Bündel des Leutnants auf. Schließlich schlug sie das englische Geld dazu und fand, das Ergebnis ließ sich sehen. Sie träumte davon, ihren Schatz sofort durch den Wald zu tragen, direkt an Alecs Bett – von seiner Verblüffung und Freude schwärmend, ließ sie sich auf die Matratze fallen, wo sie gemeinsam gelegen waren, spürte das Geld im Rükken und fächerte es auf der Brust. Schritte draußen zeigten ihr, daß die Mittagspause vorbei war. Sie verstaute die Beute im Spind und lief an die Arbeit. Klarer Himmel zwischen den Föhren, auf die Dämmerung würde sie heute lange warten müssen.

26

Er schreckte hoch, hatte mit offenen Augen geschlafen; dunkle Locken neben seinem Kopf, Inga zog das Laken zurecht und stellte eine Tasche aufs Bett. Der Leutnant gähnte mit vorsichtig geöffnetem Mund.

»Hast du von Schottland geträumt?« Ohne seine Zustimmung abzuwarten, setzte sie sich an den Bettrand.

»Ich träume nicht.«

»Freust du dich auf daheim – den Zug besteigen, ein Schiff übers Meer, und die Küste auftauchen sehen?«

»Offiziere werden ausgeflogen«, antwortete er und wußte, sie wollte etwas anderes hören.

»Habt ihr in Schottland auch *so einen* Sommerbeginn?« Stolz zeigte sie nach draußen, die Hitze ließ in **H** die Dachsparren knakken.

»Wir haben manchmal alle Jahreszeiten an einem Tag.« Er strich über seine Wange, ein Verband war entfernt worden, der Bart wuchs unregelmäßig und kratzte.

»Wirst du daheim wieder Plätzchen backen?«

Überrascht ließ er zu, daß sie seine Hand ergriff. »*Fruitcake*.« Er betrachtete das Lichtspiel an der grauen Wand. »Im Moment halte ich vieles für möglich.«

»Und deine Schulden?«

Diesmal schwieg er, dachte, wie sinnlos es war, sie eingeweiht zu haben. Im klaren Nachmittagslicht empfand er seinen nächtlichen Besuch als Erstickungsanfall, an dem er sie teilhaben hatte lassen, dumme Nachtphantasien – *der Schmerz als Führer* –, er bereute das lebensmüde Gewäsch, das eine wie Inga nicht abschreckte, sondern dahinter ein Abenteuer vermuten ließ.

»Wann wirst du entlassen?«

Er betrachtete ihre Fingernägel, das Rot bekam Sprünge.

»Vielleicht sollte ich dich in Schottland besuchen.« Sie stand auf, setzte sich auf eins der gemachten Betten. »Manchmal gehen Mädchen mit nach drüben«, sagte sie und bestätigte seine Befürchtung. »Vielleicht sehen wir uns aber nie wieder.«

»Meistens geht es so«, antwortete er, ohne sie anzusehen.

»Ich weiß auch noch nicht, was ich mache.« Sie lehnte sich auf die Ellbogen.

»Du?« Seine Überraschung war echt. »Sie werden die Verwaltung den deutschen Behörden übergeben. Man übernimmt dich bestimmt.«

»Stenoblock und Schreibmaschine«, lächelte sie.

»Manchmal ist die Gegenwart unwirklicher als die Zukunft.« Er betrachtete die hingeräkelte Frau auf dem gestärkten Laken.

»Ich habe etwas für dich.« Sie beugte sich vor, geschickt wie ein Zauberer zog sie das Kopftuch von ihrer Tasche, darunter braune und blaue Scheine.

»Was ist das?«

»Für dich.«

Er faßte hinein, ertastete, daß die Tasche bis zum Grund gefüllt war mit Geld.

»Spiel damit«, sagte Inga mit beherrschter Freude. »Bezahl vom Gewinn deine Schulden.«

»Woher?« Unwillkürlich wandte er den Kopf zum Schwesternzimmer.

»Egal.«

Er nahm Zigaretten aus dem Nachttisch und zündete sich eine an. »Erst dachte ich, du bist verrückt.« Er zupfte Tabak von der Lippe. »Dann hielt ich es für Tollkühnheit. Aber das –« Er hob die pralle Tasche. »Bedeutet Kriegsgericht und Gefängnis.«

»Wenn ich es innerhalb von drei Wochen zurücklege, ist es, als wäre nie etwas geschehen.«

»Früher hätte *das* fürs Standgericht gereicht!« Er packte ihre Unterarme, Asche fiel auf das Kleid. »Sie sperren dich ein! Die Sache verfolgt dich dein Leben lang!«

»Ich habe es für dich getan.« Seine Augen waren so nahe, daß sie das Zusammenziehen der Pupillen erkannte. »Nicht aus Liebe«, setzte sie ruhig hinzu. »*Ich* bin schuld, daß sie dich so zugerichtet haben.«

Er ließ sie los, sie genoß sein Erstaunen.

»Im Süden, wo der Mühlfluß die Stadt verläßt und durchs Wehr strömt, wo die Wassermassen strahlenförmig den eisernen Fangzaun durchbrechen, dort haben sie mich von der Schleuse gehängt – bis das Seil riß.« Er zog an der Zigarette. »*Daran* willst du schuld sein?«

Im Schwesternzimmer ging das Licht an.

»Ich habe den russischen Nerz befreit«, antwortete Inga und breitete das Kopftuch über das Geld. Sein Kiefer sank, bis er schmerzvoll an den Draht in seinem Mund erinnert wurde. Zum ersten Mal erlebte sie, daß es dem Leutnant die Sprache verschlug.

»Sie sind wahnsinnig schnell.« Inga zuckte die Achseln. »Er ist mir entwischt.«

Während sie seine ungläubigen Fragen beantwortete, von den löcherigen Hosen des Kommandanten, dem Schlüssel auf dem Waschbord erzählte, überlegte Inga, was der Nerz wohl mit seiner Freiheit anfing. Machte er Jagd auf Frösche und kleine Vögel, ernährte er sich von Insekten, vermißte er seine Weibchen? Drüben hörte sie die Tür des Wäscheschrankes gehen, gleich würde die Schwester kommen.

»Nimm es.« Inga drängte ihm die Tasche auf.

»Bist du verrückt?« Er schob sie zurück.

»Behalte es!«

Als wären sie Darsteller in einer Klamotte, schoben sie das Geld hin und her. Sein strenger Blick beeindruckte Inga nicht, sie ruckten und kämpften, bis die Schwester eintrat und den Leutnant fragte, ob er etwas gegen die Schmerzen wolle.

»Schmerzen?« Mit gefalteten Händen lag er da. »Wer hat Schmerzen?«

Inga stand auf.

»Vergiß deine Tasche nicht«, lächelte er. »Du hast es gut, kannst den herrlichen Abend genießen.«

Sie spürte den abwartenden Blick der Schwester, nahm das verborgene Geld und ging, während die andere das Bett frisch bezog.

Nach staubiger Fahrt kam Inga zu Hause an, ließ das Gatter offen, rannte zum Geräteschuppen und warf sich auf das Bündel Stroh, das der Vater in die Ecke gekehrt hatte. Durch die Tür sah man den Hügel mit lila blühendem Rittersporn – sie beneidete das Lamm, weil es sich unter der Erde ausruhen durfte. In hohem Bogen warf Inga die Tasche in den Garten, bei den Tomaten landete sie wie ein unförmiger Fußball.

Standgericht und Gefängnis, ging ihr durch den Kopf – Standgericht, fort von allem, das Geld reichte, um sich in eine andere Zone abzusetzen. Nicht der Leutnant verließ sie, nordwestwärts unter britischer Flagge, Inga war es, die weiterzog. Sie lehnte sich an die Wand. Wie lange das her war, nächtliches Spiel in einer Baracke, wie unbeschwert es begonnen hatte, ohne Geld – jetzt hatte sie Geld, doch die Leichtigkeit war dahin. Wie sie da saß, auf dem Stroh im Geräteschuppen, erschien ihr das Unberechenbare mit einem Mal als das Vernünftige – *Spielen* –, was kümmerten sie die Geschäfte, Schieber und Machenschaften; sie wollte etwas riskieren – wenn nicht für Alec, dann für sich selbst –, *spielen,* gewinnen, von keinem sich etwas sagen lassen. Inga stand auf, zupfte Stroh aus dem Kleid und trat ins Freie. Mit Blick zu den Elternfenstern hob sie die Tasche zwischen den Stauden hervor, pflückte eine Tomate vom Strauch, biß hinein, ließ den Saft ins Gras tropfen.

Alle Verbindungen führten zum Haus der Generalin. Sie war die Spinne, in ihrem Netz saßen die Nerze, Gabor, selbst die Briten.

»Himmel oder Hölle«, flüsterte Inga und beschloß, das Geld zu vermehren. Spieler wittern einander. Lachend verbarg sie die Tasche unter der Achsel und betrat das Haus. Es roch nach gebratenem Bärlauch.

27

Sie fand August inmitten des lehmigen Vierecks, wo die Pferde jeden Grashalm gefressen oder zertrampelt hatten. Am Zügel führte er den Wallach im Kreis, hielt mehrmals, prüfte dessen Gehorsam, gab ihm Raum und begann zu laufen, als der Graue in Trab fiel. Mann und Pferd wurden vom Licht entzweigeschnitten – halb noch im Schatten, halb erfaßt von der rosa Ankündigung des Tages. August mußte Inga bemerkt haben, doch seine Aufmerksamkeit gehörte dem Tier. Sie kletterte auf das Gatter und sah der Unterrichtsstunde zu. Behutsam, lauschend setzte das Pferd die Hufe, im verlangsamten Schritt ging es in die Runde, bis die beiden vor Inga hielten.

»Zur Zeit bockt er.« August hob das Auge. »Als ob er sich an seine Tage als Hengst erinnert.«

»Die Hitze vielleicht.« Sie klemmte den Rock zwischen die Beine.

»Es wird noch heißer.« Gemeinsam schauten sie in die Sonne, die wie eine Bedrohung über der Stadt erschien. Inga sprang zu Boden, der Wallach setzte erschrocken zurück.

»Und die Geschäfte?«

»Im Moment geht wenig.« Schweiß geriet ihm ins Auge, er kniff es zu. »Alles wartet ab.«

Neben dem Gatter stellte sie die Tasche zu Boden und hielt ihm das in Zeitungspapier gewickelte Geld hin. »Zähl es. Samt Zinsen.«

Als sei es ein Betrübnis, betrachtete er die Banknoten. »Woher weißt du es?« fragte er, übergab Inga den Zügel und zählte. »Reden sie im Lager darüber?«

Mißtrauisch nahm das Auge sie ins Visier, Ingas fragender Blick stimmte ihn um, er umschloß die Reichsmark mit der Zeitung.

»Also gut. Holen wir deine Madonna.«

»Behalte sie.« Sie lief ihm nach. »Gib das Geld Marianne. Sag, du hättest die Statue verkauft.«

Er löste den Lederriemen vom Pfosten und ließ sie hinaus, bevor der Wallach näher trabte. Schweigend nahm er dem Pferd das Zaumzeug ab, stülpte ihm den Stirnriemen über, gab dem Grauen einen Klaps und schloß das Gatter. Sie gingen über den Hof. Inga spürte, das war noch nicht alles.

»Eure Madonna ist mehr wert«, sagte der Pferdedoktor.

»Dann gib Marianne eben mehr.« Zusammen erreichten sie den Schatten des Vordaches.

»Wann braucht ihr es?«

»Bis zum zwanzigsten.«

Das Datum amüsierte ihn. »Ausgerechnet zum *zwanzigsten*?«

Er lachte, daß die Narbe des zugenähten Auges zuckte, schob das Geldbündel unter den Arm und gab Inga die Hand. »Grüß Marianne von mir, sie kriegt ihr Geld.« Er verschwand im Büro.

Sie schlenderte zum Ausgang und überlegte den kürzesten Weg zum Kosigk-Palais.

Inga passierte die Einfahrt und ließ sich anmelden. Man zögerte, bat sie jedoch weiter, forderte sie auf sich zu setzen. Inga schlenderte durch einen Saal, von dem aus Türen in alle Richtungen führten. Sie genoß den hohen Raum, die Kühle der Wände, doch mit jeder verstreichenden Minute schwand ihre Zuversicht. Marion Kosigk ließ sie lange warten.

»Schickt Alec dich?« Im Bademantel trat sie ein, ein halbvolles Glas in der Hand; weder Überraschung noch Begrüßung. »Wann wird er entlassen?« Die Generalin suchte einen Platz, um das Glas abzustellen.

»Er weiß nicht, daß ich hier bin«, antwortete Inga so zögernd, daß die andere bereits die Tür ins Freie aufstieß. Inga bemerkte Männerschlafanzughosen unter dem Mantel und ausgetretene Pantoffeln.

»Es geht ihm besser.« Zögernd folgte sie der Hausherrin auf die Terrasse. Die lehnte sich an die Balustrade, der kleine Finger trommelte auf den polierten Marmor.

»Scheußlicher Unfall. Er ist vom Pech verfolgt.«

Inga fragte sich, wieso die Kosigk davon ausging, sie wisse über die Zusammenhänge nicht Bescheid. Wie konnte die Generalin mit dem Leutnant befreundet sein und gleichzeitig zulassen, daß man ihn mißhandelte? Hatte sie selbst den Auftrag gegeben, ihn vom Wehr herab in die Schleuse zu hängen, wo das Wasser durch den Fangzaun brüllte? Inga fühlte sich *eingeweiht*; brauchte sie nicht bloß über den Park zu zeigen, zu jenem Riß in der Mauer?

»Hast du endlich mit ihm geschlafen?« fragte die Generalin und stellte das Glas so hart ab, daß der Stiel brach, die untere Hälfte fiel in den Garten. »Natürlich nicht. Alec verabscheut Berührung, er verabscheut Geräusche und grelles Licht. Er ist ein äußerst interessantes Exemplar.« Sie ließ den Rest des Glases zu Boden fallen.

»Ich wollte mit Ihnen nicht über Alec sprechen.«

Die Kosigk drehte sich um, der Bademantel klaffte über der unbedeckten Brust. »Du *wolltest*?«

Inga nahm allen Mut zusammen. »Ich möchte spielen«, sagte sie.

»Warum tust du es nicht?«

Die Arroganz hätte Inga nicht gestört, nur das völlige Desinteresse. »Wann spielen Sie wieder?« fragte sie in einer Schroffheit, die sie selbst überraschte. »Ich habe das nötige Kapital.«

Die Kosigk schaute nach oben, als komme Ingas Stimme von einem anderen Stern. »Das ist dein letzter Besuch«, antwortete sie ohne Wucht oder Nachdruck. »Hier gibt es nichts mehr für dich.« Mit dem Pantoffel wischte sie eine tote Schnecke von den Fliesen.

»Ein schlimmer Treffer.« Inga zeigte zum Laubengang. »Wie sieht es im Inneren aus?«

»Baufällig.« Die Generalin musterte sie mit dem Ausdruck gelangweilten Mitleids. »Alles einsturzgefährdet. Man sollte draußen bleiben.«

Ein Moment lang gab es nur das Lärmen der Vögel.

»Dann verzeihen Sie die Störung.« Inga wich den Splittern auf dem Boden aus. »Soll ich Alec etwas bestellen?«

Die Generalin zog den Mantel vor den Busen. »Gute Besserung.«

Ohne Verabschiedung, ohne ein weiteres Wort verschwand sie im dämmerigen Haus, die weichen Schritte verloren sich im Inneren.

28

Statt wie jeden Montag die Läden zu öffnen, die Haube von der Maschine zu nehmen und Teewasser aufzusetzen, blieb Inga in gehörigem Abstand von ihrem Büro stehen und betrachtete das Holzhaus, das sich von den anderen nur durch die Fahne auf dem Dach unterschied. Der Chef hatte sie in den vergangenen Jahren gerecht behandelt, zuvorkommend, er maßregelte sogar den Sergeant, wenn dessen Verachtung der Deutschen mit ihm durchging. Einen Vorgesetzten wie den Commander wünschte man sich; und sie hatte ihn hintergangen.

Wie eine Schülerin, die sich mit schlechtem Zeugnis nicht heimtraut, strich Inga um die Kommandobaracke – Ziegelbacken statt eines Fundaments, darunter Abfall und Unkraut, der Vorbau als Miniatur englischer Heimeligkeit, Plattform und Geländer, Aussicht ins Dickicht der Föhren. Hier kommandierte der einsame Mensch, das Boot an der Wand, den Hund unterm Schreibtisch, war er der Überzeugung, seine Zeit zu vertun.

Vielleicht um ihre merkwürdige Verlassenheit abzuschütteln, hatte Inga die Tasche mit dem ungewöhnlichen Inhalt wieder ins Lager geschafft. Auf dem Laster war den jungen Männern die pralle Tasche aufgefallen, der Wachhabende hatte sie aufmerksamer gemustert als sonst. Sie stellte sich vor, zum Commander zu gehen wie zu einem Vater, ihm alles, das sie noch hatte, auszuhändigen und die Spielkarten nie wieder anzurühren. Jede Strafe würde sie mit Erleichterung entgegennehmen, denn hinterher gab es die Schuld nicht mehr. Gleichzeitig fürchtete sie den Augenblick der Enttäuschung bei keinem so sehr wie bei ihm. Brauchte es nicht ein kriminelles Gehirn, seine Nachlässigkeit auszunützen, die Sache mit den Hosen und Schlüsseln zu erdenken und durchzuführen? Inga war überzeugt, ein schlechter Mensch geworden zu sein und kein Zurück mehr zu finden, bis zu dem Tag, an dem alle von ihrer Verwerflichkeit erfuhren.

Vor einer aus dem Boden wuchernden Wurzel blieb sie stehen – wie ein Seeungeheuer erhob sie sich und verschwand im Sand –, niemand würde die Tat einer Diebin tollkühn finden. Die Regeln gebrochen zu haben, machte sie nicht zum freien Geist, sondern zur Ausgestoßenen. Im wirklichen Leben wurde ihr gewandtes Abenteuer zu etwas Hinterhältigem, Schäbigem.

Morgens gehörte der Kommandant zu den Ersten, in Kürze erwartete er seinen Tee, entnahm die Biscuits der zweituntersten Schublade. Setzte Inga nicht gleich Wasser auf, veränderte sie den Zeitplan, würde ihn das irritieren. Dennoch entfernte sie sich von ihrem Arbeitsplatz, eine Föhre weit, noch eine, die Tankstelle tauchte auf.

Der Flieger begrüßte sie, Inga fragte, ob Flugzeuge erwartet würden – noch diese Woche –, sie wollte wissen, was abtransportiert werde – diesmal würde etwas *gebracht*. Ein Wagen der Militärpolizei tauchte auf, das ungleichmäßige Motorgeräusch auf der holperigen Piste, der Fliegersoldat nahm das Vorhängeschloß von der Zapfsäule und warf das Aggregat für Dieselsprit an. Der Fahrer blieb sitzen, der zweite sprang ab und öffnete den Tankdeckel. Als Inga weiterging, wurde gehupt, zufällig oder um sie zu erschrecken, sie drehte sich nicht um.

Auf dem Vorplatz des Casinos sah sie den Kommandanten auftauchen, er hielt Jasper an der Leine, morgens gebärdete sich der betagte Hund wie ein Junger, sprang jeden an, der ihm begegnete. Sie malte sich aus, wie der Chef feststellte, daß er der Erste war, der Kessel noch kalt, der Geruch vom Vortag im Zimmer, er würde auf die Plattform treten und nach ihr Ausschau halten. Bestimmt ließ er zwanzig Minuten verstreichen, bevor er die Wache anrief und sich erkundigte, ob die *Civilian Employee* die Schranke passiert habe.

Die Dienstbaracke verschwand zwischen den Bäumen. Längs der Waldgrenze entfernte sich Inga, tauchte ins Unterholz ein, die Morgensonne, wohltuend harmlos, folgte ihr, hinter jedem Baum blitzte sie hervor. Noch nie war sie tagsüber zu der verlassenen Baracke gegangen, sie zögerte vor dem ersten Schritt aus dem Dikkicht. Vom Gestrüpp fast verdeckt, fielen ihr Wagenspuren auf, unmöglich stammten sie von Gabors Auto, Regen und Wind hätten sie längst verwischt.

Inga näherte sich der Wetterstation von der Fensterseite, ein Blick zum Lager, Gestalten zwischen den Bäumen, die Ruhe eines Feriendorfes. Sie umkreiste das Haus und trat breitbeinig vor die Tür. Der Bolzen hing in der letzten Kante, sie ergriff den Knauf mit beiden Händen und zog; schon beim zweiten Versuch gab das Schloß nach. Inga taumelte rückwärts, bemerkte, wie im Inneren etwas Winziges in die Ecke huschte, auch ein Weberknecht floh den Türstock hinauf; das Spinnennetz im Fensterkreuz bewegte sich im Luftzug. Sie ging hinein, als ob sie einen Traum betrat.

Wie hell Onkels Tischtuch geworden war, gleichmäßig hatte sich die Staubschicht darüber gelegt, auch auf der Bastlampe flirrte ein grauer Pelz. Im Regal standen die Ginflasche und der blaue Siphon, Inga rückte eins der metereologischen Geräte beiseite, überlegte einen Moment und schob die Tasche mit entschlossenem Ruck dahinter. Sie trat zurück – von dem rötlichen Leder war nichts mehr zu sehen. Ein Jeton lag noch auf dem Tisch; er hinterließ einen staubfreien kreisrunden Fleck, sie schloß die Finger darum, Glücksbringer, dachte sie und steckte ihn ein. Während sie die Tür von außen zudrückte und einen Stein davor legte, freute sie sich auf die Zurechtweisung des Commanders. Er würde sie maßregeln, ohne von ihrer wahren Schuld etwas zu ahnen. Unterwegs nahm Ingas Heiterkeit mit jedem Schritt zu.

Unverzüglich wäre sie ins Büro gegangen, hätte der Wagen der Militärpolizei nicht davor geparkt. Dem Commander war die Miliz ein Dorn im Auge, er fand deren sture Handhabung des Reglements unbritisch. In diesem Moment hineinzuplatzen, schien Inga unklug, sie entschied, erst in Station H vorbeizuschauen.

Der Leutnant lag nicht im Bett, trug keine Krankenmontur, sondern Hemd und Uniformhose. Ein weiterer Verband war entfernt worden, sein Gesicht kehrte allmählich wieder, Inga entdeckte eine graue Insel am unrasierten Kinn.

»Hast du das Geld zurückgebracht?« fragte er, kaum daß sie eintrat.

»Beinahe.«

»Was heißt das?«

»Es ist im Lager.« Sie ließ sich nichts von der Fröhlichkeit nehmen.

»In deinem Spind finden sie es.«

»Nicht im Spind.« Sie hielt vor der Tür, wo die Sonne ihr ins Gesicht schien. »Es ist Spielgeld«, lächelte Inga, um ihm das Rätsel schmackhaft zu machen. Er sah sie verwundert an, langsam ging sein Kopf Richtung Rollfeld, hinaus auf die Piste aus geborstenem Beton.

»Vielleicht sehen wir uns erst wieder, wenn wir ganz alt sind.« Fünf lange Schritte, bis sie bei ihm war und ihn umarmte. Sein Herz schlug, als ob er schliefe. Plötzlich bewegte sich seine Hand, vorsichtig, als suche er etwas, tastete er über Ingas Hinterkopf.

»Deine Spange«, sagte er. »Die mit dem Perlmutt, vermißt du sie nicht?«

Sie hob den Blick. »*Du* hast sie?«

»Seit langem.« Er drehte ihr Haar zu einem Knoten zusammen. »Bevor ich fahre, will ich daran denken, sie dir wiederzugeben.«

Die Stationsschwester konnte noch nicht aus der Frühstückspause zurück sein, die Schritte stammten von jemand anderem. Männerstimmen draußen, Inga löste sich, dort stand eine Silhouette mit Helm. Der Mann nannte Ingas vollständigen Namen – es genierte sie, daß Alec ihren zweiten Vornamen erfuhr. Ein weiterer Militärpolizist kam dazu, die Arme auf dem Rücken verschränkt, erklärte er, sie müsse mitkommen. Der Leutnant fragte die Polizisten nach dem Grund. Zum Verhör, antwortete der erste, der Grund sei ihm nicht bekannt. Inga warf einen Blick zurück, noch konnte sie durch das Schwesternzimmer entkommen. Alec wollte erfahren, wer die Befragung veranlaßt habe. Der zweite MP nannte den Dienstgrad des Leutnants mit übertriebener Höflichkeit und antwortete, das gehe ihn nichts an; er dürfe die Verhaftung nicht behindern.

Dumpf fiel ein Föhrenzapfen aufs Dach. *Verhaftung.* Neben dem Bodenlosen, das Inga empfand, spürte sie eine seltsame Befreiung – eine *Verhaftete* brauchte weder zu kämpfen noch zu bangen, der Schnitt, der sie von den übrigen trennte, war vollzogen. Sie prüfte, ob alle Blusenknöpfe geschlossen waren, ging am Leutnant vorbei zu den MPs, die vor und hinter ihr Aufstellung nahmen. Zu Alec gewandt, zuckte Inga die Achseln und trat in die Hitze. Im Gänsemarsch überquerten sie die Terrasse, gewohnheitsmäßig hob sie die Füße im tiefen Gras, dabei war es trocken wie Stroh. Beim erhobenen Schlagbaum rauchte der Waliser, der ihr viele Male die Schranke geöffnet hatte; unwillkürlich fuhr er herum, als er sie zwischen der ungewöhnlichen Eskorte erkannte. Über den Sandweg ging es zur Kommandobaracke. Während Inga eintrat, nahmen die beiden draußen Haltung an, als hätten sie die Verhaftete im selben Moment vergessen.

Nicht der Commander empfing sie, ans Fenster gelehnt wartete der Sergeant darauf, daß die Durchsuchung von Ingas Büroseite abgeschlossen wurde. Er sah sie schweigend an, es war ein Schweigen, das ihr Angst machen sollte; dabei lag die Angst längst um sie wie ein Mantel. Er schien nicht überrascht, als die Suche ergebnislos blieb, und gab Anweisung für den Wagen. Unter Bewachung ging es wieder hinaus, vor ihnen hielt dasselbe Fahrzeug, das morgens betankt worden war. Obwohl der Fahrer Inga erkannte, behielt er sein Staunen für sich. Man wies ihr den hinteren Platz zu, zwei MPs drängten sich rechts und links daneben, mit zurechtgerücktem Barett schwang sich der Sergeant auf die Beifahrerseite.

An der Föhre ging es hart in die Kurve, sie rasten über den Sandweg, ein Schlagloch katapultierte Inga hoch, zwei Arme hielten sie fest. Ohne ihre Lage zu vergessen, gefiel es ihr, das Camp so zu verlassen, wie sonst nur die Offiziere; verwundert hielt der Waliser die Eisenstange in Schwebe.

Rundum schwankte das Sommergras, die Pappeln blinkten, die rostige Panzerkette war endlich von den Brombeerranken verschluckt worden. Inga kannte die hellrosa Blumen, die längs des Wassers auftauchten, nicht beim Namen. Schneller als sonst rückte die Stadt näher, es huschten die Gassen vorbei, die sie täglich zu Fuß durchquerte – mit einem gewaltigen Satz war das Elternhaus da. Der Fahrer hielt so hart, daß alle nach vorne geworfen wurden. Der Sergeant suchte umsonst nach der Klingel, Inga stieg als letzte aus und öffnete die Gartenpforte. Sie wünschte ihnen den Schreck zu ersparen und rief Mutters Namen zum Fenster hoch. Der Sergeant verbat jeden Sprechkontakt, eine Hand packte Ingas Arm von hinten. Ihr Blick ging zum Nachbarfenster – zwei Gestalten, vier neugierige Augen.

Stiefelgepolter, sie kamen um die Ecke, wo früher die Pendeluhr gestanden hatte; Erik und Marianne saßen am Tisch, Sonnenlicht brach sich im Wasserkrug. Der Sergeant nahm breitbeinig Aufstellung, wollte die gewohnte Respektlosigkeit an den Tag legen, da erhob sich Ingas Vater – überrascht beobachtete der Unteroffizier, wie der Menschenturm vor ihm höher und höher wurde. Aus welchem Grund Erik daheim statt Gabardine den eleganten Flanell trug, blieb sein Geheimnis, jedenfalls beantwortete der Sergeant Eriks Frage nach dem unerhörten Eindringen höflicher, als es seine Absicht gewesen war. Es gehe um Diebstahl, eine formelle Durchsuchung, er verbat den Eltern jede Kontaktaufnahme zur Tochter. Erik stand kerzengerade, seine Hand suchte die Tischplatte, um die Knöchel darauf zu stützen. Marianne sah Inga nur an. Auch wenn der Tochter beider Blicke durch Mark und Bein gingen, war die Befürchtung, welche Schlüsse sie zogen, noch schlimmer. Sechzehnter Juni, sagte der Kalender an der Wand –

mußten sie nicht annehmen, Inga habe *für sie* gestohlen? Durchsuchung, Anklage, das Erschrecken der Eltern, Mariannes Vorwurf, Eriks Verzweiflung hätte sie ertragen, nicht aber die Herzensverwirrung der beiden. Nicht deren Not hatte Inga zur Tat getrieben, deren ausweglose Situation war nicht der Grund für ihre eigene – Ingas Motive waren so gewöhnlich und voller Eigennutz, daß ihre schlimmste Befürchtung war, sie offenbaren zu müssen. Darum erschien ihr die Lüge folgerichtig und verlockend zugleich.

»Ein dummer Irrtum«, sagte sie, das Gebot des Sergeants mißachtend. »Ich habe nicht gestohlen.«

Sie wurde gemaßregelt, die MPs ergriffen ihre Arme, der Sergeant fragte, wo Ingas Zimmer sei. Erik war anzusehen, wie heftig er aufbrausen wollte.

»Oben«, antwortete sie rasch.

Zu viert machten sie kehrt, liefen in Reihe die Treppe hoch, am Eingang zur Mansarde wurde Inga angehalten, die Polizisten drängten ins Zimmer. Erik erschien im ersten Stock, dahinter die Mutter, der Sergeant schirmte die Familie voreinander ab. Seltsame Dinge kamen zum Vorschein, zerbrochenes Spielzeug, Bilderbücher mit Hakenkreuz, das Puppenhaus mit zerquetschtem Dach, in das Horst seinen Ball geworfen hatte. Inga beobachtete, mit welchem Ernst die Polizisten ihre Wäsche durchsuchten, Schuhe und Strümpfe und all die Kleinigkeiten.

»Weiter«, sagte der Sergeant und zeigte zur Leiter, die auf den Speicher führte.

»Kommt nicht in Frage!« rief der Vater.

Das Verbot reizte den Sergeant um so mehr, er stieg als erster hinauf, Inga wurde befohlen zu folgen. Umsonst hielt sie den Rock um die Knie fest, der MP dahinter mußte ihre Beine sehen. Während sie kletterte, durchfuhr sie der Schreck – die *Bilder,* Eriks unvernichtete Erinnerungen, die Mappen und Ölgemälde, der Schmuck des Goldfasans. Erik stand kreidebleich neben der Luke; unfähig zu folgen, wartete Marianne am Fuß der Leiter. Sie suchten sorgfältig und lange, sie fanden alles, bis auf das Geld. Mit einem Mal wurden nicht gegen Inga Beweisstücke gesammelt, sondern gegen ihren Vater. Die Militärpolizisten hatten alle Hände voll zu tun, den Fund nach unten zu schaffen; ein Bild rutschte und fiel, neben Marianne prallte der Führer auf die Dielen, sein Blick mißbilligte das Tun der Engländer. Da habe man ja in ein richtiges *Nest* gestochen, kommentierte der Sergeant seinen Erfolg.

Es ging in den Garten, sie warfen Eriks Harken und Bohnenstangen durcheinander, durchsuchten das Stroh, den Schuppen. Als sie mit Inga das Grundstück verließen, waren in allen Nachbarhäusern die Fenster besetzt; die Neugier veränderte die Mienen der Leute, die Inga von Kindesbeinen an kannten.

Auf dem Rückweg wirkten alle ermüdet, der Sergeant saß gegen die Stahlstrebe gelehnt. Die Trägheit erfaßte auch Inga, für Momente versank sie, schrak hoch, als sie die Pappelallee längst hinter sich hatten. Sie war überzeugt, nun würde das Verhör beginnen, fragte sich, ob man jemand aus der Stadt schickte oder ob der Commander den Fall selbst übernahm. Von der Lagereinfahrt ging es jedoch nicht zur Kommandantur, sondern links herum, auf den Weg zum Haftblock.

Sämtliche Baracken hatten Gitter vor den Fenstern, die eine, in der sich die Zellen befanden, unterschied sich nur durch die Tür aus Metall. Das *Inhaftierungsformular* kam Inga in den Sinn, ein halbseitiges Blatt, Name und Einheit, die Zeile für den Haftgrund, ein Kästchen für die Anzahl der Tage, ein anderes für die Zellennummer. Gewöhnlich hatte, nachdem Inga das Ausfüllen übernahm, der Kommandant seinen Krakel daruntergesetzt, der Sergeant leitete die Order weiter. Während sie ausstieg, überlegte Inga ernsthaft, wer das Formular für *ihre* Inhaftierung ausgefüllt haben mochte. Womöglich war der Vorgang noch unbearbeitet; unerledigte Akten waren dem Commander ein Greuel, nur ein leerer Schreibtisch sei ein leistungsfähiger Schreibtisch, hatte er ihr eingeschärft.

Sie schlossen von außen auf, woran Inga erkannte, im Inneren gab es keine Wache, sie würde die einzige Insassin sein.

»Wann werde ich verhört?« stellte sie den Sergeant zur Rede.

Der hielt vor dem dunklen Viereck, das Inga nun aufnehmen würde. »Früh genug.«

»Ich habe nichts verbrochen«, sagte sie mit Festigkeit. »Ich habe ein Recht, meine Unschuld zu beweisen.«

»Mach mir keine Schwierigkeiten, Inga.« Er bekam jenen trüben Ausdruck, wie wenn er nachmittags sein erstes Bier herbeisehnte. »Morgen ist auch ein Tag.«

»Morgen?« Auf den letzten Schritten überlegte sie das Kleiderproblem; sie trug das Leichte aus Baumwolle, hatte nichts, sich umzuziehen, in ihrer Unterwäsche zu schlafen, schien ihr unschicklich. Auf den Stufen ließ der Sergeant ihr den Vortritt.

»Der Chef ist längst heimgefahren.«

Der schmale Flur, rechts und links Eisentüren, es war heiß wie in allen Baracken, sie aber durchfuhr die Kälte. Der junge Flieger fiel ihr ein – Taschenmesser, Feuerzeuge, eine Uhr hatte er gestohlen –, wie lange war er eingesessen? Wie würde das Kriegsrecht bei ihr zur Anwendung kommen? Der Fahrer des Wagens tauchte mit dem Schlüsselbund auf, hatte Mühe, den richtigen zu finden. Wie war die Sache entdeckt worden? Durch den Commander persönlich, sein Ritual, den Tresor zu öffnen, um die Reisebilder zu betrachten – hatte Inga etwas in Unordnung gebracht, die Schatullen nicht an ihren gewohnten Platz gestellt? Schwer ging das Türblatt in den Angeln, im Inneren war es kühler als erwartet, das Bett unterschied sich nicht von denen in den Unterkünften; das Waschbecken, der Eimer – Inga spürte den neugierigen Blick des Sergeants. Keine Kritzelei an der Wand, kein Gestank, es war ein hübsches Zimmer mit Blick auf die Felder, der Mais stand für Juni schon hoch. Sie drehte sich um.

»Bis morgen«, sagte der Unteroffizier, überraschende Wärme in seiner Stimme. Sie setzte sich, strich über die Wolldecke, hörte das zweimalige Sperren der Tür. In diesem Moment wurde ihr klar, daß es von nun an für sie nichts mehr zu tun gab. In Gedanken riß sie das Kalenderblatt ab.

— 29 —

Das Kleid am Nagel neben dem Waschbecken, die Decke um ihre Schultern, die Sandalen dicht bei den Füßen – nachts würden sie nicht kommen; Inga wollte dennoch bereit sein. Draußen streichelte ein Ast die Baracke, der Gitterschatten an der silberigen Wand, vom Bett aus hatte man freien Blick auf die Landschaft. In den wenigen Stunden Dunkelheit hatte Inga Katzen streunen, einen Hasen springen gesehen, auf der Landstraße waren acht Autos vorbeigefahren. Nun schwand der Mond, die Konturen verschwammen.

Eriks beidseitig gebügelte Hemdkragen fielen ihr ein, die Sakkos mit den Schulterpolstern, seine Kniestrümpfe, durch Gummizug festgehalten, der Seidenglanz seiner Krawatte, der polierte Schuh. Als er zum ersten Mal einsaß, hatten sie seine übertriebene Sauberkeit belächelt, die er als Festung um sich errichtete und verteidigte bis zum Schluß. Das Parteimitglied, der Goldfasan wußte nicht, daß man damals einem Schwerverbrecher auf der Spur war, Kommandant der Waffen-SS, der mit seinem Hinrichtungskommando über die Dörfer zog, henkte, erschoß und die Kapitulation durch Einschüchterung hinauszögern wollte. Häufig war er in Gesellschaft eines Hünen gesehen worden, ein riesiger Mensch mit Seil über der Schulter, der auf den Wink des Kommandanten Leute auf offener Straße ergriff und an der nächsten Laterne henkte. Der Mann war von vielen beschrieben worden, ein schöner, strohblonder Teufel, angeblich Brillenträger – in seiner Zelle hatte Erik keine Ahnung davon, wie ähnlich er jenem sah und was die Verhöre bedeuteten, die ihn mit dem Henker in Verbindung brachten. So wußte Ingas Vater auch nicht, daß die Engländer in ihm weit mehr als einen *Nichteinwandfreien* sahen. Kurz vor Eriks Prozeßbeginn wurde der SS-Kommandant im Wald gestellt, seine Rotte aufgerieben, der blonde Hüne starb nicht am Strang, sondern durch die Kugeln des britischen Schnellgerichts.

Inga hob die Beine aufs Bett, schob die Füße unter das Kissen. War es bei Frau Seidler so ähnlich gewesen? Hatte die verschreckte Frau in jener Nacht, als die Meute vor ihr Haus kam, in Wirklichkeit nicht Ingas Vater gesehen, sondern *irgendjemand*? War ihr Vater einer, den man *gerne* verwechselte, erinnerte man sich seiner leicht, weil er ein Bild für das Ganze abgab? Der richtige Typ, groß, überlegen, markant – man brauchte solche wie ihn, um der Zeit ein Gesicht zu geben. Nun hatten die Engländer seine Bilder und Embleme gefunden, Eriks unrühmliche Nostalgie brachte ihn zum zweiten Mal in Gefahr. Vater und Tochter im Gefängnis, Marianne allein zu Hause, die Rente unhaltbar – das Morgengrauen überraschte Inga mit der Klarheit, daß das Schicksal ihrer Familie den Krieg erklärt hatte.

Die Streife kam früher als erwartet, sie bat um eine Minute sich anzuziehen. Zu Fuß durchquerten sie das Lager, die frühe Stunde ersparte ihr den Spießrutenlauf, vorbei an den neugierigen Soldatengesichtern. Ingas Erleichterung, daß ihr väterlicher Chef das Verhör leitete, wich der Erkenntnis, in ihm von nun an einen anderen vor sich zu haben. Während der Befragung hatte sie stehen zu bleiben, Militärpolizei an der Tür, ein Jurist im Captainsrang als Beisitzer, gläsern und unpersönlich eröffnete der Kommandant die Prozedur. Er wirkte verschlafen, unrasiert, trug die Hose der Ausgehuniform, das Kurzarmhemd war schlampig gebügelt. Inga betrachtete die Bootsphotographie und den schwarzen Tresor. Die füllige Schreibkraft mußte aus der Stadt geholt worden sein. Der Tag begann strahlend, zwei Stunden vielleicht, dann würde die Baracke erneut zum Schwitzkasten.

*

Zum ersten Mal seit seiner Verletzung band der Leutnant die Krawatte. Vorsichtig hob er den Kopf, es schmerzte, die Narbe begann beim Kinn und lief über den Hals bis zur Brust. Vor den Handspiegel gebeugt, den ein früherer Patient vergessen hatte, bemühte er sich, nicht sein Gesicht, nur den Sitz der Krawatte zu mustern. Er sagte der Schwester, er gehe aus, sie fragte, ob er zu Mittag zurück sei, er kündigte an, im Casino zu essen. Während er sich dem sonnendurchstrahlten Ausgang näherte, zog er den Kopf zwischen die Schultern. Er überquerte Terrasse und Wiese, wählte den Weg unter den Föhren; an der Gabelung des Sandweges blieb er stehen.

Wir sollten Inga mitspielen lassen – er brauchte einige Sekunden, auf den Ursprung des Satzes zu kommen. *Wir sollten Inga mitspielen lassen.* Hatte Gabor es nicht gesagt, während er ihr einen Stapel Jetons zuschob? *Und wenn ich verliere? – Dann bist du in meiner Schuld.* Gabor, der Tausendsassa, dem es gefiel, daß Menschen in seiner Schuld standen. Der Leutnant betrachtete die schmale Piste, die zum Casino führte, rechts verbreiterte sich der Weg, Nachschub, Telefonzentrale, Tankstelle, dahinter die offene Schneise.

Er lenkte den Schritt ins Freie, wich der flimmernden Hitze aus, Sträucher spendeten spärlichen Schatten. *Du hast sie bestimmt längst vergiftet,* hatte Marion am selben Abend gesagt. Kopfschüttelnd erinnerte er sich, wie Inga zur ersten *Unterrichtsstunde* gekommen war; mit erhitzten Wangen hatte sie gespielt und verloren, gespielt und gewonnen. Sie stellte Fragen, schaute ihm in die Karten, teilte aus und hob ab; er hatte den Hunger in ihr geweckt, Appetit auf den Nervenkitzel, der *das Besondere* im Leben versprach. Der Leutnant schaute voraus, – ohne Licht war Gabors Wagen die Rollbahn entlanggefahren, in der Sandbucht hatten sie gehalten, das Schlagen der Türen, Marion, im weißen Kostüm, war als erste in die Baracke getreten.

Alec erreichte die Wetterstation, ihn kümmerte nicht, ob sie ihn vom Camp aus beobachteten. Er fand die Tür angelehnt, ein Stein lag davor, er schob ihn beiseite, öffnete, alles schien unberührt. Er wischte den Schweiß vom Gesicht, schloß die Tür hinter sich und gewöhnte die Augen ans Dämmerlicht. Danach begann er zu suchen.

30

Erik trat gebückt vor die Tochter, als biete der Raum nicht die Höhe, aufrecht zu stehen. Das gestempelte Formular hing in seiner Hand, der Militärpolizist prüfte es, setzte sich und zog den Helmriemen unterm Kinn zurecht.

»Ihr ist nicht gut«, sagte der Vater. »Sie wollte mitkommen, dann hat sie sich hingelegt.« Der Staub auf den Schuhen bestätigte Inga, er war zu Fuß ins Lager gegangen. »Übelkeit«, schüttelte er den Kopf, als sei er wegen Mutters Gesundheitszustand hier. »Sie hat das sonst nie.«

»Vielleicht die Hitze.« Inga legte die Unterarme auf den Tisch.

»Hitze verträgt sie schlecht«, nickte er.

»Papa, ich habe nicht gestohlen.« Sie nahm an, der MP verstand nur Englisch, andererseits hielt Inga die Briten nicht für so arglos, ihren Vater und sie ungestört plaudern zu lassen.

»Das wollen wir ... Das hoffen wir von Herzen«, sagte der große Mann mit dem Wisch in der Hand.

»Macht euch keine Sorgen.« In gespielter Zuversicht beugte sie sich vor. »Der Kommandant war beim Verhör sehr freundlich zu mir. Ihr braucht euch keine Sorgen zu machen.« Mit jeder Lüge fühlte Inga sich leichter, der Betrug gewann die Oberhand, der Betrug wurde stark, als sei er die Wahrheit – und allmählich verdrängte er sie. »Es klärt sich alles auf«, lächelte sie den erschöpften Vater an.

Sein Blick ging zum Wärter. »Die Engländer ... waren noch nicht wieder da.« Er senkte die Stimme. »Was werden die meinetwegen unternehmen?«

Inga wußte es nicht. Bilder auf dem Speicher – Himmelherrgott, bei jedem Zweiten würden sie ähnliches finden. Den Stempel, daß er bei der Partei gewesen war, trug Erik in seinen Papieren, die Bilder änderten nichts. Nach der Haft hatte er in ein Entnazifizierungslager gemußt, stand ihm nun Schlimmeres bevor?

»Und wenn du zum Kommandanten gehst –« begann sie vorsichtig.

»Mit meinem Englisch?« Seine Panik erschreckte sie. »Könntest *du* nicht –?« Er nahm die Brille ab, die Augen hatten dunkle Ränder. »Du kennst deinen Offizier schon so lange. Rede mit ihm.«

Innerlich mußte sie lachen – ihr Vater wünschte sich, daß sie von der Anklagebank aus ein gutes Wort für ihn einlegte.

»Five minutes«, sagte die Wache.

»Warum redest du nicht mit Frau Seidler?« Sie beugte sich vor. »Vielleicht ist sie bereit –«

»Die Seidler ist mir egal.« Er klang plötzlich härter. »Der habe ich nichts getan.« Ein Blick zum MP. »Versteht er uns?«

»Kann man nie sagen.«

Der Vater zupfte an der Brusttasche, bis das Stecktuch darin ein ordentliches Dreieck bildete. »*De Engländer haewt wat*«, sagte er im tiefsten Platt. »*Wat, von dat se net wet, dat se dat haewt.*«* Selbst für einen Deutschen, der nicht aus der Gegend kam, waren die Worte unverständlich.

»Wat haewt de?« Inga senkte die Stimme.

»Die Registratur der außerplanmäßigen Züge.«

»Wieso liegt die auf dem Speicher?«

Erik sprach schnell, doch fast nebenbei, als erzähle er eine Belanglosigkeit. »Einmal erhielt ich einen Anruf, ein Zug mußte umgeleitet werden. Lokschaden, der Transport brauchte neuen Antrieb, ich sollte umkoppeln lassen.«

»Was für ein Zug?«

---

* »Die Engländer haben etwas. – Etwas, von dem sie nicht wissen, daß sie es haben.«

»Fünfhundert Einheiten.« Er sah sie an. »Sonderbehandlung. Man schärfte mir ein, möglichst wenig Personal einzusetzen.«

»Ein Frachtzug?« Inga lehnte sich unmerklich zurück.

»Es war ein Personentransport.«

»Was bedeutet *fünfhundert Einheiten*?«

»Arbeitseinsatz – Umsiedlung –« Er zupfte an der Krawatte. »Ich weiß es nicht.«

»Warum hast du nicht gefragt?«

»Die Papiere waren in Ordnung.« Er sprach eindringlicher. »Ich habe die Lok austauschen lassen, alles verlief ordnungsgemäß.«

»Du *wußtest*, was du transportiert hast?«

»Es war Nacht. Ich habe von diesen Menschen nichts gesehen.«

Inga sah das Hochzeitsbild ihrer Eltern, die strahlende Marianne, Erik in Schwarz, das Unbekümmerte hinter den Brillen.

»Time's up«, sagte die Wache.

Der Vater stand auf, nahm Ingas Hand. »Vielleicht ist den Leuten ja gar nichts passiert.«

Der MP kam hoch, der Schlagstock machte ein hartes Geräusch gegen den Tisch.

»Hätten sie während deines Prozesses von diesem Zug gewußt –« Inga zog ihre Hand zurück. »Wäre das Urteil anders ausgefallen?«

Der Wächter trat an die Tür.

»Möglicherweise.«

»Wieso hast du das Buch nicht verbrannt?«

»Ich habe es hinaufgetragen, abgelegt, eingesperrt.« Die Sorge kehrte in Eriks Augen zurück. »Keine Ahnung wieso.«

Während sie dem Vater nachschaute, begriff Inga, daß es für ihn, für sie selbst, für Marianne nichts zu hoffen gab. Sie standen auf einem Grat, den sie bis jetzt nicht wahrgenommen hatte; die Zukunft lag verschüttet, die Vergangenheit drängte immer dichter heran. Die Feinde saßen zu Gericht. Inga stellte sich vor, wie sie ins Gefängnis gehen, nach Monaten, Jahren wieder herauskommen würde. Ihre *Freiheit* mit Stenoblock und Schreibmaschine war eine erträumte gewesen; sie hatte das bißchen Zukunft verspielt.

Du bist noch so jung, hatte Henning gesagt; was war das schon? Erik war auch jung gewesen, ein junger Bahnhofsvorsteher, der nachts Züge umkoppeln ließ. *Rechtsprechung*, dachte sie – wer hatte den Menschen im Zug Recht gesprochen? Knapp vor Inga ging der MP zum Zellenblock, so langsam, daß sie mehrmals stehenblieb, um ihm nicht auf die Fersen zu treten. Er schloß auf, ließ sie vorbei, sperrte ab. Statt sich auf die Pritsche zu setzen, ging sie ans Fenster und legte die Hände ans Gitter.

*

»Ich bezahle meine Schulden.«

Die geschlossenen Läden sperrten das Tageslicht aus, Marion und der Leutnant saßen im Deux-à-Deux, die geschwungene Lehne trug beider Oberarme. Um zur Tasse zu greifen, beugten sie sich in entgegengesetzte Richtungen.

»Da müßtest du zaubern können«, antwortete sie.

»Als ob du das nicht wüßtest.« Er berührte nicht ihr Handgelenk, nur das Silberarmband.

»Gabor sagt, die Russen liefern ein weiteres Männchen. Wirst du bezahlen?«

Der Leutnant betrachtete Marions Profil, stellte sich zugleich vor, wie Inga den Käfig öffnete, rücksichtslos in ihrer Neugier und voll kindischer Reue, nachdem der Nerz entschlüpft war.

»Gabor soll mir seinen Preis nennen.«

Verirrtes Sonnenlicht spiegelte sich im Deckel der Zuckerdose.

»Willst du mir das *Füllhorn* nicht verraten, aus dem du so plötzlich schöpfst?« Marion nahm die Zuckerzange, das Licht sprang an den Plafond.

Schweigend ließ er sich nachgießen, rührte, bis das Zuckerstück verschwunden war. »Wann bringt Gabor die Ladung nach drüben?«

Sie klopfte das Kissen zurecht. »Wieso interessiert dich das?«

»Haben wir noch Zeit – für eine Partie?« Er schaukelte den Zukker in der Flüssigkeit.

»Du *hast* das Geld also nicht?« sagte die Kosigk mißtrauisch.

»Keine Sorge, ich habe es«, lächelte er. »Und niemand ist darüber erstaunter als ich.«

»Spielschulden kann man nicht setzen«, antwortete sie.

»Alles oder nichts.« Er betrachtete den blauen Stein in der Vertiefung zwischen ihren Brüsten.

»Und wenn du verlierst?«

»Dann möge Schottland mich nie wiedersehen!« Er gab seinem Gesicht einen melodramatischen Ausdruck; die Miene schmerzte, er hielt sich den Kiefer.

»Ich mag nicht, daß dir der Tod gleichgültig ist.«

»Große Worte.« Er trank aus.

»Eins noch – die Kleine, ich kann mir den Namen nicht merken –, sie kommt nicht mit, verstanden?«

»Inga?« Er tat überrascht. »Ich bin sicher, sie hat etwas anderes vor.«

Er stand auf, in der Bewegung zur Tür nahm er das lebensgroße Gemälde wahr; wer den Ausgang passierte, mußte am General vorbei. Die Hand am Offiziersdolch, der Scheitel wirkte zerzaust; Alec fragte sich, wieso Marions Mann sich in der Wintermontur hatte malen lassen.

»Die Zeit nach seinem Tod –« Er hielt den Blick erhoben. »Du hast das großartig gemeistert.«

»Ich stamme aus einer Familie von Militaristen«, antwortete sie. »Bei uns wurden auch die Mädchen so erzogen, als gehe es eines Tages zur Front.« Sie überlegte. »Diesen Monat wäre er fünfundfünfzig geworden.«

»Morgen paßt es mir am besten.« Alec trat unter dem General hindurch auf den Korridor. »Gabor soll den besseren Gin besorgen.« Er überlegte einen Moment, welchen Treppenabgang er nehmen sollte, und ging, so rasch er konnte.

31

Inga sah sich selbst, wie sie mit ihrem einzigen Koffer den Zug bestieg. Die Abreise war überstürzt, kein Abteil zu bekommen, sie mußten die ganze Strecke bis zum Hafen stehen; manchmal sank sie auf dem stickigen Gang zu Boden, nickte ein, spürte, wie er ihr übers Haar strich. Als sie das Meer erreichten, war das Schiff noch nicht zur Abfahrt bereit, sie zeigte zum Strand, der hinter den Hafenanlagen begann, und erzählte, dort finde man jene seltenen roten Muscheln, ihr Gehäuse sei versteckt in die Schale gedreht, deshalb verwechsle man sie leicht mit Kieseln. Sie sagte, Tage an der See habe es für sie lange nicht mehr gegeben, die Küste unterstand dem Militär.

Tatsächlich wimmelte das Wasser von Dampfschleppern, Arbeitsschiffen und Minensuchern. Ingas Papiere genügten dem Kontrollierenden nicht, er verlangte die Bestätigung der Eheschließung. Der Leutnant regelte alles, lächelnd und ohne Hast, obwohl die Sirene bereits das Signal zum Ablegen gab. Er ging auf den Scherz des Unteroffiziers ein, daß er sich von dem *Frollein* um den Finger habe wickeln lassen, nun müsse er es sich selbst zuschreiben, wenn sie ihn ins Vereinigte Königreich begleite. Der Kontrolleur benützte Ausdrücke wie *Aus den Trümmern ihrer Heimat* und *Unter dem Schutz Ihres englischen Namens,* der Leutnant berichtigte, es sei ein schottischer Name, nahm die Koffer und half Inga, das Fallreep zu ersteigen. Kaum an Deck, wurde der schmale Steg eingeholt, sie legten ab, Inga wollte zum Heck, um die schäumende Arbeit der Turbinen zu sehen. Flach nach allen Seiten, blieb die Küste zurück, sie erklärte dem Leutnant, welch erstaunlicher Ingenieurleistung es bedurft habe, das Hafenbett auszuheben. Er legte ihr eine Jacke um und sagte, sie solle vom Flachland nun Abschied nehmen; bergige Küsten erwarteten sie, Klippen, schroff und von Tang überspült. Er erzählte von gefährlichen Rissen, die den Weg am Ufer sperrten, Abgründe im Fels, wo unten das Meer anschlug, *Auge des Teufels* hießen sie. Oft gleite man aus, weil die Steine glitschig seien und bevölkert von Seeigeln und Quallen, und manchmal, wo Algengeflecht eine Felsform nachahme, versinke man bis zu den Knien. Inga wollte mehr wissen, er sprach über Seekühe, die vor der Küste Kolonien bildeten und bei sinkender Sonne einen Gesang wie Sirenen anstimmten. Mit freiem Auge erkannte man ihre sich übereinanderwälzenden Körper; beim Verschwinden des letzten rötlichen Schimmers endete ihr Lied mit einem Schlag. Der Leutnant zeigte die Wolken, die ihnen vorauseilten an jene Küste, Ostwind, sagte er und umarmte sie. Während er Inga küßte, wehte ihm eine Bö das Haar in die Stirn; mit den Lippen erspürte sie die Narbe an seinem Kinn. Nicht aus Liebe nahm er sie mit, vielleicht aus Gewöhnung, weil zwei wie sie einander gewittert hatten; auf Dauer war ihre Reise nicht angelegt.

Auf der Pritsche liegend, gestand Inga sich ein, nur deshalb von der Liebe zu träumen, weil nichts anderes sonst die Düsternis fernhielt.

*

Die Hände ineinander verkeilt, dehnte der Leutnant die Finger, daß die Gelenke krachten. Irritiert vom Geräusch drehte der Major sich um, goß Cognac nach und zog die Uniformjacke unterm Gürtel gerade. Trotz geschlossener Läden stellte er sich ans Fenster, als habe er dort den herrlichsten Ausblick.

Das grüne Zimmer war ohne Sorgfalt vorbereitet worden. Die Generalin ließ auf sich warten, sie wollte ihren *Auftritt* in der Dämmerung. Alec schüttelte den Kopf darüber, was für eine Schmierenkomödie sie, von außen betrachtet, abgaben. Sein Vorgesetzter goß sich das nächste Glas ein, das Gieren nach Prozenten hatte ihn zum Trinker gemacht. Herein trat der *schwarze Gabor*, die Krawatte mit Brillantnadel am Hemd befestigt, er begrüßte Alec mit saloppem Schlag auf den Oberarm, wandte sich zum Major; in der Fensternische mimten sie zwanglose Plauderei. Die Generalin trug eine Nerzstola um die Schultern; an den Schwänzen zusammengenäht, sah es vorne so aus, als fletschten die Tierköpfe einander an. Gabor verstand den Spaß.

»Hier ist ja unser Ausreißer!« Er küßte der Kosigk die Hand und sah zu Alec. Der überging die Anspielung, wartete, welchen Platz Marion wählte, und setzte sich ihr gegenüber. Das Grün der Bespannung, drei versiegelte Pakete, die Schatulle mit den Jetons – nun packte ihn doch Nervosität. Er nahm den geringeren Teil des Geldes aus den Brusttaschen und schob die Bündel zur Tischmitte.

Sofort warf der Major sie durcheinander. »Das ist nicht annähernd die Summe!«

»Wie hoch beläuft sich meine Verbindlichkeit?« Der Leutnant zeigte auf das prall gefüllte schwarze Futteral.

Gabors Gesicht blieb im Zwielicht, er sprach von Umständlichkeit und Gefahren, die mit der besonderen Lieferung einhergingen, viele Leute seien zufriedenzustellen, um die Ware zu bekommen, noch mehr, um sie aus dem Sektor herauszuschmuggeln. Er drehte und wendete die Sachlage, bis die Generalin ihn unterbrach und die Summe nannte. Der Leutnant zeigte weder Erstaunen noch erhob er Einspruch, er feilsche nicht, sagte, er werde bezahlen, griff zum Kartenpaket, brach den Karton auf, entfernte Deckblatt und Joker und mischte.

»Wir haben Ihnen schon einmal geglaubt«, sagte Gabor.

Alec vertraute dem hellen Geräusch der ineinandergleitenden Karten, breitete das Paket linienförmig aus, stippte mit dem Mittelfinger dagegen, die erste Karte stellte sich auf – mit kühlem Blick sah der Karobube ihn an, Acht und Neun in Schwarz, das Zepter eines Königs, die liebliche Herzdame –, der Leutnant kippte die

Figuren in die Gegenrichtung, schloß das Paket und mischte. Der Brillenträger zog den Stuhl heran und rutschte darauf so weit vor, daß die Tischkante ihm in den Bauch schnitt. Gabor zeigte ein ergebenes Lächeln, als könne er es nicht ändern, unvernünftig zu handeln. Die Generalin ergab sich der Magie der Karten zuletzt, öffnete den Druckknopf der Stola, die Nerze ließen voneinander. Sie hängte den Pelz über den Stuhl und setzte sich, die Beine seitlich angewinkelt, als müsse sie gleich zur nächsten Verpflichtung.

»Sussex-Havellock«, sagte der Leutnant.

Sussex-Havellock, wiederholte der Major, als bedeute das Wort den Schlüssel zu ihrer aller Leidenschaft.

»Limit?« Hayden schaute jedem in die Augen. Gabors Lider senkten sich halb über die Pupille, der Major behauchte die Brillengläser.

»Ohne Limit«, sagte die Kosigk und wie zu sich selbst: »Den *großen Coup* gibt es nicht.«

Der Leutnant öffnete die Lasche des Futterals, griff zur Schatulle und teilte jedem den Gegenwert seines Geldes in Jetons zu. Der Major warf einen Blick zur Cognac-Karaffe, stand aber nicht mehr auf; er riß das erste Blatt an sich und betrachtete es mit vorgeschobenem Kinn. Gabor stapelte die Jetons zu gleich hohen Türmen, nahm die Karten bedächtig, als sehe er ihre Bilder zum ersten Mal. Die Generalin ließ sich eine Zigarette anzünden, dann erst griff sie zum Blatt. »Ein Pfund.«

Der Leutnant nahm das Paket.

»Gekreuzigtes Pärchen«, sagte er zum Major, deckte Gabor eine Sieben auf, Bube, Acht und As für die Generalin. »*Gemischtwarenladen.*«

Lächelnd lehnte er sich zurück, die Grenze aus Licht schnitt seine Schultern entzwei. Die Zigarette der Kosigk lag auf dem Tischrand, Gabor genehmigte sich eine *Henry Clay,* gelblich quoll es unter dem Lampenschirm hervor, die Generalin trank Wein.

Der Leutnant gewann, verlor und gewann, die Richtung war noch nicht abzusehen; die Jetons auf seiner Seite nahmen zu, er machte sich nicht die Mühe zu zählen. Der Major pointierte hoch, zwei Bluffs mißlangen, nach einem Dutzend Spielen war er gezwungen, Papiergeld in die Mitte zu werfen. Seine Pechsträhne hielt an, die Scheine wechselten den Besitzer, glasig schaute er in die Runde, hasardierte und verlor. Hatte er zu Beginn mit beiden Währungen gespielt, waren es mittlerweile nur noch braune Scheine, lappig, mit verblichener Schrift.

In diesen Minuten, eingesponnen in die wechselnde Ordnung der Karten, ihren Einsatz und Tausch, dem Locken und Täuschen, begriff Alec, daß sein Vorgesetzter, der gierige Major aus Sheffield, nicht nur die Armee hinterging, sondern auch seine *Spießgesellen.* Mit ihnen hatte er den Krieg in ein Geschäft, das besetzte Deutschland in ein Absatzgebiet verwandelt. Nun betrog er die Witwe des Generals und den Schieber, der ihm alles beigebracht hatte, indem er beiden *den Zeitpunkt* verschwieg. Jeder hatte etwas *gehört*, wußte, daß die Veränderung kam, doch der Tag blieb geheim. Alec beobachtete den Dicken – auch wenn er Türme aus Papier verlor, hinterher würde er es kaum spüren. Daneben Marions unecht leuchtendes Haar, ihr Gesicht schimmerte weich, selbstvergessen manövrierte sie zwischen schwarzen und roten Kombinationen, Chips und Scheine wanderten ungeprüft auf ihren Haufen. Gabor legte rauchend den Kopf zurück, das glimmende Zigarrenende stand wie eine Fackel empor.

Der Leutnant spielte eisern, bestimmte den Verlauf, ließ Marion gewinnen, um ihr im nächsten Zug mehr als das Doppelte abzunehmen. Er beobachtete den aufgelösten Major, dessen massiger Kopf hing über die Brust, bald mußte er die erste Schuldverschreibung ausstellen, kritzelte sie auf das Zwischenblatt der Zigarrenlage. Die andern begriffen die *Serie* des Leutnants, suchten gegenzusteuern, doch es war zu spät. Er forcierte Tempo und Einsatz, seine Finger beherrschten die Karten, er nützte die Ermattung des Majors, der ein hohes Blatt siegesgewiß aufblätterte – *Full House* mit Assen.

»Ich weiß nicht, wieviel meine vier Buben wert sind«, lächelte

Alec und drehte die Karten um. »Aber das As scheint mir doch ziemlich hoch zu sein.«

Ungläubig starrte der Major auf den Poker des Leutnants, der den Schuldschein mitsamt dem Geld der anderen auf seine Seite zog. Rauch hing abgestanden im Zimmer, die Generalin schob dem Leutnant übriggebliebene Karten zu und griff zum Wein. Alec mischte, ohne die Blicke der übrigen zu erwidern.

32

Marianne faßte in die leere Hälfte des Doppelbettes, wo Erik gelegen hatte, bis sie ihm sagte, sein Schnarchen sei nicht mehr auszuhalten. Sie dachte an ihren Sohn. Obwohl älter als Inga, hatte Horst nie deren Kraft besessen, den Willen *übrigzubleiben*. Überall im Land regierte der Tod, Menschen auf beiden Seiten waren die Besiegten – bis auf solche, die stehenblieben; trauernd und bevorzugt zugleich, schauten sie auf die vielen, die nie wieder aufstehen würden. Inga hatte das Überleben immer beherrscht – führte sie Situationen nicht regelrecht herbei, in denen das Leben auf Messers Schneide stand? Als in den letzten Kriegswochen – von allen Seiten rückten die Eroberer vor – der dreizehnjährige Nachbarsjunge zur Flak eingezogen werden sollte, brachte Inga ihn nachts aus der Stadt und ins Marschland, wo er sich in einem Heuschober versteckte. Auf dem Rückweg wurde sie von einer Patrouille aufgebracht und beschossen, doch Inga entschlüpfte dem Tod.

Eine der Offensiven fiel mit der Zeit zusammen, als der Wald voller Pilze stand. Auch wenn Erik das Verbot ausgesprochen, Marianne der Tochter ins Gewissen geredet hatte, stahl sie sich mit ihrem Rucksack zur Gartentür hinaus, füllte ihn bis zur Dämmerung mit Täublingen, Steinpilzen und Bärentatzen und stieß auf dem Heimweg auf einen einzelnen Engländer. Die Waffe in der Hand, hockte er über dem Waldboden und erleichterte sich. Inga schlug einen Haken und rannte; er wollte schießen, verlor aber das Gleichgewicht. Während Erik die Täublinge in Mehl herausbuk, berichtete Inga lachend von dem kackenden Briten, der in die Baumkronen schoß.

Horst hatte den Glauben und unbedingte Treue *an die Sache* besessen, aber keine Entschlossenheit. Er hatte dem Tod nie viel entgegenzusetzen gehabt. Mit den Grenadieren zog er hinaus und fiel in der Winterstellung, gerade als der Frühling begann. Ingas *Begeisterung* war immer nur so groß gewesen, um unbehelligt zu bleiben, sie heftete ihre Augen stets auf das Kommende und den Vorteil, den sie aus jeder Veränderung zog.

Inga glaubt, sie hat die Energie von mir geerbt, dachte Marianne und erinnerte sich der fiebrigen Schübe, die sie packten, als sie selbst ein junges Mädchen gewesen war. Man hielt es für alles mögliche, auf Kinderlähmung kamen sie zuletzt. Als das linke Bein verkümmerte, hieß es, Marianne habe noch einmal Glück gehabt. Der strahlende Erik, schönster Mann der Stadt, nahm sie trotzdem, vielleicht sogar, weil ihn das zarte Hinken rührte. Ungeachtet seines Äußeren, war Erik kein Kerl für Frauen und erleichtert, die Richtige so rasch gefunden zu haben. Er schenkte ihr, was in seinem Charakter lag, und war dankbar um ihre Führung. Als Marianne begriff, daß sie ihm und der allgemeinen Stimmung nichts entgegenzusetzen hatte, ließ sie dem politisch Leichtgläubigen sein eitles Vergnügen und bemühte sich, es als Vaterlandsliebe zu beschönigen.

Niemand, hoffte sie, hatte in den Jahren bemerkt, wie die Verhältnisse an ihrem eigenen Lebensgeist zehrten, es war nicht nur das Bein, als Ganzes hatte Mariannes Kraft nachgelassen. Mit den äußerlichen Entbehrungen war sie, Erik sei Dank, fertig geworden, der Grund, warum Marianne unmerklich weniger wurde, lag in dem Wissen, daß es für etwas Wertloses geschehen war; selbst der Blick in die Zukunft blieb für immer mit der üblen Sache verknüpft. Diese Folgen machten Marianne noch ratloser – der Teufel war ja nur scheinbar besiegt, jetzt, wo die Deutschen als *Bündnispartner* gebraucht wurden, erhob der alte Teufel wieder sein schamloses Haupt –, es ging gegen einen neuen, den roten Feind. Zum wievielten Mal überlegte Marianne, was sie tun konnte, wo selbst ihr Mann, die Tochter, die neuen Regeln in Windeseile erlernten, um wieder mitzuspielen. Der Junge aber, dem sie von ihrer Empörung berichten, dem sie vielleicht beibringen hätte können, es besser zu machen, hatte dem Sturm nicht standgehalten.

Marianne bemerkte, daß die Angstphantasie zu etwas Körperlichem wurde, die eisige Hand auf dem Laken, das kranke Bein fühlte sich an, als sei es eingeschlafen. Noch einmal zog sie die Decke hoch, verschränkte die Arme darunter; mittags war der Pferdedoktor vor der Tür gestanden, mit einer Tasche voll Geld, womit er den erfolgreichen Verkauf der Madonna belegte. Marianne hatte ihm Feigenkaffee angeboten, er goß sich vom Holunder ein und riet, sämtliche Außenstände bald zu begleichen. Die Tasche lag im Keller unter der Schmutzwäsche, Marianne nahm sich vor, Frau Seidler am nächsten Tag aufzusuchen – nein, Erik sollte es tun; ihnen blieben noch zwei Tage Frist.

Es fühlte sich an, als ob die Brust unter einem dumpfen Druck begraben würde, die Hand schmerzte, als fasse man in ein offenes Stromkabel. Marianne dachte an Inga, die im Gefängnis saß, und an ihren geliebten Sohn; war es zu Horsts Geburtstag gewesen, daß Erik zuletzt seine berühmte gekochte Mayonnaise angerührt hatte? Marianne wollte ihn ermuntern, es morgen wieder zu tun. Sie erschrak nicht, als ihr Herz in diesem Moment aussetzte, und sie starb, wie sie es einmal vorausgesehen hatte, während draußen ein leichter Sommerregen fiel.

33

Inga saß auf dem Eckstein vor der Gefängnisbaracke, die Füße auf ein Grasbüschel gestellt, der Regen hatte die Sandwege in schlammige Bahnen verwandelt. Während der MP drinnen telephonierte, überlegte sie, wie sie zur Kommandobaracke gelangen sollte, ohne ihre Sandalen zu ruinieren – eine Delinquentin, die auf dem Weg zum Verhör von Insel zu Insel hüpfte? Sie hob den Kopf, der kühle graue Tag tat wohl, bei der Einfahrt lümmelte der Posten über dem Schlagbaum, dahinter näherte sich jemand dem Lager zu Fuß. Sie schaute über die Schulter, der Militärpolizist sprach in zerfließenden Sätzen, man sah nicht ihn, nur das Telephonkabel, das sich auf dem Boden schlängelte. Der Mann auf der Schotterstraße ging übertrieben aufrecht, als marschiere er in Reih und Glied, auf Pfützen schien er keine Rücksicht zu nehmen – noch drei Schritte, und Inga erkannte ihren Vater. Sein zweiter Besuch in zwei Tagen, der weite Weg aus der Stadt – sie fürchtete Neuigkeiten und die Mühsal, erneut seine Sorgen zu hören.

Den ganzen Krieg über, auch in der Zeit danach, hatten sie in *Einheiten* gerechnet – Verpflegung, Gerät, Truppen, Verwundete, Gefangene, Tote –, alles, hatte ihr der Vater erklärt, zählte man so; weil es die Arbeit erleichterte, weil es den Blick freihielt von Anteilnahme. Warum wurde sie nun das Wort nicht los und die Ahnung, was sich dahinter verbarg? *Fünfhundert Einheiten* in einem Zug, die Lok aus hiesigem Bestand, ihr eigener Vater hatte das Zeichen zur Abfahrt gegeben. Dort kam er, im Gardeschritt, der wehleidige Mensch, schwach und haltlos, dessen Angst sie sich anhören mußte – Inga beobachtete ihn so voll Abscheu, daß sie den Wagen erst spät bemerkte, der sich vom Ende der Straße näherte. Das Verdeck über die Bügel geschlagen, raste er über Bukkel, Brackwasser sprühte nach allen Seiten. Erik fürchtete um den Anzug, sprang zur Seite, der Wagen bremste, fuhr im Schritttempo weiter und hielt neben dem Vater. Ein Offizier stieg aus, staunend erkannte Inga den Leutnant, die Männer schüttelten einander die Hand. Was gab es zu reden, wieso schlenderten der Brite und der Nazi nebeneinander, ein weiterer Händedruck, während der Balken sich hob. Wie gute Bekannte trennten sie sich, der Leutnant fuhr weiter ins Lager, Erik wandte sich zum Haftblock; er trug den Hochzeitsanzug mit schwarzer Krawatte. Ingas Blick folgte Alec, sie strich das Kleid glatt, fuhr sich durchs Haar – er verschwand zwischen den Föhren.

Der Jeep hielt vor der Baracke, der Leutnant nahm die Tasche vom Sitz und betrat die Kommandantur. Der schwarze Hund streckte sich zu Füßen des Commanders, am Extratisch legte eine Zivilistin Stift und Block bereit.

Fragend musterte der Kommandant den Leutnant. »Hayden?« sagte er, als müsse er sich den Namen erst ins Gedächtnis rufen. Alec nahm Haltung an, sein Gegenüber erwiderte den Gruß.

»Haben Sie eine Minute für mich, Sir?«

»Wir sind, Sie sehen ja –« Seufzend wies der Commander zur Tür und bat den Leutnant in sein Büro.

Tisch, Waschbord, Aktenschrank, Tresor; Alec war nicht oft hier gewesen. »Hübsche Jolle.« Er zeigte auf die Photographie beim Fenster.

»Genaugenommen ist sie ein Kimmkieler.« Der andere kam näher. »Dreißig Fuß, angenehmer Tiefgang, sie liegt bei Theyrecroft, kennen Sie die Flußmündung?« Der Commander wechselte die Seite, um besseres Licht auf das Bild zu schaffen. »Bin jeden Sommer dort – im Frieden. Jetzt wäre die beste Zeit, endlose Tage, Brise in den Espen, da flitzt sie nur so übers Wasser. Segeln Sie auch?«

Der Leutnant legte den Kopf schief, man konnte es für Ja oder Nein nehmen. »Wie heißt sie?«

»Olympia – wie meine Frau«, antwortete der Kommandant und wurde sich bewußt, daß das Gespräch den dienstlichen Boden verlassen hatte. »Hayden, was liegt an?«

Durch das Fenster sah man zum C-Block, Alec erinnerte sich seines früheren Zimmers, nicht ungemütlich; an jenem ersten Nachmittag, es war beinahe noch Winter gewesen, hatte er Inga dorthin geschickt, um etwas für ihn zu holen. Der Spind, das schwarze Futteral, sie hätte ihn damals bestehlen können. *Wenn Sie den Himmel mögen, ist es schön,* hatte sie über die Gegend gesagt. Sie trug dünne Schuhe, Zwirnmantel und Kniestrümpfe, sträubte sich erst, ihm behilflich zu sein, und brannte zugleich darauf. Sie hätte alles für mich getan, dachte der Leutnant und fragte sich, was so beängstigend daran war, von einem Menschen verwöhnt zu werden.

»Sie können sich vorstellen, wie wenig Lust ich habe, hier den *Ermittler* zu machen«, sagte der Commander und ging hinter den Schreibtisch.

Der Leutnant stellte die Tasche ab. Zu Beginn hatte er Inga für arglos gehalten, neugierig, unbedacht; als sie ihre Eltern bestahl, nahm er es für Abenteuerlust – nie warf sie einen Blick nach hinten, lernte nicht aus Fehlern. Die Umstände und ihre Sehnsucht *auszubrechen* hatten sie ins Gefängnis gebracht – vor allem aber sein schlechtes Vorbild. Er starrte die Hände des Kommandanten an, dessen fragend abwartendes Gesicht.

»Ich habe mir etwas zuschulden kommen lassen«, sagte der Leutnant. »Ich möchte nicht, daß ein anderer dafür zur Rechenschaft gezogen wird.«

Er nahm die Tasche an beiden Henkeln und hob sie ins Blickfeld des Commanders. »Es war falsch. Aber ich brauchte es«, fuhr er fort. »Ich möchte meine Schuld wiedergutmachen.«

Alec zog das Leder auseinander und gab den Blick frei auf das gebündelte Geld. Unwillkürlich faßte der Commander hinein, behielt Pfundnoten zwischen den Fingern, darunter lagen Reichsmark.

»Sie werden feststellen, daß es vollständig ist«, sagte Alec.

Der Kommandant richtete sich ruckartig auf. »Aber wie – ich verstehe nicht.« Befehlston jetzt, die Arme auf den Rücken geschlagen. »Erklären Sie.«

Der Leutnant nahm Haltung an, berichtete, was er aus Ingas Erzählung zusammengesetzt hatte – von den Hosen des Vorgesetzten, den Schlüsseln und ihren Aufenthaltsorten, der Kombination des Tresors und den Schatullen im Inneren; er zeigte auf die betreffenden Gegenstände, als seien sie ihm vertraut, und beendete sein Geständnis mit der Versicherung, es sei eine Angelegenheit auf Leben und Tod gewesen, andernfalls er den Diebstahl nicht begangen hätte.

Der Commander stand regungslos. »Sind Sie von Sinnen, Mann?« flüsterte er. »Was erwarten Sie jetzt, daß ich tue?«

»Darüber maße ich mir kein Urteil an.« Alec verharrte in Haltung.

»Ich – kann doch nicht –« Der andere wandte den Kopf zur Tür. »In welche Lage bringen Sie mich!« Er riß die Luft ein. »Da draußen ist alles bereit zum Verhör.« Gleich einem Lehrer, der die Klasse zur Ordnung ruft, klopfte der Kommandant auf den Tisch. »Ich glaube Ihnen nicht«, sagte er eisig. »Sie erfinden das, um die Kleine zu schützen.«

Zu hastig tat Alec einen Schritt vor. »Bedenken Sie – was ist plausibler –, daß eine Zivilperson, ein halbes Kind, einen Einbruch begeht, Schlüssel in ihren Besitz bringt, mit dem passenden Code den Tresor öffnet und einen Berg Geld heimlich aus dem Lager schafft – oder daß jemand mit hohen Schulden der Täter ist?« Alec zeigte aus dem Fenster. »Von der Krankenbaracke hierher sind es wenige Schritte. Mangelhafte Bewachung, veraltete Schlösser –« Er straffte sich. »Die Sache war ein Spaziergang.«

Kriegsgericht und Gefängnis, dachte er währenddessen, unehrenhafte Entlassung zumindest; und doch fühlte er sich erleichtert, beinahe vergnügt, das Rechte zu tun. *Schlechtes Vorbild,* ein Schmunzeln, vom Commander sofort bemerkt.

»Sie finden das amüsant?« Der Kommandant war mit zwei Schritten an der Tür. »Denken Sie nicht, die Sache geht als Kavaliersdelikt durch!«

Hart drehte er den Knauf. »Verhör abgesagt«, rief er nach nebenan. Jasper kam wedelnd auf die Beine. »Rufen Sie an«, befahl der Offizier. »Die Inhaftierte auf freien Fuß setzen, Papiere folgen.«

Der Sergeant wollte etwas einwenden. »Verfahren eingestellt«, schnitt ihm der Commander das Wort ab und sah aus dem Augenwinkel, wie die Schreibkraft den Block zuklappte und die Stifte verstaute. Nachdenklich trat der Kommandant vor die Tasche und schaute hinein. Der Hund nützte die offene Tür, lief zu seinem Herrn und hechelte zu ihm empor.

Draußen setzte der Sergeant das Barett auf und verließ die Baracke. Hinter der Föhrenschonung, am Rande des Lagers, sah er auf der Veranda des Zellenblocks den Militärpolizisten lümmeln. Ihm zu Füßen saßen zwei im Gras, die einander weinend umarmten.

34

Marianne lag ausgestreckt auf dem Bett, Erik hatte ihr das graue Kleid angezogen. Früher, wenn sie es trug, hatte Inga es gerne aus der Nähe betrachtet, weil sich im dunklen Gewebe kleine blaue Kronen versteckten. Sie legte Mutters Zigarettenpackung auf den Nachttisch, drei wären noch zu rauchen gewesen. So wie Erik ihr das Seidentuch umgebunden hatte, sah es aus, als habe sie Zahnweh. Die Wangen waren schmal, doch wirkte das Gesicht nicht unbelebt, nur müde, älter, als Marianne in Ingas Vorstellung war.

»Es ist alles geregelt«, sagte der Vater und schob das Papier über den Tisch; gebückt stützte er sich auf, die Krawatte hing über dem Totenschein.

Inga fragte, wen er benachrichtigt habe.

»Dich«, war die geflüsterte Antwort. Wie in jeder Lebenslage nahm er an, die Tochter wisse auch hier, was zu tun sei.

»Als ihr den Onkel beerdigt habt, was ist da geschehen?«

Der Vater hob den Kopf, schaute zur Wand, hinter der seit so vielen Jahren die lautlose Witwe lebte.

»Das haben alles die Frauen –« Er schloß den Mund, als sei der Satz damit beendet.

Nun beherbergte das Haus zwei Verwitwete, die einander kaum kannten; einmal im Jahr begleitete Erik die Frau seines Bruders auf den Friedhof, mit Jäten und Pflanzen verging ihnen die Zeit. Inga mochte die Photographie nicht, die hinter Glas in den Grabstein eingelassen war; der Onkel wirkte darauf eitel, das Bild sah ihm nicht ähnlich.

»Das Familiengrab ist voll«, sagte der Vater.

Sie begriff erst einen Moment später, daß Horst den letzten freien Platz eingenommen hatte – für den nächsten Toten mußte das Grab vergrößert werden. Sie stellte sich vor, wie man den schwarzen Marmor aufbrechen, den schweren Stein, Sinnbild für die Ruhe der Toten, ins Wanken bringen würde, um bis zu den Särgen zu graben. Die Großeltern waren zu der Zeit gestorben, als Inga laufen lernte. Marianne hatte von der Kraft, dem Tatendrang ihres Vaters erzählt, der Kühle der Mutter, von einer Firma und Geschäften war die Rede gewesen, Ereignissen, lange bevor es Inga gab.

»Geschichten über Mama erzählen«, murmelte sie, als müsse es auf der Liste der Erledigungen ganz oben stehen. Auf die verrückteste Weise wünschte sie plötzlich, ihre Mutter und der Leutnant hätten einander besser gekannt. Marianne verstand den Humor der Briten, die herbe Art, selbst das Grauenhafte locker zu nehmen, als sei jede Not leichter zu meistern, solange man *höflich* blieb. Mama hätte liebend gerne mit Alec geraucht, dachte Inga, stundenlang hätten sie über einfache Dinge gesprochen, und doch wäre es eine elegante Unterhaltung gewesen, ein *Lächeln* wäre von ihrem Gespräch ausgegangen.

Der Vater setzte sich zu seiner Frau. Die Worte nahmen keine Gestalt an, *ein kleiner Sarg,* verstand Inga schließlich, er hatte recht, viel Platz würde Marianne nicht in Anspruch nehmen. Es gab einige Bestatter in der Stadt, zwei fielen ihr dem Namen nach ein; die Aufträge, hieß es, gingen allmählich zurück.

»Wir sollten niederschreiben, was zu tun ist.« Sie zog die Schublade auf, die Canastakarten lagen zuoberst, Inga wog sie in der Hand, nahm den Block darunter, riß das Blatt mit dem letzten Spielstand ab, wollte es zerknüllen – Mutters Schrift –, sie legte das Papier in die Lade zurück. »Morgen ist Sonnabend«, fiel ihr ein. »Niemand kommt sonnabends, niemand wird sich kümmern.«

»Gut«, sagte der Vater und nahm die kleine Hand. »Es hat Zeit, Marianne.«

Die ausgestreckte Frau, das Tuch mündete in zwei Zipfeln über ihrer Stirn, der Mund war leicht geöffnet. Heute Nacht, dachte Inga, wenn Mama zugedeckt ist und wir zu Bett gegangen sind, werden wir davon träumen, daß alles ist wie immer.

Erik ging zur Anrichte und klappte sein Messer auf. Er nahm den ersten Kerzenleuchter, brach den Stumpf ab und kratzte Wachs aus der Höhlung; mit jedem Leuchter verfuhr er genauso. Inga holte neue Kerzen aus dem Schrank; sie würden heute nicht schlafen, statt dessen bei Marianne sitzen und das Licht über ihre Züge flattern sehen. Sie zündete den Docht an, hielt ihn nach unten, stellte den Leuchter darunter, ein gelblicher Tropfen fiel.

Niemand durfte ohne Begründung schuldig gesprochen werden, dachte sie – doch galt das auch für den *Unschuldsspruch*? Ihr war nichts erklärt worden, keine Angaben wurden gemacht, bis auf die nüchterne Mitteilung, sie werde entlassen. Würde es eine Eintragung ins Register geben, bekam sie ihre alte Stellung wieder, oder wie waren die Worte des Sergeants – *Sie können gehen, Inga* – zu verstehen? Nach Tagen und Nächten wie den vergangenen wäre jede andere froh gewesen, frei zu sein; sie aber fühlte sich als Opfer eines unerklärlichen Justizirrtums. *Papiere folgen*, hatte der Unteroffizier noch gesagt und sie aus dem Lager geschickt.

Das Wachs füllte die Höhlung fast aus, Inga drückte die Kerze hinein, wartete, bis das Wachs erkaltete, und trug den Leuchter auf den Tisch neben Mutters Bett.

»Was sollen wir nur tun?«, sagte Erik. Es schüttelte ihn so sehr, daß er die Streichholzschachtel nicht halten konnte. »Was sollen wir tun?« fragte er seine Frau, nahm die Brille ab und wischte sich übers Gesicht. Blind starrte er auf den lieben Kopf, die Gestalt, legte seine Hand auf ihre Brust, als erwarte er, ihr Herz wieder schlagen zu spüren.

»Ich habe mich –« Die Luft fuhr aus ihm heraus. »Mich immer vor ihr geschämt.« Er weinte in kindlichen Tönen. »Geschämt, Marianne –«

Inga sah zu, wie er den Kopf in ihrem Schoß vergrub.

»Wir sollten essen«, sagte sie, als alle Kerzen brannten. Blind schaute Erik in ihre Richtung, die Brille lag in einer Falte der Decke verborgen. Sie verließ das Zimmer, in dem es nach Kunstwachs zu riechen begann. Allein in Vaters Reich, konnte sie sich nicht erinnern, wann er sich hier je hatte vertreten lassen. Inga öffnete den Vorratsschrank, fand Brot und begann Gemüse zu schneiden.

— 35 —

Als sei es die Totenwache für Marianne, hielt in dieser Nacht alles still, die Stadt legte jede Bewegung ab. Obwohl Vater und Tochter bei offenem Fenster saßen, raubten ihnen die Kerzen die Luft, es wurde nicht kühler. Inga fragte, ob man Mutter einen weiteren Tag so liegen lassen könne; Erik weigerte sich, sie in den Keller zu tragen. Die Nacht blieb ohne Hundegebell, kein Transport fuhr durch die Straßen, nicht einmal Grillen waren zu hören.

»Neumond«, sagte Erik, als Inga ihn darauf aufmerksam machte. »Menschen sterben bei Neumond.«

Es war nicht die Finsternis über den Dächern, nicht das Fehlen der Stadtgeräusche, es war auch nicht die Stille nach dem unbegreifbaren Ereignis – was geschah, wies auf Kommendes hin, kündigte etwas an, wie die Ruhe beim Spiel, bevor die entscheidende Karte ausgespielt wird. Inga dachte an bestimmte Menschen und wie sie die Nacht verbrachten – der schwarze Gabor, spielte er oder trank er, hatte er die dunkelste Nacht gewählt, um etwas von hier nach da zu befördern, Profit einzuheimsen? Sie stellte sich die Generalin in einem altmodischen Bett vor, trotz der Hitze schlief sie nicht nackt – ob auch die Kosigk die ungewöhnliche Stille bemerkte, ging sie ans Fenster, fiel ihr Blick auf den Riß in der Mauer, und hielten dahinter selbst die jagenden Tiere inne, saßen sie stumm an den Maschen aus Draht?

Vergangenen Morgen – wie weit lag der zurück – war Alec ins Lager gekommen, weshalb, dachte Inga – um seine Papiere zu holen? Sie sah das hellgraue und das blaue Formular vor sich, den

Datumsstempel, Stempel der Kompanie und des Kommandanten, kreisförmig aufgehängt in der Stampiglie, alle drei waren nötig, um eine Entlassung gültig zu machen. Trug er die unterzeichneten Papiere schon bei sich, wer hatte sie ausgestellt, wer kam mit den Tükken der Schreibmaschine zurecht? Wußte Alec, daß Inga frei war, oder besaß ihre Entlassung nicht die Wichtigkeit, im Lager weitererzählt zu werden? Sie weinte, weil es so wenig Hoffnung gab, ihn, den Totenbleichen, vor seiner Heimkehr wiederzusehen. Umtriebig war es bei den Briten geworden – als säßen sie in ihrem selbsterrichteten Camp im Gefängnis, trachtete jeder, baldigst aufzubrechen. Auch Alec wollte heim, zur blassen Verwandtschaft, in die Zuckerbäckerei seines Vaters, und vielleicht – in dieser stillen Stunde fiel Inga zum ersten Mal ein, daß eine Frau auf ihn warten könnte. Eine, die sich das Haar machen ließ und ein Kleid kaufte am Tag, als sie von seiner Rückkehr erfuhr. Brachte er ihr etwas mit, reichte das Geld aus dem schwarzen Futteral, ein Ding aus Deutschland zu kaufen? Bierkrug, dachte Inga, Nippes, Schmuck, alles gab es zum Schleuderpreis, bereitwillig lieferte Gabor. *Preis*, wiederholte sie lautlos und schwankte, welche Lösung wahrscheinlicher war – daß die Engländer das Geld gefunden und in den Tresor zurückgepackt hatten, oder sie gaben die Suche auf, verbuchten die Summe unter Verlust, schlossen die Akte, verschnürten sie mit anderen und flogen sie außer Landes. Möglicherweise waren Inga, ihr Raub und das alte Geld zu unwichtig, um die Armee des Vereinigten Königreichs länger zu beschäftigen. Man sonderte aus, was entbehrlich war, man rückte ab.

Allmählich verflog die Nacht, das Licht gab der Außenwelt Kontur, das Gesicht ihrer Mutter verlor das Traumartige, wurde grau und entfernter. Mir ist die Mutter gestorben, dachte Inga in immer neuen Verschlingungen, die Mutter, die ihr oft grausam erschienen war, weil sie vollzog, was der Vater nicht über sich brachte – Bestrafung. Die Horst liebevoller im Arm hielt, mit ihm kichernde Geheimnisse verbarg. Die Mutter, die Inga wie eine Schwester behandelte, seit sie ihr die ersten Schuhe mit hohen Absätzen geschenkt hatte. Die zierliche Marianne im gelben Sessel, die kleine Königin, von der alles Leben im Haus ausging – ein Haus, das ihrer nicht würdig gewesen war.

Inga wünschte sich ins Freie. Ihr Vater lag seitlich zu Füßen Mariannes, einen Speichelfleck auf dem Hemdkragen. Inga blies die Kerzen aus, das Kleid klebte an den Beinen, sie verwarf den Gedanken, sich umzuziehen, ließ Erik schlafen und lief in den Garten. Die kühle Luft war wie neu, Inga sprang durch das kniehohe Gras, blieb am Hügel des toten Lammes stehen – wie früh es auch war, sie mußte sich um das Begräbnis kümmern. Sie verließ das Grundstück, rannte die Straße hinunter, zweimal rechts, und sie würde auf das Portal des Bestatters stoßen.

Beim ersten Laster mutmaßte sie nichts, oft waren Transporte früh unterwegs; beim zweiten und dritten wurde sie aufmerksam, Papier auf den Ladeflächen, gestapelt, gebündelt, englische Uniformen, Militärpolizei davor und dahinter, sie schickten aus, Papier wurde abgeworfen, andere Soldaten kamen und verteilten. Sie überzogen die Stadt mit der Neuigkeit, keiner sollte hinterher sagen, er sei nicht verständigt worden. Dicht vor Inga fiel ein Bündel auf den Weg, ein Corporal stand bereit, zerschnitt die Schnur und reichte ihr, was andere in den Häuserblocks schon zu lesen begannen. *Neueste Nachrichten*, jeden Tag hieß das Blatt so, von Deutschen geschrieben, redigiert durch die Heeresverwaltung; heute ein einziger Titel, nur *ein* Artikel füllte die vorderste Seite.

Am Sonntag 40 Deutsche Mark pro Person.

In Ingas Kopf begannen die Gedanken zu kreisen – Gelächter seltsamerweise, ein Mann mit lachend geschlossenem Auge, nur ein Auge, der Pferdedoktor, die Narbe hatte gezuckt –, Geld für die Madonna, mit wertlosem Papier bezahlt, obwohl August alles bekannt war, hatte er das Geschäft gemacht.

Sonnabend, neunzehnter Juni, der erste Tag, an dem Ingas Mutter nicht lebte – der Boden schwankte, der Boden neigte sich –, benommen sah sie sich um. Für alle anderen war dies ein anderer Tag. In den Eingängen, auf der Straße, beim Bäcker, umspielt von der frühen Sonne standen sie, das Blatt erhoben oder vor sich gebreitet, sie lasen von Umwertung, dem Verschwinden des Kriegsgeldes zugunsten der neuen, einer deutschen Mark. Der Fliegersoldat an der Tankstelle fiel ihr ein, er hatte gesagt, daß die Flugzeuge diesmal nichts abholten, sondern etwas nach Deuschland brachten – das neue Geld. *Kopfgeld*, fett und inversiv gedruckt, abschreckendes Wort, bis sie verstand, 40 Mark durften sofort eingetauscht werden. Einer schrieb über den Sinn der Währung: *Ein neuer Pfad der Wahrhaftigkeit.* Sie blätterte – *kaufen können* – fiel ihr ins Auge, die Amerikaner wollten vermehrt einführen, Lebensmittel, Kleider, Kulturgüter, welche Kultur? Nicht länger Überlebensgeschenke, Hab und Gut, *kaufen können*, man wurde erzogen fürs neue Geschäft.

Inga rollte die Zeitung zusammen, schob sie unter den Arm, das Nächstliegende tun, sie schlug den Weg zum Bestatter ein.

Dessen Scherengitter war heruntergelassen, sie umrundete das Gebäude, er und Gattin frühstückten manchmal im Grünen, die Gartenmöbel bestanden aus übriggebliebenem Sargholz. Heute entdeckte Inga ihn neben dem Laster, sah das Zeitungspaket auf dem Bordstein, das Blatt in seiner Hand, wünschte guten Morgen.

»Geahnt hat man's«, sagte er statt einer Begrüßung. »Gespenstisch, wie leer die Schaufenster waren.« Der freundliche Mann war hemdsärmelig, die Hosenträger schlackerten um die Kniekehlen. »Keiner wollte noch etwas herausgeben für die alten Lappen.« Er suchte in Ingas Gesicht nach Zustimmung.

»Mir ist die Mutter gestorben«, sagte sie.

Er preßte die Zähne auf die Unterlippe, ihre Eröffnung irritierte ihn. »Ich muß erst – die Preise umrechnen.« Es war mehr Voraussicht als Ausrede, er hatte seine *Ware* der neuen Gegebenheit anzupassen. Inga durchfuhr die Sorge, sich von einer Stunde zur nächsten Mariannes Begräbnis nicht mehr leisten zu können. Neben ihnen fuhr das Lastauto an, sie wandte den Kopf von der Qualmwolke ab.

»Tief empfundenes Beileid«, hatte der Bestatter das Schweigen zur Besinnung genützt und sprach im gewinnenden Ton seiner Zunft. »Kommt der Vater später?«

»Ich regle alles«, antwortete sie.

»Gut gut.« Er zeigte auf seine unkomplette Aufmachung. »Komm in einer Stunde, ich sperr dir dann auf.« Die Zeitung erhoben, eilte er ins Haus. »Der Tag fängt ja gut an!« rief er nach seiner Frau.

Inga kehrte vor die Auslage zurück – Sarg, Urne, Kranzgesteck –, auf einem Notenständer die schwarzgerandete Liste des Sortiments, kleingedruckte Preise, sie überflog sie, wie man Mitteilungen einer weggeworfenen Zeitung liest. *RM*, die alte Abkürzung sprang ihr ins Auge, welches Kürzel würde es für die neue Währung geben?

»Hellbeige Wildlederschuhe«, sagte eine Vorübereilende zu ihrem Begleiter. »Nicht im Schaufenster, die hat er hinten.«

»Kreppsohle?« fragte der Mann.

Morgens an einem Sonnabend hatte Inga noch keinen rennen gesehen, jetzt aber verfiel die Stadt in unwirkliches Tempo. Sie hatten die Nacht nicht wie Inga durchwacht, wie waren sie so rasch in ihre Kleider geschlüpft? Akkurat wie für einen Arztbesuch oder den Gang zum Amt, stürzten die Föhrdener durch die Straßen, jeder mit der eigenen Sorge, vereint durch die gleiche Zeitung in Händen. Inga begriff die Richtung, es ging zum Schloß; bei den Engländern, die die Neuigkeit ausgestreut hatten, suchte man Genaueres zu erfahren. Im Laufen hatten sie Übung, wer einer Schwarzmarkt-Razzia entgehen wollte, mußte imstande sein, Haken zu schlagen. Wie würde der verbotene Markt mit dem neuen Geld umgehen, fragte sich Inga und bemerkte, wie der Strom sie mitriß, auch sie fiel in Laufschritt – war das *Rautjesviertel* nicht deshalb entstanden, *weil* die alte Währung nichts wert war?

Zum Schloß, zu den Antworten!

»Wenn ich Anzugstoff kriege für Papa«, sagte eine Hinkende, »näht er sich alles selbst.«

Inga dachte, ob sie erst heim sollte, dem Vater berichten? Doch für ihn machte das Geschehen keinen Unterschied, die aufgeschreckte Stadt hatte nichts mit der Veränderung zu tun, die ihn betraf. Unausgesetztes Knallen; hinter ihr kam ein Holzgasauto heran, die Insassen hielten den Blick starr nach vorne gerichtet, wollten dem Fußvolk voraus sein. An der Ecke bemerkte sie den ehemaligen Bürgermeister, den *Guten*, wie er immer noch hieß, die Engländer hatten das Parteimitglied abgesetzt – dort stand er mit seinem *roten* Nachfolger, im Gleischschritt überquerten sie die Straße.

Als Inga um das steinerne Tor bog, war die Krokuswiese so voller Menschen, wie sie es seit Mädchentagen nicht mehr gesehen hatte. Vor den Mauern des Schlosses hielt eine britische Wachkompanie die Menschen vom Eingang fern, an den Flanken verstärkt durch deutsche Polizei; nachlässig erfüllten die Schutzleute ihre Pflicht, der Gummiknüppel blieb im Halfter.

Was ist mit den Renten! Eine Frauengruppe, zum Chor zusammengetan, schrie ihre dringendste Sorge heraus.

»Meine Lebensversicherung zahlen sie bestimmt aus«, sagte einer beschwörend. »Wozu hat man all die Jahre –?« Englische Rufe vom Schloß, es war keine Verlautbarung, nur die Warnung eines Soldaten.

»Ich habe ein Haus«, antwortete ein Dürrer und erhielt von dem mit der Lebensversicherung einen bewundernden Blick – nichts ging über Grund und Boden.

Eine britische Stimme klang trompetenhell über den Platz, Erklärungen morgen, sämtliche Fragen würden am Sonntag beantwortet werden. *An der Hasselwiese! Beethovenpfad! Werneckstraße!* – Verfremdet durch den Akzent erklangen Straßennamen, wo die Wechselstuben eingerichtet würden; danach fiel das Tor zum Schloß zu.

Wie auf dem Rummel, wo die Menschen noch blieben, nachdem die Buden geschlossen hatten, hielt es alle auf der Krokuswiese – ohne Ziel mischte sich Inga darunter. *Mein Glück, daß ich die Geige nicht ausgeliefert habe*, lachte einer. *Fünf Tonnen Nägel*, kopfschüttelndes Unverständnis des Herren im Zweireiher. *Gerade hatte ich das Geld für die Betriebserlaubnis zusammen. – Nein, per Flugzeug,* widersprach eine Gattin dem Gatten.

Auf der Treppenbalustrade saßen zwei alte Herren dicht nebeneinander. Wie sie zu den Stadtlöwen hinaufgelangt waren, blieb ihr Geheimnis, versonnen, als schauten sie übers Meer, beschäftigten sie sich mit dem Treiben zu ihren Füßen.

»Klug sind die Amerikaner ja«, sagte der eine.

»Eine Sklavennation nützt ihnen nichts«, nickte der andere.

»Damit machen sie das Geschäft ihres Lebens.«

»Jetzt, wo wir es wieder können, werden wir *bezahlen.*«

»Bei Gott, das werden wir«, vollendete der erste und überschlug die Beine. Von unten konnte Inga die faustgroßen Löcher in seinen Schuhen sehen.

Die Uniform, der vertraute Gang, wenige Schritte entfernt ging ihr Commander vorbei. Mißmutig schlug er die Arme auf den Rücken, ärgerte sich, keinen anderen Weg gewählt zu haben, nun mußte er durch die Menge der Aufgeregten – keiner sprach ihn an, ihren Blicken aber entging er nicht. Er steuerte auf den seitlichen Eingang zu, Inga hatte die Tür Sekunden vor ihm erreicht.

»Sir! Meine Freilassung!« rief sie.

Einer Frage gleich hob der Wachsoldat das Gewehr, der Kommandant winkte ab. Verwundert nannte er Ingas Namen. »Ihre Mutter ist, höre ich, gestorben?«

Sie war gerührt. Der Engländer mit dem Segelschiff, der ihr stets nüchterne Briefe diktierte, ihn beschäftigte ein Ereignis in Ingas Familie?

»Bis jetzt hat mir niemand gesagt, warum ich entlassen wurde – Sir.«

Er wollte nicht Rede und Antwort stehen. »Das Geld hat sich gefunden«, tat er es dennoch und verschränkte die Arme.

»Gefunden?« Wer hatte daran gedacht, die Baracke am Ende des Flugfeldes zu durchsuchen? »Aber dann –« Der Gedanke entschlüpfte ihr. »– könnte ich es doch trotzdem genommen haben.«

Er musterte sie, als frage er sich, ob ihm eine besonders raffinierte Person gegenüberstand, oder eine Geistesgestörte. »Der wahre Täter ist gefunden«, wollte er die Sache zum Abschluß bringen.

»Wer?« Das Gespenst einer falschen Anschuldigung tauchte auf, die Befürchtung, statt ihrer müsse ein anderer einsitzen. Der Kommandant ging weiter, die Wache trat von der Tür zurück.

»Wer?!« wiederholte Inga.

Er trat über die Schwelle. »Kein Deutscher.«

Hatte ein Brite die Tasche gefunden, behalten, war er entdeckt worden? Oder hatten sie die Baracke geräumt, war Ingas Versteck so aufgeflogen?

Ein Bild wie im Spiegel, nächtliche Startbahn, ein Mann im Rollstuhl, mit kräftigen Stößen hievte er sich über das Feld, er hatte zum Spiel eingeladen, dort wo es niemand vermutete.

»Lieutenant Hayden?« rief Inga dem Kommandanten hinterher.

Er kam nicht ins Licht zurück, doch bemerkte sie den Blick – als wanderten Fragen über sein Gesicht –, ein Pärchen in seinem Camp, der Offizier und das Tippfräulein? Der Commander schien sich bewußt zu werden, die Wahrheit wäre nur unter Mühen herauszufinden, und Mühen hatte er stets gescheut. Übertönt von der Stimmenvielfalt rundum, fiel die Tür ins Schloß.

Die Krokuswiese begann sich zu leeren, sie verschwanden in angrenzenden Gassen, eilten heim, um sich mit der Familie zu beraten, ihr altes Geld zu zählen und eine Vorstellung davon zu bekommen, worin sich das *Davor* und jenes unbekannte *Danach* unterschieden. Braun bedrucktes Papier wurde durch solches mit neuen Köpfen ersetzt, was bedeutete das für die kommende Mahlzeit, den nächsten Arbeitstag, wer waren die Gewinner? Während Inga mit kleinen Schritten in die Mitte des Platzes zurückkehrte, hörte sie einen sagen – *Die Schweine von früher werden die Schweine von morgen sein, egal, womit sie bezahlen.*

Sie war wütend über sich selbst, da es ihr nicht gelang, die Welt ihrer Träume und die Wirklichkeit auseinanderzuhalten. Niemand, der den Leutnant kannte, hielte ihn wahrer Opferbereitschaft für fähig, die Idee, er könnte ihretwegen gelogen, die Schuld auf sich genommen haben, war so abwegig, so romantisch unwahrscheinlich, daß sie stehenblieb, voll Trotz in den Kies stampfte und sich gegen die Stirn schlug.

»Man glaubt, es ist das Ende.« Eine Frauenstimme. »Aber irgendwie geht es immer weiter.« Sie war alt, trug trotz des schönen Morgens einen Mantel mit abgeschabtem Kragen, lächelnd ging sie weiter.

Verwirrt und unglücklich kehrte Inga in die Straße zurück, wo das Haus des Bestatters stand. Nebenbei streifte ihr Auge das Schaufenster einer Eisenhandlung, ein junger Mann kniete darin, von hinten näherte sich der Besitzer und stemmte ein Radiogerät in die Auslage. Er und der Angestellte platzierten es auf dem Samtkissen, verrückten das Arrangement, schienen noch nicht zufrieden. Mit den Augen fragte der junge Mann, wie es am besten sei. Inga war stehengeblieben, durch erhobenen Finger zeigte sie es ihm an. Poliertes Holzgehäuse, glänzender Chrom; auf der Senderauswahl standen Städte, die kaum jemand je bereisen würde. Bevor Inga davonging, sah sie in der Tiefe des Ladens gestapelte Waren, sie reichten fast bis zur Decke.

36

Das Feuer brannte kraftlos, der Leutnant wunderte sich, wer es in der Hitze entzündet hatte. Dankbar für die ruhigen Momente, wartete er gerne, schlenderte im Salon auf und ab, die Finger glitten über den Lack des Flügels, er stützte sich auf die Ohrlehne eines Sessels und kehrte zum Kamin zurück. Dort im Erker hatte Marion ihre Gäste empfangen, Militärs der drei Mächte, Industrielle aus Bayern, amerikanische Wirtschaftsexperten – sie war berühmt dafür gewesen, als einzige in der britischen Zone französischen Cognac anzubieten. Wie Alec vorausgesehen hatte, war der Kontrollrat zum Diskutierclub verkommen, die Entscheidungen wurden woanders gefällt. Er konnte sich des Eindrucks nicht erwehren, daß die Amerikaner ihren Bundesgenossen vorausgeeilt waren und den Kontinent nach Gutdünken verteilten. Wann hatte sich diese Wendung angebahnt – mit Kriegseintritt, durch die Abspaltung der Russen? Zwei Kriege, dachte er, und was übrigblieb, waren *zwei* Imperien – an ihnen lag es, die Welt neu zu ordnen. Er trat zurück, schüttelte das Bein, die Hitze brannte durch den Uniformstoff – verrückt, bei solchen Temperaturen Feuer zu machen.

Die Generalin kam von der Terrassenseite, ihre Silhouette verharrte einen Moment zwischen den Vorhängen, sie stellte einen Koffer ab.

»Du verreist?« Er erwiderte ihren Kuß.

Sie wandte sich halb zum Koffer. »Zeit, etwas Ordnung zu machen.«

»Sie schicken mich zurück«, sagte er nach einer Pause.

»*Vor* deinen Leuten?« staunte sie.

»Mir wird eine Sonderbehandlung zuteil.« Er folgte ihr in den Erker, sie nahmen die beiden Stufen, standen dort wie ein Gesangspaar, das gleich in ein Duett ausbrechen würde.

»Ich muß vor Gericht. Die Kompanie ist weitgehend aufgelöst, hier gibt es keine Gerichtsbarkeit mehr.« Er zuckte die Schultern. »Mit Glück schicken sie mich nach Hause. Besser, von Schotten verurteilt zu werden.«

Marion Kosigk lächelte. »Und für welche deiner vielen Sünden macht man dir den Prozeß?«

Er streichelte ihre Handflächen. »Für eine, die ich nicht begangen habe.« Er wollte zur Anrichte, sie ließ ihn nicht los. »Ich soll *gestohlen* haben«, sagte er mit unschuldigem Blick, öffnete die Karaffe und goß ihnen ein.

»Wir hatten uns schon gefragt, woher du das Geld zum Spielen nahmst.« Die Brosche auf ihrer Brust blitzte. »Nicht einmal Gabor wäre auf diese Lösung gekommen. Diebstahl ist irgendwie – unschottisch.« Mit den Augen hielt sie ihn fest. »Und wenn dein *großer Coup* mißlungen wäre?«

Schmunzelnd, das Glas in der Hand, verließ der Leutnant den Erker. »Wie oft kann man aus dem fahrenden Wagen geworfen werden?«

Er ging zum Koffer, der noch im Eingang stand. »Du verreist nicht – das sind auch bestimmt keine Kleider, die du verschenken willst.« Er hob ihn hoch und prüfte das Gewicht. Die Generalin war ihm einige Schritte gefolgt, nun wandte sie sich zum Kamin. »Bring ihn bitte hierher.«

Der Leutnant trug den Koffer zur Sitzgruppe.

»Du machst Feuer am zwanzigsten Juni – Könnte es sein –?« Sein Blick erbat ihre Erlaubnis, sie nickte, er legte den Koffer um und öffnete ihn.

»Ein Jammer«, sagte er nach Sekunden schweigenden Gedenkens.

»Aber es erspart Unannehmlichkeiten.« Die Kosigk nahm das

oberste Bündel, fächerte es in der Hand, als wollte sie es noch einmal zählen. »Es verhindert Fragen, die nicht zu beantworten sind.« Mit Schwung warf sie das Geld ins Feuer; beide erwarteten ein Lodern. Doch nur langsam nahm das bedruckte Papier die Flamme in sich auf, ein dunkler, qualmender Fleck, der sich ausbreitete, bis die Scheine plötzlich Feuer fingen und in Momenten verkohlten.

»Daß es kommen würde, wußtest du«, sagte er.

»Du hättest uns warnen können.« Marion bückte sich, auch er nahm einige Bündel. Die Kosigk richtete sich auf.

»Vierzig Mark sollte ich behalten«, lachte sie. »Warum auf das Kopfgeld verzichten?«

Alec knüllte einzelne Scheine zusammen, zielte und warf. »Wird man Gabor verhören?« Jeder Knäuel ergab einen kleinen Feuerball.

»Dazu sind seine Kontakte zum Headquarter zu verfänglich.« Sie machte es dem Leutnant nach. »Man wird sich wünschen, daß einer wie Gabor schweigt. Er ist überzeugt, schon morgen gibt es den Schwarzmarkt nicht mehr.«

Der Leutnant nickte, nebeneinander schauten sie ins Feuer, das seine Nahrung nun rascher verschlang, hellauf leuchtete – gedruckte Zahlen und würdige Köpfe tauchten ins Schwarz, bis sie Asche waren.

»Was hat Gabor vor – britische Vergaser ausbauen, wie früher?«

»Er geht in den Osten.«

Überrascht rückte Hayden ab. »Was gibt es im *Osten*?« fragte er despektierlich.

»Er kommt von dort.« Marion ließ sich in den Sessel fallen. Schweißperlen hatten sich auf ihrer Stirn und Nase gebildet.

»Und wenn ich dir vorschlage, mit mir zu kommen?« Bis auf das Wispern der Flammen wurde es still.

»Die Engländer haben meinen Mann umgebracht«, sagte die Kosigk. »Ich komme nicht auf eure Insel.«

Er warf den letzten Knäuel. »Ich bin Schotte«, antwortete er und wußte, das änderte nichts. Er durchquerte den Salon, vor dem Korridor schloß er die Uniformjacke. Der dämmerige Raum, der gelbe Halbkreis vor dem Kamin: von der im Sessel verborgenen Generalin war nur die Hand auf der Lehne zu sehen.

37

Britische Bulldozer bauten britische Baracken ab. Der Kran fuhr von Haus zu Haus und lüpfte die Dächer, schwenkte sie zu Boden. Pioniere lockerten die Bolzen, schraubten ab, legten Einzelteile in die Schaufel des Caterpillars, der mit brüllendem Motor aufs Flugfeld rollte. Mannschaften, deren Büro oder Werkstatt bereits demontiert waren, lümmelten rauchend im Schatten, ihnen blieb nur das Warten auf den eigenen Transport. Während Inga unter den Bäumen vorüberging, sagte einer: »Die Offiziere werden ausgeflogen, unsereins muß sich mit einem Bahnticket begnügen.«

Sie schaute zur Startbahn, die Hitze flimmerte über dem Beton, weit hinten verschwand ein Barackendach im Bauch der Transportmaschine. Hatte Alec *sein* Flugzeug schon bestiegen, war er über der Föhrenschonung nach Westen geflogen, hinaus über das Meer? Saß er bereits am Tisch der Familie und verteilte Geschenke?

Tags zuvor hatte Inga ihn nicht wirklich erwartet, wie sollte er Ort und Zeitpunkt der Trauerstunde erfahren haben – und doch war sie zweimal ins Freie getreten, hatte die Straße hinuntergeschaut, ob nicht die Uniform mit den zu kurzen Hosenbeinen auftauchte. Ohne einen Blick in den Spiegel zu werfen, hatte Erik sich angezogen, jeder Handgriff saß, der Hochzeitsanzug, der Hemdkragen beidseitig gebügelt, die schwarze Armbinde hatte er noch vom Leichenbegängnis seines Bruders. Lange Schritte auf dem Weg zum Bestatter, ein dankendes Nicken, als unterwegs jemand sein Beileid aussprach – beim Eintritt war der Vater getaumelt, Inga hatte seinen Ellbogen gefaßt, er weinte im Stehen.

»Das ist der schwerste Teil«, hatte der Bestatter gemurmelt, nun kein Geschäftsmann mehr, er hatte sich in den mitfühlenden Begleiter des Abschieds verwandelt; Haltung, Aufzug, Blick entboten korrekte Trauer. Als Erik den Sarg sah, schrie er so verzweifelt auf, daß die Frau, die noch am Blumengesteck nestelte, zurücksprang. Inga führte den Vater zu der Bank, von wo aus er die Gäste begrüßen sollte. Für einen Partezettel hatte die Zeit nicht gereicht, sie hofften, die mündliche Benachrichtigung würde genügen. Willenlos saß der Vater da, ihm gegenüber seine Frau, verborgen durch Bretter und Blumen. Das Angebot des Bestatters, Marianne *zur Ansicht* zu präparieren, hatten sie abgelehnt. Weder Erik noch Inga war eine Inschrift für die Kranzschleife eingefallen – Marianne, die Mutter, vom Krieg überrascht, der ihr den Sohn nahm, Marianne –, unbeschrieben lagen die schwarzen Bänder über den Sarg drapiert. Erik blieben wenige Minuten mit ihr allein, dann betraten Besucher den kleinen Saal.

Inga stand am Rande der Startbahn, von hier war nicht auszumachen, ob die Wetterstation hinterm Wald schon abgerissen war. Die Sonne brannte ihr in den Nacken, die Bluse klebte am Rücken, sie war durstig, wandte sich um und erkannte, in welche Richtung Bulldozer und Kranwagen fuhren. Inga rannte und erreichte die Kommandobaracke vor den Maschinen. Jasper lag auf den Stufen, seinem bevorzugten Platz, sie streichelte ihn, die schwarzen Augen huschten zu ihr hoch und höher zum Kran, der hinter ihnen hielt. Der Motor heulte, die Montagestange wurde ausgefahren, sechs Pioniere erkletterten das Dach. Inga stieg über den Hund und betrat ihren früheren Arbeitsplatz.

Sie hatten noch nicht alles fortgeschafft, auf dem Schreibtisch des Sergeants lagen Habseligkeiten, die nicht der Armee Seiner Majestät gehörten. Inga erkannte ihr blaues Tuch, das sie im Frühling als Schal getragen hatte, den Stenoblock mit ihrer Schrift, einen Briefentwurf, der jede Bedeutung verloren hatte. Die schwarze Maschine hätte sie gerne mitgenommen – nur Inga kannte ihre Tücken, wer brauchte das alte Ding schon in England? Gleichzeitig wußte sie, wenn sie sich unerlaubt *bediente*, stimmte die Liste nicht mehr, und ein armer Büromensch auf der anderen Seite des Kanals hatte es auszubaden. Zwei Bleistifte und den benützten Radiergummi ließ sie in ihrer Tasche verschwinden, entdeckte das Papierschwänchen, das die frühere Sekretärin vor Wochen vergessen hatte; Inga packte es ein. Über ihr knackte und rumpelte es, jede Sekunde rechnete sie damit, das Dach müsse sich heben und den Blick in die Baumkronen freigeben. Nebenan ein Geräusch, sie erschrak – wer war außer ihr in der Hütte –, die Tür hatten sie schon aus den Angeln entfernt, mit drei Schritten stand Inga im Büro des Kommandanten. Tisch, Waschbord und Tresor waren abgeholt worden, neben dem Fenster hängte er sein Bild ab.

»Inga –« begrüßte er sie so selbstverständlich, als komme die junge *C. E.* wie jeden Tag aus der Mittagspause.

»Ende der Vorstellung.« Er zeigte sein seltenes Lächeln, sie begriff die Erleichterung, mit der er den Schauplatz des *Sieges* verließ, um so bald wie möglich die Plane von seiner Jolle zu schnüren und Segel zu setzen.

»Jetzt werden Sie bald dort sein.«

Er betrachtete die Linie des Schiffes. »Habe ich Ihnen gesagt, daß es ein Kimmkieler ist? Dreißig Fuß, angenehmer Tiefgang, sie liegt bei Theyrecroft, jetzt ist die beste Zeit.« Er hob den Kopf, über ihnen knirschte es in den Zargen, die hellgrau gestrichene Decke schwebte empor, das erstaunte Gesicht eines Pioniers tauchte auf.

»Tschuldigen Sie, Sir«, stammelte der und versuchte sinnloserweise, auf dem Wandgesimse hockend, zu salutieren. »Wußte nicht, daß Sie –«

»Weitermachen.« Der Kommandant beschirmte die Augen gegen die einfallende Sonne und klemmte die Photographie unter den Arm. Er und Inga verließen die Baracke gemeinsam. Bellend und winselnd wollte der Spaniel die Demontage *seiner* Hütte abwenden; der Commander faßte ihn am Halsband.

»Wann ist die Beerdigung?« fragte er, während der Kran die Hälfte des Daches über ihren Köpfen vorüberschwenkte.

»Morgen.«

»Machen Sie's gut, Inga.« Er schüttelte ihr die Hand und wandte sich zum Casino. Es war noch intakt, essen mußten sie bis zum Schluß.

Während Inga durch den Sand in die andere Richtung ging, schnupperte sie an ihren Fingern, sie rochen nach Jasper. Drei Mann schraubten den stählernen Schlagbaum ab, zogen und zerrten am Bolzen, er glitt heraus, der Arm aus Metall fiel dumpf zu Boden. Ein Krieg wurde eingepackt, sie brachten ihn außer Landes.

Die Krankenbaracke mit dem schwarzen H gab es nicht mehr, nur der Hagebuttenstrauch bezeugte, hier war Inga eines Nachmittags stehengeblieben, es war noch nicht Frühling gewesen, der bleiche Leutnant hatte auf der Terrasse gesessen und den Finger nach ihr gestreckt. *Wie kommen Sie nach Hause – Zu Fuß – Dafür tragen Sie nicht die richtigen Schuhe.* Inga senkte den Blick, auch diesmal trug sie die roten Sandalen, Geschenk ihrer Mutter, für deren zierlichen Fuß gemacht. Neben dem Strauch sank sie in die Hocke, umklammerte ihre Knie und weinte mit offenem Mund, weinte endlich, weil ihr die Mutter gestorben war. Durch die Tränen hindurch bemerkte sie den kleinen Zeh, er war aus der Schlaufe geschlüpft und quetschte sich seitlich hervor.

*

Marianne besaß ein schwarzes Kostüm. Ihre Maße waren Inga vertraut, sie brauchte das Kostüm nicht anzuprobieren, öffnete die hintere Naht mit einer Rasierklinge, legte schwarzen Stoff bereit und begann zuzuschneiden. Kein Geräusch drang ins Zimmer, sie konzentrierte sich auf die Führung der Schere – wieso war die Mutter damals in Schwarz zu Eriks Prozeß gegangen, in jenem Kostüm, in dessen Rückenteil Inga nun ein Stück Stoff einsetzte? Vater im Hochzeitsanzug auf der Anklagebank, Marianne als Witwe verkleidet, das Düstere war nie ihre Art; hätte sie seiner Sache in einem freundlichen Kleid nicht besser genützt? Ankläger, Richter und Beisitzer waren Briten gewesen, die Schrift wurde auf Englisch verlesen, Erik und der Verteidiger bekamen Kopfhörer. Der Mann hatte mit Vater nur flüchtig gesprochen, erledigte manchmal zehn Fälle pro Tag. Flüsternd hatte Inga der Mutter die Anklagepunkte übersetzt; bald wandte Marianne sich ab, sie wollte nicht wissen, was ihm zur Last gelegt wurde.

Den Parteiaufmärschen sei Erik voranmarschiert, sagte der Ankläger und stolperte über das Wort *Goldfasan*. Der Verteidiger versuchte eine hohe Parteifunktion durch Dokumente zu widerlegen; man unterbrach ihn, forderte Erik auf, sich persönlich zu äußern. Dem verwirrten Vater fiel nichts ein, als die Uniform zu beschreiben, er schilderte die braunrote Montur als eine Art *Tracht*, Bänder, Schnallen und Schmuckdolch hätten mit seiner Position nichts zu tun gehabt. Die Rechtfertigung fiel so unselig aus, daß sie seine Lage verschlimmerte. Ein Führer mit Sondervollmachten im Transportwesen sei er gewesen, beschuldigte ihn der Ankläger. Als Bahnhofsvorsteher verstehe sich *die Vollmacht im Transportwesen* von selbst, wandte der Verteidiger ein.

Inga stellte sich vor, wie Erik nach jener besonderen Nacht zu Buch gesessen haben mochte, wie er, übers Papier gebeugt, den schweren Füller führte, die Hand formte Buchstaben und Zahlen – *fünfhundert Einheiten* –, sein schräg gelegtes *h*, der Aufschwung beim *E*, die Tinte drang ins Papier, die Löschwalze wiegte über die feuchte Schrift und verewigte Eriks Tat. Ins Register der außerplanmäßigen Züge schrieb er Modell und Seriennummer der Lok, deren Abfahrt zur Nachtstunde; er legte das Lineal unter den Eintrag, zog den Strich, hob es behutsam vom Papier, damit nichts verschmierte. Der Inhalt des Zuges blieb ungenannt.

Inga hob den Deckel von der Maschine, prüfte, ob schwarzes Garn eingelegt war, schob den Stoff in die Öffnung, drehte das Schwungrad und bediente das Tritteisen. Hatte den weißhaarigen Richter sein Gespür im Stich gelassen, als er damals eine drastische Strafe verhinderte? Bemerkte er Eriks zitternde Hände, die hilflosen Augen hinter den Gläsern, vermutete er einen Harmlosen auf der Anklagebank? Die verbüßte Haftstrafe wurde ihm angerechnet, noch am Abend des Prozesses war er frei.

Die *Zeit* und das *Mitleid*, dachte Inga, während die Nadel auf und nieder zuckte, waren Eriks Verbündete. Wer würde einen Trauernden verhaften – wegen *Erinnerungen* auf dem Speicher? Alles strebte nach Erneuerung, dem *Hintersichlassen* der alten Geschichten; das Verschwinden der Uniform erschien Inga als Symbol dafür. Gebückt über der ratternden Maschine stellte sie sich vor, wie die Verantwortlichen beider Seiten einander im schlichten Anzug begegneten, die Zeit der bunten Montur war vorüber, das Auge hatte sich daran sattgesehen.

Die Naht fiel schief aus, auf dem Rücken würde es niemand bemerken. Sie biß den Faden ab, im Unterkleid schlüpfte sie in Mutters Kostüm. Der Rock warf Falten, die Jacke spannte über der Brust, es mußte genügen. In Mariannes Kleidern ging Inga zu deren Beerdigung.

38

Glauben Sie ja nicht, die vierzig Märker kriegen Sie einfach so.« Obwohl der Regen noch im Westen hing, spannte die Apothekerin den Schirm auf. »Nur die ganz armen Schlucker kriegen ihr Kopfgeld ohne Gegenleistung«, redete sie auf Henning ein. »Ich konnte denen natürlich nicht nachweisen, daß ich *nichts* auf der Kante habe.«

Die Apothekerin gehörte nicht zum Kreis der Familie, man wohnte lediglich Ecke an Ecke. Während er zuhörte, versuchte Henning in Ingas Nähe zu gelangen. Bei seiner Ankunft hatte er kondoliert, war aber von der Reihe der Nachrückenden verdrängt worden.

»Für fünf Leute, meine Mutter, die Kinder und meinen Mann mußte ich den Gegenwert des Kopfgeldes aufbringen«, versuchte die Apothekerin seine Aufmerksamkeit zurückzuerobern. »Fünf mal vierzig mal zehn – macht zweitausend Reichsmark. Was hinterher noch auf dem Sparbuch war, reichte nicht mal, um die Gebühr für dessen Auflösung zu bezahlen.«

»Wie geht es Ihrem Mann?« fragte Henning geistesabwesend.

»In einem Monat wird er in Rußland entlassen.« Die Apothekerin verdrehte die Augen. »Wie ich *noch einen* durchbringen soll, weiß der Himmel.«

Henning trat unter ihrem Schirm hervor, er trug einen leichten schwarzen Mantel und wandte sich zu Inga. Henning, der Hausfreund, der Marianne geliebt hatte, der die Familie an schönen Tagen durch die Landschaft chauffierte, Mutter den Schlag öffnete und ihr aus dem Gasthaus etwas zu trinken an den Wagen brachte. Die Canastarunden, die langen Abende beim Holunderlikör – all das gab es nicht mehr. Marianne war das Bindeglied, dachte Inga, sie hat unsere Familie hell gemacht, durch sie wurde es wünschenswert, zu unserem Kreis zu gehören.

Zwei Meter hoch stand der Vater neben ihr, er suchte die Hand der Tochter. Während die Menschen an ihnen vorüberzogen, formte sich Inga das erschreckende Bild seiner Zukunft. Er hatte nur für Marianne gelebt, für sie hatte er den Krieg erträglich gemacht, ihr zuliebe das unschöne Haus in ein Heim verwandelt. Selbst seine Erniedrigung und das berufliche Ende waren zu ertragen gewesen, weil er es mit ihr teilen durfte. Sie zu beschützen, jede ihrer Eigenarten zu lieben, von ihrem Humor und ihrer Strenge ummantelt zu sein, gab Erik allen Sinn. Zukünftig sah Inga sie beide in dem tristen Haus am Stadtrand, ihren Vater, den uneinsichtigen Frührentner, ohne Ziel, seine unabsehbare Einsamkeit. Heute war Marianne ja noch lebendig, die hundert Menschen ließen sie wiedererstehen, sie wurde gefeiert, geehrt, als weilte sie unter ihnen. Heute wurde Eriks Schmerz prachtvoll erhoben, das Defilée zu Mariannes Ehren gab auch ihm Glanz, täuschte über alles Kommende hinweg. Inga aber sah die langen Sommerabende vorher, wenn niemand unter dem Sonnenschirm auf dem Küchenbalkon saß und Eriks Kochkunst bestaunte, wenn seine Frau nicht mit fröhlichem Lachen erwachte und das Kissen aufklopfte, weil er ihr das Frühstück ans Bett brachte. Inga sah die grauen Sprenkel auf dem Sessel, wo sonst ihr Aschenbecher klemmte, Mariannes Schrift auf dem Canastablock, den leeren Liegestuhl im Garten. Durch ihre liebenswürdige Macht war Ingas Vater glücklich gewesen, besonnt, der ängstliche Mensch mit den unruhigen Augen hatte gelacht und gelebt, weil es Marianne gab. Von der Seite sah Inga ihn an und begriff, daß die Zeit nicht jedermanns Wunde heilte.

Hennings Wagen parkte so dicht an der Aufbahrungshalle, daß verspätete Gäste umständlich zwischen Auto und Hausmauer durchschlüpfen mußten, um auf den Hof zu gelangen. Inga wich

Hennings Blick aus – was gab es noch zu bereden? So viel hatte sich zugetragen, daß sie bereits zu vergessen begann, wieso er und sie jemals auf den Jägersitz gestiegen waren.

Inga bemerkte die Witwe des Onkels, Schwarz war ihre Alltagskleidung geworden, sie blieb an Hennings Stoßstange hängen, prüfte, ob der Strumpf unbeschädigt geblieben war. Sie hatte schlanke Beine, war noch jung, sie lebte in selbstgewählter Einsamkeit. Hinter ihr, Freude durchfuhr Inga, kam der Pferdedoktor, brachte Blumen, einen fröhlichen Strauß, der besser zu Marianne paßte als die eisigen Totenblumen. Im Anzug sah man ihm den Geschäftsmann an, den er während der Jahre zu verschleiern gewußt hatte. Leerten sich nun seine Lager, stieg oder fiel der Profit mit dem neuen Geld – August würde Angebot und Nachfrage stets zu seinem Nutzen lenken.

Der Regen begann sanft, wie eine höfliche Aufforderung, Mariannes Feier zu eröffnen. Jene, die auf dem Vorplatz standen, ballten sich zur Gruppe und drängten in die Halle, manche spannten für die letzten Meter den Schirm auf. August schüttelte der Familie die Hand, sie erwarteten die Beileidsbekundung, er aber sagte, die Madonna könne jederzeit abgeholt werden. »Das war Mariannes Statue«, lächelte er. »Die hätte ich nie weggegeben.« Er schwenkte das Auge seitlich und schenkte Erik einen ermutigenden Blick. Staunend bedachte Inga, daß *alles* verjährte, sogar die Packen von Geld, mit denen Frau Seidler bezahlt worden war. Der Regen fiel dichter, die Schultern des Vaters begannen zu glänzen; Inga schob ihn ins Trockene, wollte sich unterhaken und mit ihm durch den Mittelgang gehen, zu Mariannes Sarg.

Der Militärwagen hielt am Straßenrand, die Räder rutschten auf den geschotterten Vorplatz. Alle, die noch im Freien waren, drehten sich um und beobachteten den abspringenden Unteroffizier, zwei MPs auf dem Rücksitz, einer saß am Steuer. Auch Erik fuhr herum, prallte zurück, er wollte in die Tiefe des Portals entweichen; Menschen, die ihre Regenschirme schlossen, versperrten ihm den Weg. Ein Sergeant, den Inga noch nie gesehen hatte, näherte sich in Sommeruniform, das Barett in die Achselklappe geschoben, seine Schritte knirschten im Kies.

»Nicht heute!« stammelte Erik und ergriff Ingas Arm.

Der Engländer ging langsamer mit jedem Schritt.

»Heute holt mich keiner von hier weg!« schrie der Vater mit gebrochener Stimme. Inga bedeutete ihm zu schweigen, spürte, wie alle Haltung aus ihm wich, der Muskel erschlaffte; umsonst versuchte sie den Riesen zu stützen, neben ihr sank er zu Boden. Ratlos wichen die Gäste zur Seite, der Pfarrer trat näher; im Hintergrund sprangen die Militärpolizisten aus dem Jeep.

»Laßt ihn zufrieden!« rief der entfernte Cousin aus der Gruppe.

»Wie lange soll die Schikane noch weitergehen!« ergriff die Apothekerin Position. Um Erik formierten sich andere.

»Bitte wahren Sie Respekt«, trat Henning dem Uniformierten entgegen.

Verwirrt, zugleich alarmiert, schaute der Sergeant von einem zum andern, spürte Aufruhr, ohne dessen Grund zu durchschauen. Als sei es eine Rechtfertigung, zog er ein Päckchen aus der Brusttasche. In der schlagartigen Stille las er Ingas Namen von dem braunen Papier ab.

»Ja?« Sie kniete neben dem Vater. Die Brille war ihm auf die Stirn gerutscht, der Mund bewegte sich lallend.

»Sind Sie das?« fragte der Brite.

»Ja.« Zögernd kam sie hoch.

»Das schickt Ihnen Lieutenant Hayden.«

Unwillkürlich streckte Inga die Hand aus. »Warum kommt er nicht selbst?« Sie fühlte das rauhe Papier.

»Sein Zug –« Der Sergeant ließ den Gegenstand los. »Er rückt heute ab.«

Als stünde niemand um sie, als liege ihr Vater nicht besinnungslos auf der Erde, starrte Inga die Sendung an. »Im Zug, nicht im Flugzeug?« murmelte sie.

»Per Bahn nach Büsum«, antwortete der Sergeant. »Von dort zur See.« Er setzte das Barett auf, machte kehrt und winkte denen beim Wagen, wieder einzusteigen. Gleichzeitig mit dem Startgeräusch schwang er sich auf den Sitz.

Der Pfarrer beugte sich über Erik, stützte dessen Kopf, Henning und zwei weitere halfen dem Zitternden auf. Inga hielt das Paket in Händen, es war leicht, in seinem Innern rutschte etwas, machte ein helles Geräusch. Rundum erwartete man, daß sie den Vater hineinführte, mit ihm in der vordersten Reihe Platz nahm, daß der Pfarrer sich vor dem Sarg verbeugte, ans Pult stieg und die Zeremonie begann. Inga warf einen Blick ins Innere, Blumen bauschten sich, wo ihre Mutter lag, die meisten Plätze waren besetzt, einige zogen es vor, an den Seiten stehenzubleiben. Sie klemmte das Päckchen unter den Arm, drückte Eriks Hand und fragte, ob er bereit sei. Sie betraten die Halle, der Geruch der Blumen würgte sie, von allen beobachtet, gingen sie nach vorne.

*

Das Land glühte vor Hitze, kein Hauch bewegte den Heidewald, nie hatte Inga die grünen Moore um diese Jahreszeit braun gesehen. Nur das Gras der Auwiesen war üppig und feucht. Sie stand auf der hinteren Plattform, fuhr hinaus, fort von allem Vertrauten – jeden Wald, jedes Röhricht, all die Schilfgürtel, die sich zwischen sie und die Stadt legten, empfand sie als Erleichterung.

Schön war es gewesen und weihevoll, die Orgel erklang, sie hatten gesungen und geweint, der Pfarrer bemühte hohe Worte, um ihnen den Heimgang Mariannes bildhaft zu machen. Der Vater war Ehrengast in all der Ergriffenheit gewesen, wie ein Turm erhob er sich im Kirchenschiff. Während er Ermunterung erntete, schien es Inga, als würde er allmählich umgeschmückt, vom Totenvogel zum trauernden Goldfasan. Als der Sarg auf der Lafette vor ihnen herrollte, war Erik vorausmarschiert – wie vor Jahren –, das aschblonde Haar wehte, die Brille reflektierte Sonnenblitze, hinter ihm die schwarze Parade, und als sie um die Grube versammelt standen, hatte er die Hände gewohnheitsmäßig an die Hosennaht gelegt. Der *bügelnde Nazi,* mußte Inga trotz aller Ergriffenheit denken, da stand er, wie einst zum Gruß der Blutfahne, während sie seine Frau in die Erde senkten. Der Pfarrer sprach den Segen, Erde prasselte auf das Holz, der uneinsichtige Bahnhofsvorsteher erhielt letzten Glanz, als er eine Rose aus seinem Garten in die Tiefe warf.

Verkehrte Silhouette, der Kiefernwald spiegelte sich im See, vielleicht waren in seinem Dickicht die Johannisbeeren schon reif. Wacholderbäume und Sandbänke zeigten die Nähe zum Haff, hölzerne Windmühlen, bevölkert von Möwen – seit dem Frieden war Inga ununterbrochen auf dem Trockenen gesessen –, wo es das Meer gab! Zerklüftete Abbrüche, struppige Dünen und Marschen mit Salzgras, dahinter endloses Wasser; am Fenster des klappernden Zuges meinte sie schon den Wind zu spüren, die Wolkenherden, die von See kamen und im Landesinneren verschwanden. Auch wenn sie sicher war, daß die Bucht noch viele Windungen entfernt lag, schweifte der Blick ungeduldig den Horizont entlang, suchte in jeder Erhebung den Beginn der Dünenlandschaft. Einmal verwechselte sie eine Windmühle mit dem erwarteten Leuchtturm.

Inga wußte nicht, ob der Leutnant im gleichen Zug saß, auch nicht, warum er seine Heimreise zu Land begann. Sie hätte sich durch Soldatenhorden drängen müssen, um ihn aufzuspüren; in Gängen und Abteilen wurde die Heimkehr bereits ausgelassen begossen. Inga verharrte auf der schaukelnden Plattform, die Sonne stand hoch, obwohl es bereits Nachmittag war – sie öffnete ihre Tasche, in Watte gebettet lag die Perlmuttspange in dem Päckchen. Sie hatte der Großmutter gehört, die ihr langes Haar damit hochsteckte, später Marianne, nun war sie zu Inga zurückgekehrt.

Der Zug verlangsamte schon vor dem Bahnhof, ruckartig schob sich der Name *Büsum* ins Fenster, es gelang Inga, vor den anderen auf den Bahnsteig zu schlüpfen, sie taumelte aus dem Gebäude. Vorbei am roten Kirchturm, den Silos, die ihn überragten, lief sie über eine holzgedeckte Brücke, Straßen entlang, ohne sie wahrzunehmen. Die ersten Pfahlbauten kündigten das Wasser an, sie rannte die bebaute Düne hoch und entdeckte den Hafen. Riedgras und Schilf, vom Wind schräg gelegt, und dahinter, wie aus einem

Kuchen herausgeschnitten, zwängte sich die Fahrrinne durch das Wasser. Brocken aus Fels und Beton hinderten die Bucht daran, sich wieder zu schließen. Dampfschlepper lagen an den Landungsstegen, Seenotkreuzer, Geleitschiffe, Minensucher dicht an dicht, dazwischen nahmen sich die heimischen Segler klein und verloren aus. Jedes Schiff war beflaggt, über den meisten wehte der britische Wimpel.

Inga lief den Quai hinunter, überall wurde verladen, die mit Schablonen gemalten Aufdrucke der Kisten waren ihr vertraut, tausendfach hatte sie solche Buchstaben- und Zahlenkombinationen in Listen geschrieben. Leichte Gewehre, Lafetten, Artillerievorsätze, Munition, Eßgeschirr, eine Suppenkanone, Kippbräter, Backöfen wurden am Stahlseil nach oben gehievt und verschwanden im Schiffsrumpf. Nach zweimaligem Auf und Ab an der Mole war sie sicher, nur ein einziges Schiff diente an diesem Tag als Mannschaftstransport, ein alter Frachtpott mit dem Namen *Lloyd Manoline.* Gutgelaunt standen Männer den Pier entlang, in kurzen Hosen, die Jacken auf das Gepäck geschnürt, Waffen lässig über der Schulter, einige hatten ihre Seesäcke übereinandergeworfen und lagerten mit geschlossenen Augen in der Sonne. Sergeants und MP patrouillierten, keiner fand es der Mühe wert, die Truppenverlegung reglementgemäß abzuwickeln; der Abschied der Briten aus Deutschland spielte sich nicht als Heerfahrt ab, eher wie eine sommerliche Kanalpartie. Einige Stunden auf dem stahlblauen Wasser, dann nahm ihre Insel sie auf, wo alle sich wieder in Bürger verwandeln durften.

Inga eilte zur Hafeneinfahrt zurück – wer zum Pier wollte, mußte hier durch. Gleich den Frauen und Müttern, die sie stehen hatte sehen, wenn Transporte entlassener Kriegsgefangener ankamen, stellte sie sich an eine Mauer und schaute jedem Vorbeieilenden ins Gesicht, der die rechte Uniform trug und das passende Rangabzeichen. Mit welcher Heiterkeit sie vorbeiströmten, Krieg und Besatzung waren gestern, sie drängten ins normale Leben, übermütig sprachen viele Inga an, lockten sie mitzukommen ins Vereinigte

Königreich. Die Einheimischen, Fischer und Ordnungskräfte, Büsumer, die herbeigeeilt waren, standen mit mißtrauischen Gesichtern abseits, mancher wandte der Prozession den Rücken zu und guckte doch über die Schulter. Andere waren für den Abschied von weither gekommen, lachten und weinten mit den Davonziehenden und schworen sich das ersehnte Wiedersehen. Hand in Hand gingen Paare schweigend, abgesondert vom Strom der Fröhlichen, er in Uniform, sie im schönsten Kleid. Inga konnte nicht anders als sich vorzustellen, wie zwei andere auf diese Weise den Hafen erreichten, der bleiche Leutnant und das Fräulein vom Camp, traurig und verschreckt durch die Endgültigkeit. Eine Bekanntschaft wie ihre verlangte nicht mehr als ein knappes Lebwohl, sagte sie sich, klappte die Spange auf, zwängte sie zwischen die Zähne, raffte ihr Haar zum Knoten und steckte es fest.

Er kam langsam, das Gepäck geschultert, Jacke und Hemd geöffnet, er redete mit einem Militärpolizisten, der den Gummiknüppel unter die Achsel steckte. Während Inga das Duo betrachtete, rannte ein zweiter MP über die Hügelkuppe, als fürchte er, den Anschluß zu verlieren, und flankierte den Leutnant von rechts. Zu dritt kamen sie näher, vor Alec tat sich der Hafen auf, im Schatten der Mauer bemerkte er Inga nicht. Sie war im Begriff zu rufen, als sie sah, wie der MP den Leutnant an der Schulter festhielt und anwies, nicht zu dicht an die Mannschaften aufzuschließen – und Alec blieb stehen. Die Polizisten bauten sich vor und hinter ihm auf, befahlen erst weiterzugehen, als der Weg frei war. Nun, da sie den Quai erreichten, gab es keinen Zweifel mehr, sie bewachten ihn, eskortierten den Leutnant zum Schiff.

Inga machte drei verwunderte Schritte, rannte endlich die sandigen Stufen hinunter. Die Gruppe vor ihr erreichte den Bug, marschierte an den Soldaten vorbei, die sich geduldig registrieren ließen, und hielt vor dem Fallreep. Der Zugang war durch zwei Mann blockiert, die sich mit dem Verladen einer offenen Kiste mühten. Während Inga das Flaggschiff passierte und sich, verdeckt durch die Schlange der Wartenden, der *Lloyd Manoline* näherte, versuchte sie das Gelächter zu deuten – es galt dem Teegeschirr, das an Bord gebracht wurde; die Kiste schwankte auf dem schmalen Steg, im Inneren klirrte es.

»Als ob wir daheim nicht genug von dem Zeug hätten!« rief einer. »Laßt es den Deutschen!« einer dahinter. Geschirr und Träger verschwanden im Zwischendeck, Alec und seine Begleiter folgten.

Inga rannte an den letzten Männern vorbei, hielt vor der schmalen Brücke vom Land aufs Wasser und wußte nicht mehr, was es zu sagen gab. Sie legte die Hände auf den gespannten Draht, der als Geländer diente.

»Wohin, Fraulein?« fragte der Nächststehende. Auf ihr Schweigen folgte er Ingas Blick das Fallreep hoch. »He, Lieutenant«, rief er. »Sie haben ein Andenken vergessen.«

Der MP an der Spitze der Dreiergruppe drehte sich um und brachte den Leutnant zum Stehen. An Land begann das Lachen, breitete sich aus, aller Augen waren auf Inga gerichtet. Zuletzt wandte Alec sich um, seine Hände wie ihre auf dem schwankenden Eisen.

»Er hat sich was zuschulden kommen lassen«, rief ein Sitzender. »Und jetzt gibt er ihr nicht mal einen Schmatz!«

Die Militärpolizisten sahen den Leutnant abwartend an. Inga machte einen Satz vorwärts, betrat den Steg, schon tauchte an Deck einer von der Navy auf.

»Sie!« rief er. »Da geht's nicht weiter.« Freundliches Doppelkinn, die Uniform korrekt geschlossen.

Vor Inga die drei Männer auf schwankender Brücke, unter ihr Wasser, an Land Hunderte mit ihrem Lachen und den Sprüchen, die deutlicher wurden.

Die Stimme des Leutnants wuchs aus den Planken, auf denen sie standen. »Fünf Minuten«, sagte er, mehr Feststellung als Bitte.

Jeder der Polizisten suchte Zustimmung beim anderen, schließlich zuckte der hintere die Schultern und gab den Weg frei. Drei Schritte, und Inga war bei ihm, das Brett kippte seitlich, ihre Hüfte wurde gegen den Draht gepreßt. Alec legte den Arm um sie, in der

Drehung schob er sie an Deck, wo der Matrose ihnen unwillig in den Weg trat.

»Ist gegen die Vorschrift«, murmelte er.

Inga wußte nichts zu erwidern.

»Drück ein Auge zu, Skipper«, sagte der Leutnant mit ernstem Gesicht. »Laß meine Braut mitfahren.« Er trat hinter Inga.

»Na hören Sie, Sir –« baute der andere sich erschrocken auf.

»Du hast kein Gepäck dabei?« fragte Alec, zu ihr gewandt. »Auf dem Wasser könnte es kühl werden.«

Sie öffnete den Mund, begriff, es war nur ein Spiel, doch wie sehr sie seine Worte genoß. »Ich war oft hier am Strand«, antwortete sie. »Man findet die schönsten Muscheln.«

»Keine Zeit, um nach Muscheln zu suchen.« Gemeinsam schauten sie in die Richtung, wo sie Schottland vermuteten.

Der Leutnant schloß ihren obersten Knopf. »Du würdest meinem Vater gefallen, ein Schotte durch und durch. Er mag furchtlose Frauen.«

»Ich kann nicht mit dir fahren«, antwortete Inga wie unter Zwang, nur dieses Spiel noch zu Ende spielen.

»Weil ich unter Arrest stehe?« Er trat an den Bordrand zurück.

»Unsere Papiere.« Sie rekapitulierte die Vorschrift. »Wir brauchen das hellrosa Formular, gestempelt von deiner Dienststelle. Und von meiner.«

Mit schräg gelegtem Kopf, die Ellbogen auf die Reling gestützt, sah er sie an. »Ich habe keine Dienststelle mehr.«

»Ich auch nicht«, fiel ihr im selben Augenblick ein.

Unten an Land wurde es laut, sie hatten mittschiffs einen zweiten Zugang geöffnet. Das Reep wurde heruntergelassen, viele drängten dorthin. Um die Sache zum Abschluß zu bringen, traten die Militärpolizisten an Deck. Der Leutnant richtete sich auf, eine Bö warf sein Haar in die Stirn. Im Moment, als er nichts sah, sprang Inga hin und küßte ihn.

»Good luck.« Sein Lachen, sie sahen sich an, er berührte ihren Mund.

Inga deutete dem Matrosen, daß sie von Bord wolle; verwirrt ließ er sie durch. Auf dem Steg kamen ihr Männer mit geschultertem Seesack entgegen, einer sagte, die Russen hätten alle Straßen nach Berlin gesperrt. Inga dachte an den letzten Zug und daß sie sich beeilen mußte, wollte sie vor der Dunkelheit daheim sein. Den ersten Abend ohne Marianne durfte ihr Vater nicht allein verbringen. Über ihr zogen Wolken in eine andere Richtung, zur bergigen Küste, die bis überm Wasser dichtgrün bewachsen war. Inga bildete sich ein, daß der Leutnant ihr nachsah, drehte sich aber nicht noch einmal um.

FSC
Mix
Produktgruppe aus vorbildlich bewirtschafteten Wäldern und anderen kontrollierten Herkünften
Zert.-Nr. SGS-COC-1940
www.fsc.org
© 1996 Forest Stewardship Council

Verlagsgruppe Random House FSC-DEU-0100
Das für dieses Buch verwendete FSC-zertifizierte Papier *Munken Premium*
liefert Arctic Paper Munkedals AB, Schweden.

1. Auflage

Satz: Greiner & Reichel, Köln
Druck und Einband: GGP Media GmbH, Pößneck

ISBN 978-3-630-87255-1

www.luchterhand-literaturverlag.de